入世与离尘

一块石头的游记

王 博 ⊙ 著

三联书店

秦可卿　093

这个形象承担了情欲及反省的重任。秦可卿与李纨构成一组，以「情」与「理」的相对来思考可能而现实的人生。

王熙凤　104

王熙凤和贾宝玉当然是两种完全不同的生命类型，但在痴迷的执着方面却不分轩轾。宝玉执着的是情，凤姐执着的是欲。

巧　姐　116

巧姐的命运和刘姥姥的生活是一面镜子，让凤姐们可以反观自身，认真思考什么是「巧」，什么又是「留」。

湘　云　126

湘云和宝钗一样接受或认同这个世界的法则，和宝玉也会说些仕途经济的道理；但又和黛玉一样体会着生命在这个世界的孤独和漂泊。这种矛盾让湘云的心灵充满着张力，从而造就一个更宽阔豁达的生命。

妙　玉　144

宝玉喜欢热闹，但总有一束光让他在热闹中看到虚无和寂静；，妙玉自命清高，但在安静的栊翠庵中却无法寻找到安放她灵魂的所在。

目录

引子

满纸荒唐言，一把辛酸泪。

都云作者痴，谁解其中味。

虽然在现实世界中，曹雪芹看似是一个无材补天、半生潦倒的失败者，但他无疑是历史上最成功的作者之一。《红楼梦》一经传布，很快便风靡于世。如缪艮所说："《红楼梦》一书，近世稗官家翘楚也。家弦户诵，妇竖皆知。"①吴云亦云："二十年来，士夫几于家有《红楼梦》一书。"②其感人心处，甚至有痴女子以读《红楼梦》而死。乐钧《耳食录》记载：

初，女子从其兄案头搜得《红楼梦》，废寝食读之。读至佳处，往往辍卷冥想，继之以泪。复自前读之，反复数十百遍，卒未尝终卷，乃病矣。父母觉之，急取书付火。女子乃呼曰："奈何

① 一粟编：《红楼梦资料汇编》上册，中华书局，2004年，页349。
② 同上书，页354。

焚宝玉、黛玉？"自是笑啼失常，言语无伦次，梦寐之间未尝不呼宝玉也。延巫医杂治，百弗效。一夕视床头灯，连语曰："宝玉宝玉在此耶！"遂饮泣而瞑。①

这种情景，让读者马上联想到小说中的贾瑞。只不过对痴女子而言，她着迷的对象是小说的主人公宝玉。痴女子的悲剧，从一个侧面印证着作品的成功。曹雪芹以其深刻的人生反思、精妙的设计、严谨的布局、细致入微的人物刻画、千里伏线的排兵布阵，把读者带入了一个虚构又真实的世界之中，也让《红楼梦》成为中国历史上最伟大的小说。

金圣叹是古代中国最著名的文学批评家之一，他对于《水浒传》《西厢记》等作品的"批评"脍炙人口，对后世的阅读和创作都产生了极大的影响。《水浒传》序一云：

> 今天下之人，徒知有才者始能构思，而不知古人用才乃绕乎构思以后；徒知有才者始能立局，而不知古人用才乃绕乎立局以后；徒知有才者始能琢句，而不知古人用才乃绕乎琢句以后；徒知有才者始能安字，而不知古人用才乃绕乎安字以后。此苟且与慎重之辩也。言有才始能构思、立局、琢句而安字者，此其人，外未尝矜式于珠玉，内未尝经营于惨淡，隤然放笔，自以为是，而不知彼之所为才实非古人之所为才，正是无法于手而又无耻于心之事也。言其才绕乎构思以前、构思以后，乃至绕乎布局、琢句、安字以前以后者，此其人，笔有左右，墨有正反；用左笔不安换右笔，用右笔不安换左笔；用正墨不现换反墨；用反墨不现

① 一粟编：《红楼梦资料汇编》上册，中华书局，2004年，页347。

换正墨；心之所至，手亦至焉；心之所不至，手亦至焉；心之所不至，手亦不至焉。心之所至手亦至焉者，文章之圣境也。心之所不至手亦至焉者，文章之神境也。心之所不至手亦不至焉者，文章之化境也。夫文章至于心手皆不至，则是其纸上无字、无句、无局、无思者也。而独能令千万世下人之读吾文者，其心头眼底乃窅窅有思，乃摇摇有局，乃铿铿有句，而烨烨有字，则是其提笔临纸之时，才以绕其前，才以绕其后，而非陡然卒然之事也。①

刘铨福曾经感慨"《红楼梦》非但为小说别开生面，直是另一种笔墨……实出四大奇书之外，李贽、金圣叹皆未曾见也"②。（《脂砚斋重评石头记》跋）邱炜萲《菽园赘谈》亦云："吾人所见小说，自以曹雪芹《红楼梦》位置为'第一才子书'，为最的论。此书在圣叹时尚未出书，故圣叹不得见之，否则，何有于《三国志演义》？彼《三国志演义》者，《西游记》其伯仲之间者也。"③但后来者对《红楼梦》的评论似乎也有金圣叹的影子。如洪秋蕃《红楼梦抉隐》云：

> 《红楼梦》是天下古今有一无二之书，立意新，布局巧，词藻美，头绪清，起结奇，穿插妙，描摹肖，铺序工，见事真，言情挚，命名切，用笔周，妙处殆不可枚举，而且讥讽得诗人之厚，褒贬有史笔之严，言鬼不觉荒唐，赋物不见堆砌，无一语自相矛盾，无一事不中人情。他如拜年贺节，庆寿理丧，问卜延医，斗

① 《金圣叹批评本水浒传》，岳麓书社，2010年，页7。
② 一粟编：《红楼梦资料汇编》上册，中华书局，2004年，页38。
③ 同上书，页400。

酒聚赌，失物见妖，遭火被盗，以及家常琐碎，儿女私情，靡不极人事之常而备纪之。至若琴棋书画，医卜星命，抉理甚精，覼举悉当，此又龙门所谓于学无所不窥者也，然特余事耳。莫妙于诗词联额，酒令灯谜，以及带叙旁文，点演戏曲，无不暗含正意，一笔双关。斯诚空前绝后，戛戛独造之书也，宜登四库，增富百城。[①]

洪秋蕃这里所谓立意、布局、词藻、用笔等，与金圣叹的构思、布局、琢句、安字等大同小异。或许有前后影响之处，但更多的是英雄所见略同。对于创作而言，才是必要的前提。无才则意无所显，文无从出。但才之外之上，构思、布局、琢句、安字尤其重要。构思、立意，便是如孟子所说的"先立乎其大者"。《红楼梦》论诗时经常提到立意新，才会有好诗，格律倒在其次。其实，包括小说在内的任何作品都是如此。此处所谓意，就是体现在作品中的作者的灵魂，作者的世界观和人生观，同时也是作品的宗旨。此意满心而发，无处不在。一字一句，一山一水，一草一花，一石一木，一金一玉，一人一物，皆渗透着作者的灵魂。惟其如此，方能称作"大者"。《红楼梦》的"大者"很明白，就是"梦幻"，就是"万境归空"。作者所有的铺陈，都是为了呈现此"意"。

哲学家要想说明为什么是"梦幻"，为什么是"万境归空"，需要提出概念等工具来，借助于逻辑的手段展开论证。小说家不同，他们的手段是讲故事。讲故事就要布局，即亚里士多德所谓"事的排列"，也就是故事如何展开，从哪里开始，怎么演进，怎

： ① 一粟编：《红楼梦资料汇编》上册，中华书局，2004 年，页236。

么转折，如何收场。曹雪芹是一个有故事的人，他的人生就是一个故事，这个故事有它自己的脉络和方向。《红楼梦》的故事显然不能等同于作者的人生，也不能还原为具体的历史，虽然其中融入了作者的生命或者作者所见到的历史。这故事是构造的，也是普遍的。不同于其他的小说，第一回特别强调本书"无朝代年纪可考"，其重要的暗示便是故事的构造性和普遍性。作者以思想凝练着自己的所见所闻，也以自己的所见所闻丰富着自己的所思所想，于是，个体的生命上升为普遍的人生，个体的历史经验也上升为普遍的世界观。曹雪芹也是一个会布局的人，书中四十二回借宝钗之口论大观园的画法，第一要看纸的地步远近，该多该少，分主分宾，该添的要添，该减的要减，该藏的要藏，该露的要露；第二件，这些楼台房舍，是必要用界划的。第三，要插人物，也要有疏密，有高低。衣折裙带，手指足步，最是要紧。这不仅是作画的布局，也是作书的布局。如首回脂批所说：

> 事则实事，然亦叙得有间架、有曲折、有顺逆、有映带，有隐有见、有正有闰，以至草蛇灰线、空谷传声、一击两鸣、明修栈道暗度陈仓、云龙雾雨、两山对峙、烘云托月、背面敷粉、千皴万染，诸奇书中之秘法亦不复少。

《红楼梦》的批评者经常提醒读者留意作者布局的精妙，如整部大书从甄士隐说起，第一回脂批即云："不出荣国大族，先写乡宦小家，从小至大，是此书章法。"随本总评："未叙黛玉、宝钗之前，先叙一英莲，继叙一娇杏，人以为英莲、娇杏之闲文也，而不知为黛玉、宝钗之小影。"第二回以冷子兴和贾雨村的对话演说荣国府，正总评："以百回之大文，先以此回作两大笔以冒之，诚是大观。"此类甚多，不胜枚举。其中值得特别注意者，文中叙述每热中见冷，悲乐相随，话石主人《红楼梦本意约编》指出：

> 《红楼梦》叙事，每逢欢场，必有惊恐。如贾政生辰忽报内监来，凤姐生辰忽有鲍二家之事，赏中秋贾赦失足，贺迁官薛家凶信，接风报查抄之类，皆是否泰相循、吉凶倚伏之理。其用心之细，虽缕细不能尽写也。[1]

这种叙述方式自然别具深意。而就整部书而言，基于梦幻之意的安排非常明白，呈现出一个显著的变化趋势。如张其信《红楼梦偶评》所说：

> 《红楼梦》一书，前写盛，后写衰；前写聚，后写散；前写入梦，后写出梦；其大旨也。而其笔下之作用，则以意淫二字为题，以宝玉为经，宝钗、黛玉与众美人为纬。一经一纬，彼此皆要组织，妙在各因其人之身分地步，用画家寓意之法，全不着迹，令阅者于言外想象得之。[2]

盛衰聚散、入梦出梦，确是《红楼梦》的一大结构，用以呈现梦幻、万境归空之意。此结构又表现在以宝玉、黛玉、宝钗等众人物为载体，演绎离合悲欢的故事。曹雪芹当然是塑造人物形象的妙手，也是设计人物关系的妙手。以宝玉为中心，众人以各具特

① 一粟编：《红楼梦资料汇编》上册，中华书局，2004年，页183。
② 同上书，页217。

色的形象，或疏或密，或露或藏地安放在故事之中。四十六回脂批："通部情案，皆必从石兄挂号，然各有各稿，穿插神妙。"王希廉《红楼梦总评》说：

> 《红楼梦》虽是说贾府盛衰情事，其实专为宝玉、黛玉、宝钗三人而作。若就贾、薛两家而论，贾府为主，薛家为宾。若就荣、宁两府而论，荣府为主，宁府为宾。若就荣国一府而论，宝玉、黛玉、宝钗三人为主，余者皆宾。若就宝玉、黛玉、宝钗三人而论，宝玉为主，钗、黛为宾。若就钗、黛两人而论，则黛玉却是主中主，宝钗却是主中宾。至副册之香菱是宾中宾，又副册之袭人等不能入席矣。读者须分别清楚。①

分主分宾，正出自宝钗的画论。用在分析《红楼梦》中人物的远近高低上，十分恰当。进一步言之，通过正册、副册、又副册的设计，主宾的相对可以无限延伸，如正册十二钗为主、副册十二钗为宾等。而主和宾之间，又形影错综，界划井然。"晴为黛影、袭为钗副"之说，众所周知。有时或一形多影，或一正一副，不一而足。而主主宾宾之间，又呈现双峰对峙、两水分流的结构。其章法之严密，令人赞叹。

批评者喜欢把《红楼梦》和《水浒传》相提并论，以之为古代中国小说中的绝品。卧虎浪士《女娲石叙》："海天独啸子曰：我国小说，汗牛充栋，而其尤者，莫如《水浒传》《红楼梦》二书。"②曼殊《小说丛话》："《水浒》《红楼》两书，其在

① 一粟编：《红楼梦资料汇编》上册，中华书局，2004年，页147—148。
② 朱一玄编：《红楼梦资料汇编》，南开大学出版社，1985年，页861。

引子

我国小说界中，位置当在第一级，殆为世人所认同矣。"①眷秋《小说杂评》："吾国近代小说（指评话类），自以《石头记》《水浒》二书为最佳。"②解弢《小说话》云："章回小说，吾推《红楼》第一，《水浒》第二，《儒林外史》第三。"③两部小说的成功是全方位的，而尤其体现在人物刻画之上。如金圣叹《读第五才子书法》所说："别一部书，看过一遍即休。独有《水浒传》，只是看不厌，无非为他把一百八个人性格，都写出来。"④"序三"又云："《水浒》所叙，叙一百八人，人有其性情，人有其气质，人有其形状，人有其声口。夫以一手而画数面，则将有兄弟之形；一口吹数声，斯不免再映也。施耐庵以一心所运，而一百八人各自入妙者，无他，十年格物而一朝物格，斯以一笔而写百千万人，固不以为难也。"⑤与施耐庵相比，曹雪芹在人物的描摹方面毫不逊色。《水浒传》写英雄，《红楼梦》则写儿女。其笔下之十二钗，恰如《红楼梦》十二支曲调，各各不同，而又各有其法。这当然得益于作者的琢句安字之力。《红楼梦》述宝玉见诗便知其必为黛玉所作，其实读者亦然。贾府四春，元春贵而探春敏，迎春懦而惜春冷，其口中所出，则如影随形。宝钗和黛玉的作诗说话，全是各自的身份，泾渭分明。其他如刘姥姥，如薛蟠，如焦大，如倪二等，皆能栩栩如生，全赖胸中丘壑和文字之功。所谓心之所至，手亦至焉。四十回随本总评云："天下之事不为则已，为则必为彻。文章不做则已，做则必尽致。余于《红楼》无间然矣。赋物序事写性言情，无不尽态极妍。"洪

① 朱一玄编：《红楼梦资料汇编》，南开大学出版社，1985年，页864。
② 同上书，页879。
③ 同上书，页884。
④《金圣叹批评本水浒传》，岳麓书社，2010年，页25。
⑤ 同上书，页13。

秋蕃亦云："《红楼》妙处，又莫如描摹之肖。性情各以其人殊，声吻若自其口出，至隐揭奸诈胸藏，曲绘媒亵情状，尤为传神阿堵。佛家谓菩萨现身说法，欲说何法，即现何身，作者其如菩萨乎！"[①]

《红楼梦》琢句安字之严谨，让全书的文字俨然都成为谜语，阅读则成为猜谜的游戏。直接点出的谜语，书中数见，典型者如二十二回的灯谜、五十回和五十一回的灯谜及诗谜等。其中有些谜语，作者直接给出了答案。而另外一些，则故弄玄虚，将其束之高阁，交由读者参悟。但更多的谜语，却不以谜语的面目出现。全书名姓各有取义，读者皆知。另外，无处不在的谶语预言，批书人也多有言及。如二十二回哈斯宝批云："《金瓶梅》中预言结局，是一人历数众人，而《红楼梦》则是各自道出自己的结局。"道出自己结局的方式并不相同，或以诗，或以戏，或以灯谜，或以酒令，或者就是日常的说话，只有最后时刻的到来，才会发现一切都曾经被反复地预言。就像宝玉对黛玉所说："你死了，我做和尚去。"其实《红楼梦》的预言结局，也不是全部由"各自道出"，第五回太虚幻境贾宝玉所见众人的命运，便是出自他人的观察。类似的情形很多，以第一回癩头僧人对甄士隐念的四句诗为例：

> 惯养娇生笑你痴，菱花空对雪澌澌。好防佳节元宵后，便是烟消火灭时。

其中当然潜伏着后来的火灾，而第二句更隐藏着香菱嫁给薛蟠、

[①] 一粟编：《红楼梦资料汇编》上册，中华书局，2004 年，页 238。

所遇非偶的事实。同样地，贾雨村所吟的一联：

> 玉在匮中求善价，钗于奁内待时飞。

也暗含着黛玉和宝钗的生命，所以甲戌本此处脂批云："表过黛玉则紧接宝钗。"凡此种种，令批书人常有"不见后文，不见此笔之妙"之叹。诸联《红楼评梦》云：

> 书中无一正笔，无一呆笔，无一复笔，无一闲笔，皆在旁面、反面、前面、后面渲染出来。中有点缀，有剪裁，有安放，或后回之事先为提挈，或前回之事闲中补点，笔臻灵妙，使人莫测。总须领其笔外之神情，言时之景状。①

立意之新、布局之妙、琢句之精、安字之巧，正是《红楼梦》被视为"小说家第一品"的原因。但此书还有另外一番好处，如张其信《红楼梦偶评》所说，乃是"深者见深，浅者见浅，高下共赏，雅俗皆宜"②，每个《红楼梦》的读者都可以从书中见到不同的东西。"黄帝四面"，此其所以为圣也；菩萨千面，此其所以为神也；《红楼梦》读来一人一面，此其所以为不朽之言也。

但真正说来，让《红楼梦》成为"说部书中之不朽者也"的点睛处，终归由于它是一个伤心人的血泪。绛珠之泪便是作者之泪，宝玉之悲也是作者之悲，第一回"楔子"的结尾处有诗曰：

> 浮生着甚苦奔忙，盛席华筵终散场。悲喜千般同幻渺，古今

① 一粟编：《红楼梦资料汇编》上册，中华书局，2004年，页117。
② 同上书，页215。

一梦尽荒唐。漫言红袖啼痕重，更有情痴抱恨长。字字看来皆是血，十年辛苦不寻常。

所有的血泪都从心里流出，化作分明的字迹。万境归空之后的曹雪芹，似乎仍然未改痴迷和体贴的本性。他体贴的对象变成文字，他痴迷的不再是情，而是意识到枉然之后的追忆。这让我们难免怀疑，作者是否有了像主人公贾宝玉一样的觉悟？

即便做了和尚，也还是一个情僧。即便是一部悟书，也还是一部情书。

书名与意义

> 道可道，非常道；名可名，非常名。
>
> ——《老子》第一章

《红楼梦》的读者，也许都知道这部书有另外一个名字：《石头记》。但是对其他的几个名字就有些陌生。甲戌本《脂砚斋重评石头记》"凡例"云：

> 红楼梦旨义　是书题名极｛多｝，｛红楼｝梦是总其全部之名也。又曰风月宝鉴，是戒妄动风月之情。又曰石头记，是自譬石头所记之事也。此三名皆书中曾已点睛矣。如宝玉作梦，梦中有曲名曰红楼梦十二支，此则红楼梦之点睛。又如贾瑞病，跛道人持一镜来，上面即錾风月宝鉴四字，此则风月宝鉴之点睛。又如道人亲眼见石上大书一篇故事，则系石头所记之往来，此则石头记之点睛处。然此书又名曰金陵十二钗，审其名则必系金陵十二女子也。然通部细搜检去，上中下女子岂止十二人哉！若云其中

自有十二个，则又未尝指明白系某某。极至红楼梦一回中亦曾翻出金陵十二钗之簿籍，又有十二支曲可考。①

这部书的题名确实很多，"凡例"中除《红楼梦》外，还提到了《风月宝鉴》、《石头记》和《金陵十二钗》三个书名。这和第一回的说法可以互相参照：

> 空空道人听如此说，思忖半晌，将这《石头记》[甲戌侧批：本名] 再检阅一遍，因见上面虽有些指奸责佞贬恶诛邪之语，亦非伤时骂世之旨，及至君仁臣良父慈子孝，凡伦常所关之处，皆是称功颂德，眷眷无穷，实非别书之可比。虽其中大旨谈情，亦不过实录其事，又非假拟妄称，一味淫邀艳约、私订偷盟之可比。因毫不干涉时世，方从头至尾抄录回来，问世传奇。从此空空道人因空见色，由色生情，传情入色，自色悟空，遂易名为情僧，改《石头记》为《情僧录》。至吴玉峰题曰《红楼梦》。东鲁孔梅溪则题曰《风月宝鉴》。后因曹雪芹于悼红轩中披阅十载，增删五次，纂成目录，分出章回，则题曰《金陵十二钗》。

与"凡例"相比，这里又多出了《情僧录》一名，同时也暗示了《石头记》是书之本名。其中还提到了几个与书名相关的人名，如空空道人、吴玉峰、孔梅溪、曹雪芹等。这些书名和人名当然会引起读者和研究者的兴趣，它不仅关系着《红楼梦》的作者和来历，更涉及该书的思想和读法。

书名与意义

---

① 〔 〕内的字原缺，此是最早购得该书的胡适所补。按胡适购得此书是在 1927 年。

《红楼梦》的五个书名，批书人早已经注意到。十七回述大观园"正门五间"，张本夹批即云："石头记、情僧录、风月宝鉴、金陵十二钗、红楼梦，书名有五，故门面五间。"由门面五间想到书名有五，似乎暗示了五个书名乃是通向全书的五个门户。一部小说有如此多的名字，并不常见。而每一个名字都关联着一个人物，就更是特别。考虑到作者经常斩草成阵、撒豆成兵，读者似乎不能完全相信字面的叙述。脂砚斋就曾如此提醒：

> 若云雪芹批阅增删，然后开卷至此这一篇楔子又系谁撰？足见作者之笔，狡猾之甚！后文如此处者不少。这正是作者用画家烟云模糊［法］处，观者万不可被作者瞒弊了去，方是巨眼。

同样的提醒也见于第八回脂批："作人要老诚，作文要狡猾。"伟大的作品总是狡猾的，惟其狡猾，所以耐人寻味。尤其是面对擅长于"荒唐言"的曹雪芹来说，就要越发小心。

曹雪芹对于名义似乎有着异乎寻常的兴趣。他自己的名字和别号甚多，以目前所知，雪芹的本名是曹霑，字梦阮，号雪芹、芹圃、芹溪、耐冷道人等。这些名号当然有它的意义。尤其是字和号，更反映着主人的志趣和追求。如梦阮显示着曹雪芹自觉地和阮籍的生命连接起来，而耐冷道人则有很强的佛教意味，呈现了他自己的心灵世界。作者很喜欢给书中的各种角色设置字号，如三十七回记载，大观园初起诗社，黛玉要众人皆起诗号，于是李纨号稻香老农，探春号秋爽居士（后改称蕉下客），宝钗号蘅芜君，黛玉号潇湘妃子等，宝玉也要众人帮他起个号：

> 宝玉道："我呢，你们也替我想一个。"宝钗道："你的号早

入世与离尘：一块石头的游记

有了，'无事忙'三字恰当的很。"李纨道："你还是你的旧号'绛洞花王'就好。"宝玉笑道："小时候干的营生，还提他作什么。"探春道："你的号多的很，又起什么。我们爱叫你什么，你就答应着就是了。"宝钗道："还得我送你个号罢。有最俗的一个号，却于你最当。天下最难得的是富贵，又难得的是闲散，这两样再不能兼有，不想你兼有了，就叫你'富贵闲人'也罢了。"宝玉笑道："当不起，当不起，倒是随你们混叫去罢。"

这段话应该仔细琢磨。对于全书的主角，"我们爱叫你什么，你就答应着就是了"，颇具意味。而宝玉的回答："当不起，当不起，倒是随你们混叫去吧"，也值得回味。如果把宝玉比作是《红楼梦》，其他人看作是读者，对话中的说法似乎也适用。每个人都可以从自己的角度给宝玉命名，正如每一个读者都会有属于自己的《红楼梦》印象。一旦意识到这一点，对于名号保持某种开放的态度，就成为自然的事情。按照这种态度，名号和命名者之间的关系就更值得关注。对于同一个对象，不同的人会有不同的理解和期望，因此也就会有不同的命名。书中有明显的例子表现了这一点，譬如好几个丫鬟的名字就随着主人的变更而改动，典型的例子是袭人本名珍珠，姓花，被宝玉根据宋人的诗句"花气袭人知骤暖"改为袭人；还有贾母身边的鹦哥送给黛玉后，改名紫鹃等。整部书对于贾母的称呼，也是同样的情形，三十九回记刘姥姥见到贾母，开口便说"请老寿星安"，脂批云：

> 更妙，贾母之号何其多耶！在诸人口中则曰老太太，在阿凤口中则曰老祖宗，在僧尼口中则曰老菩萨，在刘姥姥口中则曰老寿星者，却似有数人，想去则皆贾母，难得如此各尽其妙，刘姥

姥亦善应接。

其中提到"却似有数人，想去则皆贾母，难得如此各尽其妙"，给阅读提供了启示的空间。细想不同人对于贾母的称呼，无不根据着各自的身份。众人叫老太太显得非常自然，凤姐叫老祖宗体现着她独有而一贯的奉承，僧尼叫老菩萨是把贾母往佛门里拉，刘姥姥叫老寿星则表示着庄稼人的朴实。

这给我们理解《红楼梦》的众多名字以及与此相关的那些命名者提供了合理的角度。似有数人，不过是一人。似有数名，却只是一本书。在这种云龙之笔中，书名的意义恰恰显示出来。不同的名字提示着不同的写作或阅读角度，这些角度又通过不同的人名如空空道人、吴玉峰、孔梅溪等体现出来。空空道人等当然是虚构的，他们不过是曹雪芹的分身，就像《西游记》中孙悟空用毫毛变化出来的孙悟空们。张本夹批："空空道人作者自谓也，故直曰《情僧录》。"作者出情入僧，遁入空门，故自谓情僧，亦自谓空空道人，自此角度，《石头记》就是以情悟道的记录，故谓之《情僧录》。张本夹批云："此书凡人名、地名皆有借音，有寓意，从无信手拈来者。"此前，《金瓶梅》等书已经采取了类似的笔法。以此来看吴玉峰，如周策纵先生已经指出的，它的谐音便是无玉峰，其实即石头还没有成为通灵宝玉时所在的青埂峰。这是世界的真相，而通灵宝玉所进入的滚滚红尘不过是繁华一梦，故谓之《红楼梦》。至于孔梅溪，作者特别加上东鲁的字样，显然让人想到孔子。周春《红楼梦约评》云："又将孔梅溪题曰《风月宝鉴》，陪出曹雪芹，乃乌有先生也。其曰东鲁孔梅溪者，不过言山东孔圣人之后，北省人口语如此。"风月宝鉴在书中主要用于反思贾瑞和凤姐生命中呈现出来的欲望，涉及儒家和佛教

入世与离尘：一块石头的游记

之间的对话。而《金陵十二钗》显然集中在生命的主题，作者把这个名字留给自己，表现了对于悲剧性的人生在世境遇的关注。

从各种线索来看，这部书的本名无疑是《石头记》。第一回提到《石头记》的时候，脂砚斋的旁批特别强调："本名也。"各种脂评本多使用《石头记》书名，批语中也是如此。程本《红楼梦》前有程伟元之序，亦称"《石头记》是此书原名"。《石头记》之得名，在作者的叙述层面中，很容易理解。根据作者的交代，这部小说并不是自己的创作，而是从石头上抄来的，因此也被称为"石上书"。整部书的内容，不过是一块无材补天的石头的记录：

　　列位看官：你道此书从何而来？说起根由虽近荒唐，细按则深有趣味。待在下将此来历注明，方使阅者了然不惑。原来女娲氏炼石补天之时，于大荒山无稽崖炼成高经十二丈、方经二十四丈顽石三万六千五百零一块。娲皇氏只用了三万六千五百块，只单单的剩了一块未用，便弃在此山青埂峰下。谁知此石自经煅炼之后，灵性已通，因见众石俱得补天，独自己无材不堪入选，遂自怨自叹，日夜悲号惭愧。一日，正当嗟悼之际，俄见一僧一道远远而来，生得骨格不凡，丰神迥别，说说笑笑来至峰下，坐于石边高谈快论。先是说些云山雾海神仙玄幻之事，后便说到红尘中荣华富贵。此石听了，不觉打动凡心，也想要到人间去享一享这荣华富贵，但自恨粗蠢，不得已，便口吐人言，向那僧道说道："大师，弟子蠢物，不能见礼了。适闻二位谈那人世间荣耀繁华，心切慕之。弟子质虽粗蠢，性却稍通，况见二师仙形道体，定非凡品，必有补天济世之材，利物济人之德。如蒙发一点慈心，携带弟子得入红尘，在那富贵场中、温柔乡里受享几年，自当永佩洪恩，万劫不忘也。"二仙师听毕，齐憨笑道："善哉，善哉！那红尘中有却有些乐事，但不能永远依恃，况又有'美中不足，好事多魔'八个字紧相连属，瞬息间则又乐极悲生，人非物换，究竟是到头一梦，万境归空。倒不如不去的好。"这石凡心已炽，那里听得进这话去，乃复苦求再四。二仙知不可强制，乃叹道："此亦静极思动，无中生有之数也。既如此，我们便携你去受享受享，只是到不得意时，切莫后悔。"石道："自然，自然。"那僧又道："若说你性灵，却又如此质蠢，并更无奇贵之处，如此也只好踮脚而已。也罢，我如今大施佛法助你助，待劫终之日，复还本质，以了此案。你道好否？"石头听了，感谢不尽。那僧便念咒书符，大展幻术，将一块大石登时变成一块鲜明莹洁的美玉，且又缩成扇坠大小的可佩可拿。那僧托于掌上，笑道："形体倒也是个宝物了！还只没有实在的好处，须得再镌上数字，使人一见便知是奇物方妙……后来，又不知过了几世几劫，因有个空空道人访道求仙，忽从这大荒山无稽崖青埂峰下经过，忽见一大块石上字迹分明，编述历历。空空道人乃从头一看，原来就是无材补天，幻形入世，茫茫大士、渺渺真人携入红尘，历尽离合悲欢炎凉世态的一段故事。……方从头至尾抄录回来，问世传奇。

按照这里的说法，一块石头的凡心偶炽，引起后来化为美玉、幻形入世，然后又复归本质的故事。通部书，不过是石头的旅行游记。空空道人把石头上留下的历历文字抄录下来，流传于世，便是所谓《石头记》。后文还提到"空空道人遂向石头说道，'石兄，你这一段故事，据你自己说有些趣味，故编写在此，意欲问世传奇'"。事实上，在小说中，作者一直没有忘记石头的身份，因此不时地让它出场，以醒读者之目。试看第四回的叙述：

一面说，一面从口袋中取出一张抄写的"护官符"来，递与雨村，看时，上面皆是本地大族名宦之家的谚俗口碑。其口碑排写得明白，下面所注的皆是自始祖官爵并房次。石头亦曾抄写了一张，今据石上所抄云……

另外，第八回通灵宝玉上面刻的文字也是顽石记下的。更明显的则是第十八回：

元春入室，更衣毕复出，上舆进园。只见园中香烟缭绕，花彩缤纷，处处灯光相映，时时细乐声喧，说不尽这太平景象，富贵风流。此时自己回想当初在大荒山中，青埂峰下，那等凄凉寂寞；若不亏癞僧、跛道二人携来到此，又安能得见这般世面。本欲作一篇《灯月赋》《省亲颂》，以志今日之事，但又恐入了别书的俗套。按此时之景，即作一赋一赞，也不能形容得尽其妙；即不作赋赞，其豪华富丽，观者诸公亦可想而知矣。所以倒是省了这工夫纸墨，且说正经的为是。

庚辰双行夹批："自'此时'以下皆石头之语，真是千奇百怪之文。"庚辰眉批："如此繁华盛极花团锦簇之文忽用石兄自语截住，是何笔力！令人安得不拍案叫绝。试阅历来诸小说中有如此章法乎？"此外，书中多有"待蠢物逐细言来""待蠢物将原委说明，大家方知"等说法，甲戌双行夹批："妙谦，是石头口角"，庚辰本双行夹批："石兄自谦，妙！可代答云'岂敢！'"这些说法无疑都在呼应着《石头记》的书名，提示着石头作为作者的身份。同时，携带着这块石头的主人公贾宝玉，也经常被早期的批注者称为"石兄"或"玉兄"。如"试问石兄：此一托，比在青埂峰下

三生石

圆云

"三生"显然是佛家的术语,指前生、今生和来生。这块石头和主人公贾宝玉有同构的关系,简单地说,便是从大荒山下的石头,幻形为通灵宝玉,最后复归石头本质猿啼虎啸之声如何？余代答曰：遂心如意"（二十回）。"试问石兄：此一渥，比在青埂峰下松风明月如何？""非颦儿断无是佳吟，非石兄断无是情聆。"甲戌眉批："一部书中第一人却如此淡淡带出，故不见后来玉兄文字繁难。"

石头的经历，简单地说，便是从大荒山下的石头，幻形为通灵宝玉，最后复归石头本质。这三个阶段，应该就是第一回"三生石"名义的意义。"三生"显然是佛家的术语，指前生、今生和来生。这块石头和主人公贾宝玉有同构的关系，它伴随着宝玉来到这个世界之上，以一般的想法，这似乎有些荒诞。但荒诞的背后也包含着一些有趣的信息，这块石头和人的生命有关，是与生俱来之物，这意味着什么呢？解盦居士《石头臆说》云：

> 《红楼梦》一书得《国风》《小雅》《离骚》遗意，参以《庄》《列》寓言，奇想天开，戛戛独造。从女娲氏炼石补天说起，开卷大书特书曰：作者自云曾历一番梦幻，借通灵说此石头记一书。是石上历历编述之字迹尽属通灵所说者矣。通灵宝玉兼体用讲，论体为作者之心，论用为作者之文。夫从胎里带来，口中吐出，非即作者之心与文乎？

作者之心，这是解盦居士给出的答案。其实在此之前，张本夹批已经有类似的说法："实在好处再镌上几个字，乃'莫失莫忘'也。其下语则效验，谓非心而何？"张总："石头是人、是心、是性、是天、是明德，曰'通灵'即虚灵不昧也……"按照这种理解，石头指的便是心，《石头记》的名义表达的不过就是心灵的觉悟历程和记录。

沿着这个方向思考，通灵宝玉和复归本质的石头其实分别代表着心灵的两种状态，前者是陷溺在这个世界之中的执着而跃动的心，后者则是觉悟之后的不动的空心。以石头来比喻不动之心，《诗经》中便可以看到，《邶风·柏舟》云："我心匪石，不可转也；我心匪席，不可卷也。"郑笺云："言己心志坚、平过于石、席。"有似后世常说的心如磐石之义。而在佛教中，以石头比喻无心则更常见。裴修所编临济宗《黄檗希运禅师传心法要》有云：

> 无心者，无一切心也。如如之体，内如木石，不动不摇；外如虚空，不塞不碍。无方所，无相貌，无得失。

《新纂续藏经》所收明韩岩集解、程衷懋补注的《金刚经补注》记载：

> 志公云：但有纤毫即是尘，举意便遭魔所扰。经云：若人欲识佛境界，当净其意如虚空，学道之人，但于一切诸法无取无舍，见如不见，闻如不闻，心如木石，刮削并当，令内外清净，方是逍遥自在底人。

很显然，石和木一起成为无心或者不动心的象征。这当然不是让人变成木石，佛教一直很强调这一区别。试看《五灯会元》卷三慧海禅师条中如下的话：

> 师曰：大德如否？曰：如。师曰：木石如否？曰：如。师曰：大德如同木石如否？曰：无二。师曰：大德与木石何别？僧无对。

大德只是如木石般无心，但并不真如木石般无生意。这一点在传说是菩提达摩所制的《无心论》中也得到了重视：

> 问曰：和尚既云于一切处尽皆无心，木石亦无心，岂不同于木石乎？答曰：而我无心，心不同木石。何以故？譬如天鼓，虽复无心，自然出种种妙法，教化众生。又如如意珠，虽复无心，自然能作种种变现，而我无心亦复如是。虽复无心，善能觉了诸法实相，具真般若三身自在应用无妨。故《宝积经》云：以无心意而现行，岂同木石乎？夫无心者即真心也，真心者即无心也。

无心、木石和生命的关系乃是中国佛教讨论的一个问题。站在佛教的立场，可以说心如木石而非木石。如此常见的木石字样难免不会让人想起《红楼梦》中一再突出的"木石前盟"，考虑到木和石都是无心或空心的象征，那么木石前盟无论如何动人，却仍然是空中楼阁。

作为石头堕入红尘的幻形，通灵宝玉意味着石头和肉体以及有形世界的结合，石头是无心或空心，通灵宝玉则象征凡心。第八回借宝钗之眼呈现通灵宝玉的真相，作者有诗云：

> 女娲炼石已荒唐，又向荒唐演大荒。失去幽冥真境界，幻来亲就臭皮囊。好知运败金无彩，堪叹时乖玉不光。白骨如山忘姓氏，无非公子与红妆。

石头的迷失让自己成为通灵宝玉，一方面是和臭皮囊的结合，另一方面是进入金玉的世界。以佛教的立场，这自然是愚蠢的堕落，所以才会有蠢、粗蠢、质蠢、蠢物等说法。蠢的表现是痴迷，携带通灵宝玉的贾宝玉虽然可以拒绝一般人追逐的仕途经济，却迷失在情感的世界之中。二十五回的着魔当然是贾宝玉痴迷的点题，也是石头堕落的点题。因被声色货利所迷，通灵宝玉应该具有的"除邪祟"的功能不再灵验。把它带入红尘的和尚感叹道：

> 可羡你当时的那段好处：天不拘兮地不羁，心头无喜亦无悲；却因锻炼通灵后，便向人间觅是非。可叹你今日这番经历：粉渍脂痕污宝光，绮栊昼夜困鸳鸯；沉酣一梦终须醒，冤孽偿清好散场！

两首诗显然对应着石头从本来状态的迷失和通灵宝玉的终极觉悟，表现心灵"迷"和"悟"的两种状态。一念迷即凡，执世界之梦幻以为真实；一念悟即圣，无念无住，得大自在。通灵宝玉是迷悟一体的矛盾之物，作为宝玉，它很容易陷溺于此世界；但作为石头，具有通灵的本领，便有觉悟的能力。就好像小说的主人公贾宝玉，既在这个世界之中，又能够走到这个世界之外。

简言之，《石头记》之名表现的是心灵的旅行及其印记，这个名字的意义和魅力由此呈现出来。作为生命的根本和觉悟的关键，它凸显了中国文化和思想的关键主题：心灵。而与另外几个名字相关的情感、欲望、生命和世界都须借助于心灵得以呈现。在这个意义上，《石头记》作为本名非常恰当。而其他的名字，正是此本名意义的扩展和补充。

与《石头记》相比，《情僧录》显然突出了情感的角度。全书"大旨言情"，宝玉和黛玉都被塑造为情痴，所以《红楼梦》被花月痴人称为"情书"，汪大可《泪珠缘书后》亦云："《红楼》以前无情书,《红楼》以后无情书,旷观古今,红楼其矫矫独立矣!"
全书对于情感的立体式呈现确实令人印象深刻,以宝玉为枢纽,
以男女之情为中心,延伸到人伦亲情、朋友之情或一般意义上的
人情。太虚幻境的叙述明显是以情为主线,玉石牌坊之后第一道
宫门上的横匾就是"孽海情天"四字,两边还有一副对联:

> 厚地高天,堪叹古今情不尽;
>
> 痴男怨女,可怜风月债难偿。

痴情、结怨、朝啼、夜怨、春感、秋悲,天地之间,作者所关
注者,一无尽之"情"字而已。所关注的生命,也集中在所谓
的情种。这也是《红楼梦》曲子的核心,"鸿蒙开辟,谁为情
种?趁着这奈何天,伤怀日,寂寥时,试遣愚衷,因此上,演
出这悲金悼玉的红楼梦"。如"引子"所云,天地开辟之后,情
种直接被安置在舞台中心。的确,整部大书在宝玉和黛玉之外,
通过冯渊和英莲、张金哥和守备家公子、秦钟和智能儿、贾蔷
和龄官、司棋和潘又安、尤三姐和柳湘莲,作者刻画了一系列
形态各异的情种,演绎了一个儿女之情的世界。此外,贾母、
贾政、王夫人、元春与宝玉之间的天伦之情,宝玉与秦钟、蒋
玉函、北静王、柳湘莲之间的朋友之情,宝玉与晴雯之间的纯
情、贾雨村的薄情、倪二的豪情、詹光们的阿谀奉承之情、赵
姨娘们的不忿之情、赖尚荣的势利之情等,千变万化,应有尽
有,读来有身临其境之感。

但《红楼梦》不是一般的情书,它的宗旨是以情悟道,轨迹
是出情入空,相应的生命形态则是从情痴到僧人,成为空空道人。
"从此空空道人因空见色,由色生情,传情入色,自色悟空,遂易

025

名为情僧，改《石头记》为《情僧录》。""情僧"的名字醒目之极，脂批："空空道人易名为情僧，则何空空之有，分明作者调侃之笔。"但调侃之中，却满是泪水。这是一个有情的僧人，他曾经如此执着于情，最终却觉悟到情根之无稽，决绝地走进了空门。进一步说，没有热烈的执着，也就很难有深刻的觉悟。明末董说所著的《西游补》答问第一条说道：

> 四万八千年，俱是情根团结。悟通大道，必先空破情根。空破情根，必先走入情内。走入情内，见得世界情根之虚。然后走出情外，认得道根之实。①

走入情内，见得世界情根之虚，方能走出情外，这正是石头的轨迹，也是贾宝玉和很多人的轨迹。石头必在大荒山无稽崖青埂峰下的道理即在此，青埂峰谐音"情根"，情根不过是大荒和无稽。《庄子·大宗师》中有"撄宁"之说，"撄宁也者，撄而后成者也"。说者云：

> 有僧托钵而歌姬院，或非之，曰：我自调心，何关汝事？即撄宁后成之意。英灵汉，须于利欲场得失场中战胜一番，方证大休歇田地。得道之后，任他尘扰弥天，总是臣心如水。

这是一个情僧的画像。空空道人也有着类似的经历，"由色生情，传情入色"，在情色中着实热闹过一番。只有到最后发现"到头

入世与离尘：一块石头的游记

一梦，万境归空"，才能自色悟空。如第一回脂批所云：

> 以顽石草木为偶，实历尽风月波澜，尝遍情缘滋味，至无可如何，始结此木石因果，以泄胸中悒郁。

复归于顽石草木，是以"历尽风月波澜，尝遍情缘滋味"为前提的。痴迷和执着正是觉悟的必经环节。甄士隐如此，贾宝玉也是如此。他们以自己爱情和人情的经历证得了空空之理。从他们的角度来看，《红楼梦》不是《情僧录》，又是什么呢？

根据庚辰、甲戌、靖本等的批语，书末应该有一个警幻情榜。情榜的目的似乎是从情的角度给每个册中人一个简要的评价和定位，如宝玉是情不情，黛玉是情情。尽管无法看到全貌，情榜存在的本身，就确认了情对于这部小说而言的中心地位。而从讨论《情僧录》这一书名的角度来说，"情不情"的标签意味着宝玉从情走向不情的生命历程，一个最伟大的情人变成了一个僧人。前引"鸿蒙开辟，谁为情种"之后，脂批云："非作者为谁？余又曰：亦非作者，乃石头耳。"宝玉无疑是最典型的情种，如果说女儿是水做的，男儿是泥做的，那么宝玉就是情做的。他的情表现为体贴，面向的是整个世界。宝玉越是体贴世界，就越是发现生命和世界的无奈，从他人的生命和情感中，更从自己的生命和情感中，不断地感受虚无。如三十五回蒙本回末总批所说：

> 此回是以情说法，警醒世人。黛玉回情凝思默度，忘其有身，忘其有病；而宝玉千屈万折因情，忘其尊卑，忘其痛苦，并忘其性情。爱河之深无底，何可泛滥？一溺其中，非死不止。且凡爱

到頭一夢萬境歸空

圓云

痴迷和执着正是觉悟的必经环节。甄士隐如此，
贾宝玉也是如此。他们以自己爱情和人情的经
历证得了空空之理

者不专，新旧叠增，岂能尽了其多情之心？不能不流于无情之地。究其立意，倏忽千里而自不觉。诚可悲乎！

多情而终流于无情，"幽微灵秀地，无可奈何天"，不知道参透了情之虚无的僧人宝玉，是否还怀念作为痴情人的时光呢？不妨看看周绮的一首诗：

> 不辨啼痕与墨痕，无情火断有情根。从来此事销魂最，已断尘缘未断情。

我想周绮是对的。如果宝玉真的断掉情根的话，又怎么会有如此一部情书呢？未断而不得不断，才成就了这部悲剧。如徐宛兰诗中所吟：

> 梨花落尽不成春，梦里重来恐未真。漫道玉郎真薄幸，空门遁迹为何人？

《风月宝鉴》的点睛处在书中第十二回"贾天祥正照风月鉴"，直接涉及的是贾瑞和王熙凤之间的一段公案，其实质则是关于欲望的思考，以及儒家和佛教的对话。贾瑞属于贾氏一族的玉字辈，父母早亡，只有他祖父贾代儒教养。代儒是年高有德的老儒，也是贾府义学的司塾，负责教育族中子弟，对孙子要求甚严。忙碌之时，便让贾瑞帮忙管理学中之事。第九回说，贾瑞"最是个图便宜没行止的人，每在学中，以公报私，勒索子弟们请他。后又助着薛蟠图些银钱酒肉，一任薛蟠横行霸道，他不但不去管约，反助纣为虐讨好儿"。观此则其为人可知。后在宁府偶遇凤姐，顿起淫心。反遭凤姐毒设相思局，几番戏弄，仍执迷不悟。"不觉就得了一病：心内发膨胀，口内无滋味，脚下如绵，眼中似醋，黑夜作烧，白日常倦，下溺遗精，嗽痰带血……于是不能支撑，一头跌倒，合上眼还只梦魂颠倒，满口说胡话，惊怖异常。百般请医疗治……也不见个动静。"一日，忽有跛足道人来化斋，口称专治冤业之症：

> 那道士叹道："你这病非药可医。我有个宝贝与你，你天天看时，此命可保矣！"说毕，从褡裢中取出正反面皆可照人的镜，背上面錾着风月宝鉴四字，递与贾瑞道："这物出自太虚玄境空灵殿上，警幻仙子所制，专治邪思妄动之症，有济世保生之功。所以带他到世上来，单与那些聪明俊杰、风雅王孙等看照。千万不可照正面，只照他的背面，要紧，要紧！三日后吾来收取，管叫你好了。"

贾瑞反面一照，只见一个骷髅立在里面；正面一照，却见凤姐站在里面点手儿叫他。心中一喜，荡悠悠觉得进了镜子，与凤姐云雨一番，凤姐仍送他出来。如此三四次，便气绝身亡。代儒夫妇大骂道士："是何妖镜！若不毁此镜，遗害人世不小！"正欲烧宝镜时，只听空中叫道："谁叫你们瞧正面了的！你们自己以假为真，为何烧我此镜？"

这显然不是一般意义上的镜子，和宝玉的通灵宝玉一样，风月宝鉴的非凡来历，暗示着它具有揭示人间真相的功能。如王本总评所说："背面是骷髅，正面是凤姐，美人即骷髅，骷髅即美人，所谓色即是空，空即是色也。"来自太虚玄境空灵殿的风月宝鉴，具有的是警幻的功能。究其实，这面镜子如同宝玉房中的镜子，以及通灵宝玉，仍然是心的象征。仅仅从正面看这个世界，则难免于执着。惟有在正反面的对观之中，心灵才能发现真实的自己和世界，从而摆脱对于欲望的痴迷。喜欢看正面的贾瑞，必然陷入"色之迷人，至死不变"（东）的梦幻之中，永远无法觉醒。如正本总评所说："儒家正心，道者炼心，释者戒心，可见此心无有不到，无不能入者，独畏其入于邪而不反，故用心炼戒以缚之……作者以此……以为痴者设一棒喝耳。"在这个意义上，贾瑞之死，不能怪罪于任何人，而只能归咎于自己执迷不悟的心。张本夹批："凤姐未必果于杀贾瑞，实贾瑞果于自杀，在此数语即此已是正照风月鉴处。"同理，凤姐之死、黛玉之死、秦可卿之死，也都是如此。而宝玉之所以能跳出情网，正得益于其石头的本质，得益于与生而来的反观能力。

《风月宝鉴》名义之中的"风月"二字是值得留意的。它的含义，或指闲情，或指色欲，很多时候是两者混杂的。苏东坡《前赤壁赋》"江上之清风，与山间之明月"之风月，显然表现作者的高情雅致。大观园的诗会，无疑属于此类。而如十五回所述智能儿"如今长大了，渐知风月"，当然是指男女之欲。第一回作者特别指出的"更有一种风月笔墨，其淫秽污臭，荼毒笔墨、坏人子弟又不可胜数"，显然是指后者。在直接的意义上，"宝鉴"所观照的风月是贾瑞生命中的男女之欲，其实不仅是贾瑞，它也体现在贾赦、贾珍、贾琏、凤姐、秦可卿等普遍的生命之中。这是自然生命的一部分，如《礼记》所说："饮食男女，人之大欲存焉。"人类当然了解欲望的力量，无论是积极的还是破坏性的，不同的思想或者信仰也都寻找应对此欲望的途径。以儒家为例，它找到的途径是以理制欲，所以有宋儒"存天理，灭人欲"之说的提出，人的欲望必须被纳入理的原则和礼的秩序之中，才能获得合理的安顿。在《红楼梦》中，李纨当然是以理制欲式儒家生命的典范，贾瑞则因为无法控制欲望，不幸地成为否定性的例子。

根据第一回的叙述，《风月宝鉴》的题名者是东鲁孔梅溪。如前所述，这个游戏之笔显示出该名义和儒家之间的某种关系。张爱玲曾经说："楔子末列举书名，'东鲁孔梅溪则题曰《风月宝鉴》'句上，甲戌本有眉批：'雪芹旧有《风月宝鉴》之书，乃其弟棠村序也。今棠村已逝，余睹新怀旧，故仍因之。'庚本有个批者署名梅溪，就是曹棠村，此处作者给他姓孔，原籍东鲁，是取笑他，比作孔夫子。"①曹雪芹或曾作过《风月宝鉴》之书，后经修改融入了《红楼梦》中。如果其弟棠村有梅溪的字号，那么雪芹为其加上孔的姓氏，很显然意味着儒家的立场。由此看贾瑞的出于儒门，无疑具有强烈的反讽意味，让人们怀疑儒家以理制欲思路的实际效果。不止于此，贾代儒的名字，司塾的身份，处处显示着一个"儒者"的生命。但从秦邦业为秦钟入学，"东拼西凑，恭恭敬敬封了二十四两贽见礼，带了秦钟到代儒家拜见"，到代儒料理丧事之时的一笔笔细账，如张夹所说，"调侃假道学不少"。而学堂的混乱，更强化了儒者在现实世界的无力感。正总："此篇写贾氏学中非亲即族，且学乃大众之规范，人伦之根本，首先悖乱以至于此极，其贾家之气数即此可知。"这种无力感一方面来自权力和财富的强大，另一方面也来自自身的局限。从代儒夫妇怒骂道士的风月宝鉴为妖镜，欲毁灭之，便可看出其肉眼凡胎。如脂乙所评所说："此书不免为腐儒一谤。"而在谤腐儒的同时，跛足道人所代表的佛教思想的穿透力就更被凸显出来。

① 张爱玲:《红楼梦魇》北京十月文艺出版社，2012 年，页 76。

《红楼梦》的一个主要思想倾向是佛教的，但正如在现实世界中一样，儒家的存在也是触目可及。人伦秩序、仕途经济自不必论，即以贾氏宗祠而论，四字之匾和两旁的长联"肝脑涂地兆姓赖保育之恩，功名贯天百代仰蒸尝之盛"都是衍圣公孔继宗所书，显示出贾府主人们和孔氏儒门的关联。贾政们也无不以儒家思想来规范自己及后代的生命。但在实际的生活中，无论是贾敬的修仙、贾赦的好色、贾珍贾琏们的荒淫，乃至于贾蓉、贾蔷的助纣为虐，都让儒家的伦理和秩序处在一个非常尴尬的地位。作为书生的贾雨村，一旦步入仕途，也不免贪赃枉法，流入市俗，与凤姐无异。这正是甄士隐和贾宝玉们无法选择儒家的世界作为安身立命之地的根本原因。与道家一样，佛教的生命力正在儒家的失败处显示出来。曹雪芹赋予了跛足道人和癞头和尚终极的拯救能力，这种拯救能力来自对包括欲望在内的世界之虚无的体认。在这个意义上，《风月宝鉴》之名，面子上似乎有儒家的色彩，但里子仍然属于佛教。

　　《红楼梦》这个名字是读者最熟悉的。在《石头记》之后，它也是各种版本最常用的书名。第五回《红楼梦》曲子当然是该名义的点睛。除此之外，五十二回宝琴所述真真国女子的一首诗也有同样的作用：

　　　　昨夜朱楼梦，今宵水国吟。乌云蒸大海，岚气接丛林。月本无今古，情缘自浅深。汉南春历历，焉得不关心。

王姚眉批："朱楼梦者，红楼梦也。"王总："外国女儿诗，隐隐是一部《红楼梦》。"该诗确实有某种由归结《红楼梦》而来的超越意味。如果考虑到真真国的名义对应着现实的贾府，如张夹所说："宁国贾、荣国贾，则为假假国，必有一真真国为之对。"这似乎包含着以真观假的暗示，在这种观照之下，无论是朱楼，还是水国，都不过是长夜一梦。"水国"一词，唐宋诗中屡见，但就《红楼梦》中的使用来看，如果结合宝玉所谓"女儿是水做的骨肉"之论，似指女儿国即大观园而言。进一步追究，宝琴述此诗正在潇湘馆，"乌云蒸大海，岚气接丛林"更含着林海之名，则黛玉所居正是水国的象征。在书中，黛玉也被比作投水而死的湘妃。而"红楼"的意义，自梦觉主人提出"辞传闺秀而涉于幻者，是书以梦名也。夫梦曰红楼，乃巨家大室儿女之情，事有真不真耳。红楼富女，诗证香山；悟幻庄周，梦归蝴蝶。作是书者借以命名，为之《红楼梦》焉"以来，"红楼富女"的意义被很多人所接受。白居易诗中确实喜用"红楼"一词，如"红楼富家女""新人新人听我语，洛阳无限红楼女""到一红楼家，爱之看不足"等，《红楼梦》中也有香菱"红袖楼头夜倚阑"的诗句，似可为"红楼富女"作一注脚。作为女儿国的大观园当然可以作一红楼看，而怡红院或绛云轩，无疑是红楼的中心。

但红楼的意义似不尽于此，它是整个世界的象征。红尘、红袖、红纱、红梅、红花、绛珠、怡红公子等，"红"是这个世界最具代表性的颜色。宝玉的爱红，体现出他对于女儿、对于这个世界的热爱。按照作者的说法，整部书不过是讲石头"被携入红尘，历尽离合悲欢、炎凉世态的一段故事"。后面又有一首偈云：

> 无材可去补苍天，枉入红尘若许年。此系身前身后事，倩谁
> 记去作奇传。

红楼梦便是宝玉的红尘一梦，而红尘不过就是这个世界。从最初

对红尘的动心，到最后万境归空的觉悟，始知人生和世界不过是一场梦幻。整部书的第一句话便是"此开卷第一回也，作者自云：因曾历过一番梦幻之后，故将真事隐去，而借通灵之说撰此《石头记》一书也"。稍后又有"此回中凡用梦用幻等字，是提醒阅者眼目，亦是此书立意本旨"之语。王姚眉批："读此书能时时将'梦幻'二字提醒，便不堕入魔障，一切有为相皆作如是观可也。"的确，与其他名义相比，《红楼梦》之名最能够突出梦幻的意味，并契合着作者的"立意本旨"，这或许是甲戌本"凡例"说"红楼梦是总其全部之名也"的根本理由。

所谓梦幻，无非就是认识到世界的虚假。这应该就是作者让贾府成为红尘一梦展开之所的初衷。既然是贾府，那么理所当然，一切都不能当真。如王狷琴咏红诗第一首所云：

> 贾字当头莫认真，尘缘梦境两无因。分明一管生花笔，幻出群芳卅六人。

贾的谐音是"假"，在书中第一回借"贾雨村"之名即已言明。甄士隐和贾雨村的名字固然有真事隐去、假语留存的含义，但更深一层，则是揭示世界的虚假。作者特别设计了以贾府为中心的四大家族，匠心独运，妙笔生花：

> 贾不假，白玉为堂金作马；阿房宫，三百里，住不下金陵一个史；东海缺少白玉床，龙王请来金陵王；丰年好大雪，珍珠如土金如铁。

这是第四回中门子给贾雨村看的"护官符"上的几行字。按照门子所说，贾、史、王、薛"这四家皆连络有亲，一损皆损，一荣皆荣，扶持遮饰，俱有照应的"。这种四位一体的关系，通过史、王、薛家在贾府的会聚，得到了集中的体现。具体来说，史太君、史湘云出于史家，王夫人、王熙凤出于王家，薛姨妈、薛蟠和薛宝钗出于薛家。而史太君、王夫人、王熙凤和薛宝钗都嫁入贾府，薛姨妈和王夫人又是亲姐妹，正应了"连络有亲"的说法。

四大家族是"最有权势、极富贵"的，护官符上的几句话，到处都是金玉的气息，显示出他们的底色。事实上，除了贾之外，史、王和薛几个姓氏也都有寓意。"史"无疑是历史的象征，"阿房宫，三百里"已经把读者带进历史，而保龄侯史公之后的说法，就更显别致。保龄侯的爵位于史无征，更值得推究。没有任何生命可以在实际的生活中保龄，可一旦进入历史，或者进入惜春的图画，便进入了一个永恒的保龄空间。在贾府之中，史太君的辈分最高，年龄最大，她的权威来自其丰富的阅历，这种安排正合乎"历史"的角色。"王"字本身就代表着权力，《红楼梦》描写了东平王、南安王、西宁王、北静王等。王家是都太尉统制县伯王公之后，王夫人和王熙凤掌握着贾府实际的权力。而王夫人的哥哥王子腾，则是贾府之外的朝廷大员，初任京营节度使，后升任九省统制、加授九省都检点，最后任内阁大学士，地位显赫。"薛"寓意着财富，它的谐音是雪花银之"雪"，"珍珠如土金如铁"让人感受到一个财富的世界。薛家是紫薇舍人薛公之后，现领内府帑银行商，乃是皇商的角色，产业遍布天下，由薛蟠负责打理。贾府当然是四大家族的核心，其祖是宁国公贾演和荣国公贾源，乃开国功臣。后代贾赦、贾政、贾珍、贾琏等均有爵位，贾政长女元春贵为贤德妃，加封凤藻宫。正是第一回所说"钟鸣鼎盛之家，诗礼簪缨之族；花柳繁华地，温柔富贵乡"。

寓意既明，作者设计此四大家族的用心也就呼之欲出。权力、财富和历史，再加上李纨代表的理、秦可卿代表的情等，这个世界最重要的元素都被安放在《红楼梦》中，成为作者呈现梦幻和虚假世界的基本素材。情之无根、理之冰冷、财富的来去、权力的升降、历史的笔削，都显示出这个世界的变幻无常。《红楼梦》的整个书写都围绕着这个主题，第一回甄士隐给《好了歌》作的注释把这层意思说得淋漓尽致：

陋室空堂，当年笏满床，［甲戌侧批：宁、荣未有之先。］衰草枯杨，曾为歌舞场。［甲戌侧批：宁、荣既败之后。］蛛丝儿结满雕梁，［甲戌侧批：潇湘馆、紫芸轩等处。］绿纱今又糊在蓬窗上。［甲戌侧批：雨村等一干新荣暴发之家。甲戌眉批：先说场面，忽新忽败，忽丽忽朽，已见得反复不了。］说甚么脂正浓、粉正香，如何两鬓又成霜？［甲戌侧批：宝钗、湘云一干人。］昨日黄土陇头送白骨，［甲戌侧批：黛玉、晴雯一干人。］今宵红绡帐底卧鸳鸯。［甲戌眉批：一段妻妾迎新送死，倏恩倏爱，倏痛倏悲，缠绵不了。］金满箱，银满箱，［甲戌侧批：熙凤一干人。］展眼乞丐人皆谤。［甲戌侧批：甄玉、贾玉一干人。］正叹他人命不长，那知自己归来丧！［甲戌眉批：一段石火光阴，悲喜不了。风露草霜，富贵嗜欲，贪婪不了。］训有方，保不定日后［甲戌侧批：言父母死后之日。］作强梁。［甲戌侧批：柳湘莲一干人。］择膏粱，谁承望流落在烟花巷！［甲戌眉批：一段儿女死后无凭，生前空为筹划计算，痴心不了。］因嫌纱帽小，致使锁枷杠，［甲戌侧批：贾赦、雨村一干人。］昨怜破袄寒，今嫌紫蟒长。［甲戌侧批：贾兰、贾菌一干人。甲戌眉批：一段功名升黜无时，强夺苦争，喜惧不了。] 乱烘烘你方唱罢我登场，[甲戌侧批：总收。甲戌眉批：总收古今亿兆痴人，共历幻场，此幻事扰扰纷纷，无日可了。] 反认他乡是故乡。[甲戌侧批：太虚幻境青埂峰一并结住。] 甚荒唐，到头来都是为他人作嫁衣裳。[甲戌侧批：语虽旧句，用于此妥极是极。苟能如此，便能了得。甲戌眉批：此等歌谣原不宜太雅，恐其不能通俗，故只此便妙极。其说得痛切处，又非一味俗语可到。蒙双行夹批：谁不解得世事如此，有龙象力者方能放得下。]

这段话把贾府里外中人一网打尽，也把世间的一切现象一网打尽。从权力财富到伦理教化、人情爱情，都无法逃过无处不在的无常。甄士隐的抚今追昔，恰如作者自己经历的一番梦幻。伤心之极，痛心之极。"前不见古人，后不见来者。念天地之悠悠，独怆然而涕下"之余，百尺竿头，更进一步，于是有"乱烘烘你方唱罢我登场，反认他乡是故乡。甚荒唐，到头来都是为他人作嫁衣裳"的觉悟之语。有此觉悟，方知梦中所见的太虚幻境才是宝琴所说的真真国，而梦醒之后的现实世界不过是弄假成真。"假作真时真亦假，无为有处有还无"在此有了着落。

人生如梦的说法，见于庄子："梦饮酒者，旦而哭泣。梦哭泣者，旦而田猎。方其梦也，不知其梦也。梦之中又占其梦焉。觉而后知其梦也。且有大觉，而后知此其大梦也。而愚者自以为觉，窃窃然知之。君乎、牧乎，固哉！丘也与女皆梦也。予谓女梦亦梦也。是其言也，其名为吊诡。万世之后，而一遇大圣，知其解者，是旦暮遇之也。"但自认为清醒的庄子仍然可以在这个世界中找到属于自己的桃花源。佛教则把这种理解推向极致，如《金刚经》所说："一切有为法，如梦幻泡影。如露

入世与离尘：一块石头的游记

亦如电，应作如是观。"即色悟空，便可一骑绝尘。整部大书始于甄士隐白昼一梦，结尾处应该是贾雨村之觉醒。而在甄士隐和贾雨村的衬托之下，贾宝玉的入梦和离尘构成了红楼之"梦"与"觉"的主线。

在叙述的层面，曹雪芹把《金陵十二钗》的题名权留给了自己，这并不奇怪。这个名字突出了作者最关注的那些女子们，第一回反复强调这一点，整部书开篇即云：

> 作者自云：因曾历过一番梦幻之后，故将真事隐去，而借通灵之说撰此《石头记》一书也，故曰"甄士隐"云云。但书中所记何事何人？自又云："今风尘碌碌，一事无成，忽念及当日所有之女子，一一细考较去，觉其行止见识，皆出于我之上。何我堂堂须眉，诚不若彼裙钗哉？实愧则有余，悔又无益之，大无可如何之日也。当此，则自欲将已往所赖天恩祖德，锦衣纨绔之时，饫甘餍肥之日，背父兄教育之恩，负师友规谈之德，以至今日一技无成、半生潦倒之罪，编述一集，以告天下人：我之罪固不免，然闺阁中本自历历有人，万不可因我之不肖，自护己短，一并使其泯灭也。虽今日之茅椽蓬牖，瓦灶绳床，其晨夕风露，阶柳庭花，亦未有妨我之襟怀笔墨者。虽我未学，下笔无文，又何妨用假语村言，敷演出一段故事来，亦可使闺阁昭传，复可悦世之目，破人愁闷，不亦宜乎？"故曰"贾雨村"云云。此回中凡用"梦"用"幻"等字，是提醒阅者眼目，亦是此书立意本旨。

后文更借空空道人和石头的对话进一步提醒此点。当空空道人说此书"第二件并无大贤大忠理朝廷治风俗的善政，其中只不过几个异样女子，或情或痴，或小才微善，亦无班姑蔡女之德能，我总抄去，恐世人不爱看呢"。石头在批评了历来野史和才子佳人等书之后说道：

> 竟不如我半世亲睹亲闻的这几个女子，虽不敢说强似前代书中所有之人，但事迹原委亦可以消愁破闷，也有几首歪诗熟话可以喷饭供酒。至若离合悲欢兴衰际遇，则又追踪摄迹，不敢稍加穿凿。

《红楼梦》叙述的主体确是"家庭闺阁琐事以及闺情诗词"，其中涉及众多人物，但金陵十二钗无疑最为重要。其点睛处在第五回，警幻仙姑引宝玉在"薄命司"中游玩：

> 宝玉看了，便知感叹。进入门来，只见有十数个大厨，皆用封条封着。看那封条上，皆是各省的地名。宝玉一心只拣自己的家乡封条看，遂无心看别省的了。只见那边厨上封条上大书七字云："金陵十二钗正册。"宝玉问道："何为'金陵十二钗正册'？"警幻道："即贵省中十二冠首女子之册，故为'正册'。"宝玉道："常听人说，金陵极大，怎么只十二个女子？如今单我家里，上上下下，就有几百女孩子呢。"警幻冷笑道："贵省女子固多，不过择其紧要者录之。下边二厨则又次之。余者庸常之辈，则无册可录矣。"宝玉听说，再看下首二厨上，果然写着"金陵十二钗副册"，又一个写着"金陵十二钗又副册"。

金陵的名义也是需要留意的，它是一个实际存在的地名，南京的古称。但从《红楼梦》一贯的笔法来看，无论地名、官名等，都是虚虚实实。我更关注的是金陵的寓意，似乎是指向金玉世界的坟墓。在这个意义上，金陵并不是某一个具体的所在，而是象征着这个世界最后的归宿。按照这段话所说，金陵十二钗分正册、副册、又副册三等，这在后文"上中下三等女子之终身册籍"也可以得到验证。从第五回提到的判词来看，又副册中存放的是晴雯、袭人等大丫鬟，副册中则有香菱，最重要的则是正册里的十二女子，即"十二冠首女子"，即通常所谓金陵十二钗。结合判词和《红楼梦》曲子可以知道，这十二钗包括贾府的四姐妹、黛玉、宝钗、凤姐、巧姐、湘云、妙玉、李纨和秦可卿。脂批云：

> 妙卿出现。至此细数十二钗，以贾家四艳再加薛、林二冠有六，去秦可卿有七，再凤有八，李纨有九，今又加妙玉，仅得十人矣。后有史湘云与熙凤之女巧姐儿者，共十二人。雪芹题曰金陵十二钗，盖本宗《红楼梦十二曲》之义。

不可忽视的是，无论是判词，还是曲子中关于十二钗的叙述，都遵循着严格的次序。从宝钗和黛玉二冠起，依次是元春、探春、湘云、妙玉、迎春、惜春、凤姐、巧姐、李纨和秦可卿，绝无错乱，显然出于刻意的安排。进一步思考，我们可以发现十二钗的叙述包含着两峰对峙、双水分流的结构。宝钗和黛玉、元春和探春、湘云和妙玉、迎春和惜春、王熙凤和巧姐、李纨和秦可卿，十二钗构成了六个对子。为了突出这个结构，或者，为了让读者更能够注意到它，作者还特别用湘云和妙玉把贾府四姐妹分隔了开来。

六个对子的叙述结构给我们理解十二钗的设计提供了新的思路。从小说的文字层面来说，这不过是十二位美丽的女子。但作者真正的用心，是以十二钗来表现十二种现实的或可能的生活。

如成之《小说丛话》所说：

> 《红楼梦》中之人物为十二金钗。所谓十二金钗者，乃作者
> 取以代表世界上十二种人物者也；十二金钗所受之苦痛，则此
> 十二种人物在世界上所受之苦痛也。此其旨具于第五回之《红楼
> 梦曲》。[①]

这个说法是有洞察力的。宝钗黛玉们不仅仅是一般意义上的女子，更是不同生活方式的象征，这或许正是警幻所谓"择其要者"的真正内涵。这些生活方式被以两两相对的方式叙述，用来表现生活世界中一些对立的原则或选择。此点一经说破，就很容易看出。如秦可卿和李纨分别代表着情和理的生命，湘云的本色对上了妙玉的做作，黛玉之情情与宝钗的无情正相反等。

一旦意识到此点，那么作者所谓小说仅仅是"使闺阁昭传"的说法就不攻自破。读者再一次意识到了脂砚斋所说"真狡猾之笔耳"的意义。借助于金陵十二钗不同的生活，作者进行的是具体而普遍的生命之反思，追问的是永恒的生存意义。作品的悲剧性决定了人们无论选择什么样的生活方式，都无法逃离生活的无常和终极的虚无。《红楼梦》曲子的最后一支是"飞鸟各投林"：

> 为官的家业凋零，富贵的金银散尽；有恩的死里逃生，无情
> 的分明报应；欠命的命已还，欠泪的泪已尽；冤冤相报实非轻，
> 分离聚合皆前定；欲知命短问前生，老来富贵也真侥幸；看破的
> 遁入空门，痴迷的枉送了性命。好一似食尽鸟投林，落了片白茫

： ①《中华小说界》，第一年第三期至第八期，1914 年，页 883。

茫大地真干净。

俞平伯指出"十二钗曲末支是总结；但宜注意的，是每句分结一人，不是泛指，不可不知。除掉'好一似'以下两读是总结本折之词，以外恰恰十二句分配十二钗"。他的看法是：

　　　为官的家业凋零——湘云

　　　富贵的金银散尽——宝钗

　　　有恩的死里逃生——巧姐

　　　无情的分明报应——妙玉

　　　欠命的命已还——迎春

　　　欠泪的泪已尽——黛玉

　　　冤冤相报实非轻——可卿

　　　分离聚合皆前定——探春

　　　欲知命短问前生——元春

　　　老来富贵也真侥幸——李纨

　　　看破的遁入空门——惜春

　　　痴迷的枉送了性命——凤姐

俞先生"每句分结一人"的说法很有趣味。但句子和人之间的对应，除了巧姐、黛玉、探春、李纨和惜春之外，我的理解有些不同。"为官的家业凋零"当指妙玉，祖上曾是读书仕宦之家；"富贵的金银散尽"是湘云，书中已经露出困顿的景象；"无情的分明报应"指宝钗，她的标签正是无情；"欠命的命已还"指王熙凤，十二钗中，只有她的手上有几条人命；"冤冤相报实非轻"指元春，应该是陷入到权力争斗；"欲知命短问前生"指秦可卿，她是十二钗中第一个死去者;"痴迷的枉送了性命"指迎春,她所痴迷者是《太上感应篇》。按照这种理解,十二句所对应的十二人基本上保持了前面所说两两相对的面貌,只有宝钗和黛玉、凤姐和巧姐两个对子有些混乱,应该是出于文字韵脚的考虑。

俞平伯后来的想法有些改变,他说:"这曲文分配十二钗虽然很巧,却未必很对,特别开首两句,一指湘云,一指宝钗,未免牵强。所以说'我很失望'。甲戌本脂评把'为官的''富贵的'二句先总宁荣;把其他十句将通部女子一总,不穿凿而又能包括,比我这说妥当。"但这种讨论究竟是细枝末节,虽然可以借此了解作者思考和写作的细密。曲子末支之大处则是"好一似食尽鸟投林,落了片白茫茫大地真干净"的结语,读之无限凄凉。联想起四十九回"琉璃世界白雪红梅"的热闹场景,"此时大观园中,比先又热闹了多少。李纨为首,余者迎春、探春、惜春、宝钗、黛玉、湘云、李纹、李绮、宝琴、邢岫烟,再添上凤姐和宝玉,一共十三人"。那是作者第一次"着意描写大雪",也是"大观园极盛之时",如桐总所说:"大雪盛景,得天时也。大观名园,得地利也。诸美毕集,得人和也。"然此极盛之场面,却在极冷之大雪地上展开,其中微义,却也令人三思。《红楼梦》每于极热处,接以极冷文字,如"贾元春才选凤藻宫,秦鲸卿夭逝黄泉路"之类,正揭示着热终归于冷之理。生命中所有的热闹和繁华,无不立足于冰冷的大雪之基,既然如此,"食尽鸟投林,落了片白茫茫大地真干净"就是必然的命运。

根据上述的理解,《红楼梦》的五个书名,分别突出了心灵、情感、欲望、世界和生命的不同维度,各有其用意。简要说来,《石头记》的书名,借助于一块石头的下凡和复归,突出了一个超越性心灵的视角;《情僧录》则更像是一个情痴看破红尘之后的遁入空门；《风月宝鉴》给这个世界上所有痴迷于欲望之人一个警醒；《红楼梦》则揭示以权力、财富为中心的世界的虚幻；《金陵十二钗》重在呈现各种生命的悲剧。这些既是作者写作的维度，也是读者阅读的角度。很少有作者以如此的方式对自己的作品加以交代，让读者感受到有似于贾宝玉式的体贴。这种交代显然有助于《红楼梦》的阅读，以及关于该书主旨的认识。更重要的是，它提供了文本意义敞开和无限阅读的可能性。多个名义的共存显示出名义本身的有限性，从而让读者不必执着于某一个名义，也不必执着于某一种阅读。这部书可以是一部失败人生的"忏悔录"，也可以是一部历劫证道的《西游记》，甚至可以是一部出入佛老、反归六经的儒家教化之作。或者如作者所说，不过是一些消愁破闷、喷饭供酒的文字。但作者的狡猾之笔，改变不了血泪之作的事实。如作者开篇所提醒的：

满纸荒唐言，一把辛酸泪；都云作者痴，谁解其中味。

脂批云："能解者方有心酸之泪，哭成此书。壬午除夕，书未成，芹为泪尽而逝。余尝哭芹，泪亦待尽。每意觅青埂峰，再问石兄，余不遇癞头和尚何，怅怅。""今而后惟愿造化主再出一芹一脂，是书何本？余二人亦大快遂心于九泉矣！甲午八日泪笔。"对于《红楼梦》来说，读者和作者的真正相遇，也许只有在血泪之中。脂砚斋看起来像是真正的解人。但究竟说来，只有读者，没有解人。或者，每个读者都可以是解人。

贾府四春

三春去后诸芳尽，各自须寻各自门。

在金陵十二钗中，作为贾府亲戚和客人的黛玉和宝钗，因为与宝玉的情感和婚姻纠葛，最引人注目。比较起来，宝玉的四个姐妹反居次要的地位。但是，如果从表现贾府的盛极而衰，以及生命的终极意义这条线索来看，元春、迎春、探春和惜春却极其重要。四春名虽四人，实则一体。贾府百年的历史被压缩到一个短暂的时间之内，浓缩在四姐妹的生命之中。从元春的荣耀开端，迎春的软弱无力，到探春和惜春的一声叹息，令人顿生无限感慨。

读者最早了解四春的背景，仍然是借助于冷子兴和贾雨村的对话："子兴道：……政老爹之长女，名元春，现因贤孝才德选入宫中作女史去了。二小姐乃赦老爹前妻所出，名迎春。三小姐乃政老爹之庶出，名探春。四小姐乃宁府珍爷之胞妹，名唤惜春。因史老夫人极爱孙女，都跟在祖母这边一处读书，听得个个不错。雨村道：更妙在甄家风俗，女儿之名，亦皆从男子之名命取，不似别家另外用这些春、红、香、玉等艳字。何得贾府亦落此俗套？子兴道：不然。只因现今大小姐是正月初一日所生，故名元春；余者方从了春字。上一排的却也是从弟兄而来的。"四姐妹虽出自两府，嫡庶不同，却都在贾母身边读书。名字中都有"春"字，也是从了元春的例。可知"春"字固然重要，但前面的那个字须更加留意。甲戌本在元春、迎春、探春、惜春名字的旁边，特别用朱笔批下"原也，应也，叹也，息也"字样。四春名字一体连读，构成了"原应叹息"，贾府的命运和青春生命的悲剧跃然纸上。而四春的丫鬟抱琴、司棋、侍书、入画，通过琴棋书画，呈现并强化了同样的节奏。

元春当然是一个特殊的人物。出生在正月初一的元旦本就特殊，入宫做女史就更加特殊，而更特殊的是后来的"晋封凤藻宫尚书，加封贤德妃"。正是秦氏托梦凤姐时提到的"眼见不日又有一件非常喜事，真是烈火烹油、鲜花着锦之盛"。为了烘托此点，作者特别把晋封的日子安排在贾政的生辰。当时"宁、荣二处人丁，都齐集庆贺，热闹非常。忽有门吏报道：'有六宫都太监夏老爷，特来降旨。'唬得贾赦、贾政一干人不知何事，忙止了戏文，撤去酒席，摆香案，启中门跪接"。原来是宣贾政入朝陛见。贾母等众人心神不定，直到听了信息，方才心安，喜见于面。元春加封贤德妃，是从天上掉下的一件大喜事，让萧索、不似先年那样兴盛的贾府为之一振，也让贾琏成了凤姐口中的"国舅老爷"。而皇帝的体贴让椒房眷属可以每月逢二六日期入宫请候省视，太上皇和皇太后的一道旨谕更让有重宇别院之家的贵妃可以省亲。于是周贵妃家开始动工，吴贵妃家去城外寻地，贾府也紧锣密鼓地筹划省亲别墅，即大观园。

省亲之事，让没有赶上当年太祖皇帝仿舜南巡的凤姐有了见大世面的机会，也勾起了当年贾府、王府接驾的记忆。这种记忆在几十年后仍然鲜活，反衬着如今贾府的衰落。在这个意义上，元春省亲既是贾府的回光返照，也是昔年盛世的再现。六十二回探春历数每个人的生日说："大年初一也不白过，大姐姐占了去，怨不得她福大，生日比别人就占先，又是太祖太爷的生日。"太祖太爷应指第一代宁国公贾演或荣国公贾源，乃是"功名奕世，富贵流传，已历百年"的贾府的源头。元春与之同一天生日，又有贵妃的身份，映射贾府开端的意味非常明显。

确如脂批所云："元妃省亲是书中一篇大文章，必须加等笔墨方足尽其形容。看他徐徐写来，不疏不漏，不蔓不支，煞是奇观。"（随总）从选址、购办各种物品、设计到建设，再到贾政巡园、宝玉题匾额对联，终于迎来了元春归省的一刻。自正月初八起，即有各路太监来贾府斟酌细节，工部官员并五城兵马司扫街逐人。正月十五日五鼓，"自贾母等有爵者，俱各按品大妆……贾赦领合族子弟在西街门外，贾母领合族女眷在大门外迎接。半日静悄悄的，忽见两个太监骑马缓缓而来，至西街门下了马，将马赶至围幕之外，便面西站立。半日又是一对，亦是如此。少时，便来了十来对，方闻隐隐鼓乐之声。一对对龙旌凤翣，雉羽夔头，又有销金提炉焚着御香；然后一把曲柄七凤金黄伞过来，便是冠袍带履。又有值事太监捧着香珠、绣帕、漱盂、拂尘等类。一队队过完，后面方是八个太监抬着一顶金顶金黄绣凤版舆，缓缓行来"。接下来叙述贾妃上舆登舟，观灯游园，"太平景象，富贵风流"，"玻璃世界，珠宝乾坤"，十六个字道尽大观园盛况。元春不禁有"太奢华过费"之叹。前后叙述之精妙细腻，批书人以"形容毕肖"、"一丝不乱"称之。如正总所说："此回铺排，非身经历，开巨眼，伸大笔，则必有所滞挂牵强，岂能如此触处成趣，立后文之根，足本文之情者。"

省亲的关键，当然是与祖母、父母及兄弟姐妹等的相见。贾妃"至贾母正室，欲行家礼，贾母等俱跪止不迭。贾妃满眼垂泪，方彼此上前厮见，一手搀贾母，一手搀王夫人，三个人满心里皆有许多话，只是俱说不出，只管呜咽对泪。邢夫人、李纨、王熙凤，迎春、探春、惜春三人，俱在旁垂泪无言。半日，贾妃方忍悲强笑，安慰贾母、王夫人道：'当日既送我到那不得见人处，好容易今日回家，娘儿们一会不说不笑，反倒哭个不了，一会子我去了，又不知多早晚才能一见呢。'说到这句，不禁又哽咽起来"。庚辰眉批："非经历过如何写得出！壬午春。"夹批："追魂摄魄，《石头记》传神模影全在此等地方，他书中不得有此见识。""说完不可，不先说不可，说之不痛不可，最难说者是此时贾妃口中之语。只如此一说，千贴万妥，一字不可更改，一字不可增减，入情入神之至。"不同于一般的人伦秩序，在至高无上的皇权面前，亲情的表达只能以一种"合理"的方式呈现。贾母及王夫人在孙女和女儿面前一跪再跪，她们跪拜的当然不是孙女或者女儿，而是权力以及权力确立的某种秩序。我们在王熙凤和秦可卿那里看到的权力和情感之间的紧张和冲突再次出现，不过这里的情感不是男女之情，而是亲情。贾政的出场又进一步强化了这一点：

> 又有贾政至帘外问安，贾妃垂帘行参拜等事。又隔帘含泪谓其父曰："田舍之家，虽齑盐布帛，终能聚天伦之乐；今虽富贵已极，骨肉各方，然终无意趣。"贾政亦含泪启道："臣草莽寒门，鸠群鸦属之中，岂意得征凤鸾之瑞。今贵人上锡天恩，下昭祖德，

此皆山川日月之精奇、祖宗之远德钟于一人，幸及政夫妇。且今上体天地生生之大德，垂古今未有之旷恩，虽肝脑涂地，岂能报效于万一！惟朝乾夕惕，忠于厥职。伏愿我君万岁千秋，乃天下苍生之福也。贵妃切勿以政夫妇残年为念，更祈自加珍爱，惟勤慎肃恭以侍上，庶不负上眷顾隆恩也。"贾妃亦嘱以"国事宜勤，暇时保养，切勿记念"。

元春的生命已经不属于自己，和皇权的结合决定了她在享受富贵的同时，无法拥有普通意义上的天伦之乐，虽与亲人近在咫尺，却远隔天涯，骨肉各方。正如贾政所说，元春的荣耀，既是祖宗之远德钟于一人，又让如今的贾府命运系于一身。元春之贵就是贾府之贵，元春之衰也就意味着贾府之衰。元春自己对此有足够的敏感，她同样敏感的是宁荣难继。在游幸大观园之时，"早见灯光火树之中，诸般罗列非常……登楼步阁，涉水缘山，百般眺览徘徊。一处处铺陈不一，一桩桩点缀新奇。贾妃极加奖赞，又劝：'以后不可太奢，此皆过分之极。'"临行之前，更重申此意："倘明岁天恩仍许归省，不可如此奢华靡费了。"但元春形象的意义正在于此，"元妃省亲奢华靡丽……惟秦氏与凤姐梦中所云'烈火烹油'四字差可方喻"。不如此不足以显示韶华胜极，以及转瞬间的乐极生悲。

如此古今之旷典自然不能缺少戏剧，而主导这场戏剧的当然是元春。在十二个花名单子里，只点了四出戏：第一出《豪宴》，第二出《乞巧》，第三出《仙缘》，第四出《离魂》。按照脂本夹批的说法，这四出戏分别伏贾家之败、元妃之死、甄宝玉送玉和黛玉死，"所点之戏剧伏四事，乃通部书之大过节、大关键"。此说影响极大，不过，我倒是更同意黄夹的看法："头一出指目前，第二指宫中，第三指幻境，第四则谓薨逝矣。"《红楼梦》的写法，都是按头制帽，大凡诗词戏曲，皆表现自己生命及命运，这四出戏的寓意也应不离元春。第一出《豪宴》是明末李玉所作戏剧《一捧雪》的第五折，场面豪华热闹，与当下之筵宴正合；第二出《乞巧》，出自洪昇剧《长生殿》第二十二出《密誓》，借唐明皇与杨贵妃盟誓故事，比喻贾妃与皇帝此时关系之亲密；第三出《仙缘》，出自汤显祖剧作《邯郸记》第三十出《合仙》，述痴人卢生得八仙之度，觉人生如梦；第四出《离魂》，出自汤显祖《牡丹亭》第二十出《闹殇》，述中秋之夜，杜丽娘病逝，喻元春之结局。而因贾妃特别欣赏龄官，命其"再作两出戏，不拘那两出就是了"，贾蔷遂命龄官作《游园》《惊梦》二出，有意无意之中点出了前四出戏的主题。"龄官自为此二出原非本角之戏，执意不作，定要作《相约》《相骂》二出。"这绝非庚辰夹批所说优伶拿腔作势、辖众恃能、乔酸娇妒之意，作者借此是要醒读者之眼目，《游园》和《惊梦》是属于元春的，《相约》和《相骂》则是属于龄官的。

在繁华热闹之后，元春省亲出人意料地以佛寺收场。撤筵之后，"将未到之处复又游顽。忽见山环佛寺，忙另盥手进去焚香拜佛，又题一匾云：'苦海慈航'。又额外加恩于一班幽尼女道"。夹批云："写通部人事一篇热文，却如此冷收。"其实不仅这里如此，第一回如此，整部《红楼梦》也是如此。热终归于冷，就好似元春作的灯谜：

> 能使妖魔胆尽摧，身如束帛气如雷。一声震得人方恐，回首相看已化灰。

谜底当然是爆竹。绚烂之极，惊恐之极，而虚无就在绚烂和惊恐之中。这种惊恐从一开始就伴随着元春和贾府，从宫里吓人的夏太监，到七十二回凤姐的夺锦之梦。凤姐道："……昨晚上忽然作了一个梦，说来也可笑，梦见一个人，虽然面善，却又不知名姓，找我。问他作什么，他说娘娘打发他来要一百匹锦。我问他是那一位娘娘，他说的又不是咱们家的娘娘。我就不肯给他，他就上来夺。正夺着，就醒了。"如一些评论者已经指出的，一百匹锦象征的应该是贾府的百年富贵。这富贵看似坚固，其实是"猴子身轻站树梢"，毫无根基。皇帝的喜和怒，对于贾府而言就是兴和废。树倒猢狲散，随着元春的骤然薨逝，一个显赫的家族也走到了尽头。

第五回关于元春的判词是：只见画着一张弓，弓上挂着一个香橼。也有一首歌词云：

> 二十年来辨是非，榴花开处照宫闱。三春争及初春景，虎兔相逢大梦归。

弓、橼谐音"宫"、"元"，代表着皇宫内的元春。在这个是非之地，没有谁可以分清是非，也许本就没有是非，一切都在皇帝的一念之间。鲜艳的石榴花只能开放在宫中，等不到结成果实，便如烟花般散去，宛如一场大梦。如《红楼梦》曲子"恨无常"所说：

> 喜荣华正好，恨无常又到。眼睁睁，把万事全抛。荡悠悠，芳魂销耗。望家乡，路远山高。故向爹娘梦里相寻告：儿命已入黄泉，天伦啊，须要退步抽身早！

喜怒无常，废兴无常，生死无常。元春处在三春不及的最高处，令许多人艳羡。但高处不胜寒，身在皇宫的贾妃心里也许一直存着田舍之家的天伦之乐，但也只能是在心里暗自思想。她的生命看似尊贵无比，却被禁锢了。元春的丫鬟叫抱琴，琴的谐音也是情，也许曾经有过对美好情感的向往，有过琴瑟和谐，但更多的时候却是被挂在象征权力的弓箭之上。读者也许可以想到后来出现的宝琴，那个随父亲四处游历的明亮女子，见多识广，洒脱自在，深得贾母的喜爱。宝琴和抱琴的对比，正衬托着元春辉煌而无奈的生命。在大观园中，她最喜欢的地方之一就是稻香村。李纨虽冷，元春更冷。凤姐当然悲惨，元春却更悲惨。李纨还有贾兰，凤姐还能够遇到刘姥姥，元春却在皇权那不得见人处孤独地走向黄泉。

　　按照冷子兴的说法，贾府的子孙们"一代不如一代"。宁国公贾演、荣国公贾源之后，分别由贾代化和贾代善袭了官。代化生养了两个儿子，长子贾敷早夭，次子贾敬"一味好道，只爱烧丹炼汞，余者一概不在他心上"。后来也是误食丹药而死。贾敬之子贾珍，不肯读书，一味享乐。有一子贾蓉，即秦可卿的丈夫。宁国府门风败坏，焦大喝醉了酒，大声嚷嚷："我要往祠堂哭太爷去。那里承望到如今生下这些畜生来！每日家偷狗找鸡，爬灰的爬灰，养小叔子的养小叔子。"柳湘莲也说："你们东府里除了那两个石头狮子干净，恐怕连猫儿狗儿都不干净。"这当然是失于教育和管理之故。荣国府似乎也好不了多少，代善娶了史家的小姐，即贾母，育有两子，长子贾赦，贪婪荒淫，不管理家；次子贾政自幼酷喜读书，为人端方正直。贾赦子贾琏，娶王熙凤为妻。贾政与王夫人生养两子，长子贾珠早亡，次子即宝玉，偏爱脂粉，不务正业。另与赵姨娘育有一子贾环，顽劣无赖。第五回警幻云："偶遇宁、荣二公之灵，嘱吾云：吾家自国朝定鼎以来，功名奕世，富贵流传，已历百年。奈运终数尽，不可挽回。我等之子孙虽多，竟无可以继业者。"

和元春相比，迎春正是贾府一代不如一代的典型象征。她是贾赦前妻之女，非邢夫人所出，这种安排本身就别有意味。迎春第一次出场见第三回，黛玉眼中的她"肌肤微丰，身材合中，腮凝新荔，鼻腻鹅脂，温柔沉默，观之可亲"。这位二丫头似乎永远是配角，她住在大观园紫菱洲的缀锦楼，与惜春所住的藕香榭隔水相望，作者并没施加太多的笔墨，不像怡红院、潇湘馆、蘅芜苑和稻香村一样引起元春特别的关注。大观园起诗社，宝钗给迎春随便起了个号叫"菱洲"。因性懒于诗词，李纨给她委派了一个副社长的虚职，负责出题限韵。迎春认为拈阄公道，于是"走到书架前，抽出一本诗来，随手一揭，这首诗竟是一首七言律……迎春掩了诗，又向一个小丫头道：你随口说一个字来，那丫头正倚门立着，便说了个'门'字。迎春笑道：就是'门'字韵，'十三元'了。这头一个韵，定要'门'字。说着，又要了韵牌匣子过来，抽出十三元一屉，又命那小丫头随手拿四块。那丫头便拿了'盆''魂''痕''昏'四块来。"两个"随手"，一个"随口"，对于刻画迎春的生命来说，却不是"随意"之笔。迎春似乎不想以己意来支配或者改变这个世界，而更愿意把一切交给上天。

这注定了她的生命是懦弱和随顺。六十五回兴儿向尤二姐介绍道："二姑娘的诨名是'二木头'，戳一针也不知哎哟一声。"似乎把迎春描述成一个麻木的人。但是也许不是麻木，而是一种深沉的无力感，令她对这个世界提不起兴趣。迎春喜欢下棋，她的丫鬟叫司棋。在迎春看来，世界就是一个大的棋盘，每个人都是棋子。有时候我们会误以为自己是下棋者，但终究还是会被命运投放在棋盘之上。迎春的元宵灯谜诗是：

> 天运人功理不穷，有功无运也难逢。因何镇日乱纷纷，只因阴阳数不同。

所打的用物便是算盘。世人都喜算计，凤姐当然是最会打算盘的人，但人有千算，天则一算，孙悟空终究逃不出如来佛的手掌心。既然如此，算计又有何用呢？于是我们随处可以看到迎春的心不在焉或者不以为意。姐姐元春从宫中送出的灯谜，只有迎春和贾环没有猜中。贾环是因为顽劣，迎春呢？她当然没有宝钗、黛玉、湘云、探春们的才情，但自幼读书的她也不会如此无能。看她写的灯谜诗，把自己体悟的天运人功之理清晰地呈现出来，与贾环的"大哥有角只八个，二哥有角只两根。大哥只在床上坐，二哥爱在房上蹲"有天壤之别。元春给猜中者"各赏一个宫制诗筒和一柄茶筅，独迎春、贾环二人未得。贾环便觉没趣，迎春自为玩笑小事，并不介意"。

迎春不介意的不只是元春的礼物，还有元春的灯谜以及这个热闹的世界。刘姥姥二进荣国府，鸳鸯和凤姐故意要拿她取笑，迎春的表现显然是作者刻意摹画的。"老刘，老刘，食量大如牛，吃一个老母猪不抬头。"令几乎每一个人忍俊不禁，读者却看不到迎春的笑。四十回"金鸳鸯三宣牙牌令"热闹之极，好看之极，连贾母和薛姨妈都参与其中，却只有迎春说第一句就错了韵，笑着饮了一口。不介意之中隐藏着难以觉察的温柔。迎春想必是知道庄子"形莫若就，心莫若和"的，她的不介意自然地导致迁就，并寻求内心的平和。元春省亲之时，命姐妹题一匾一诗，她也题了"旷性怡情"的匾额，作了一首倒也符合身份的诗："园成景备特精奇，奉命羞题额旷怡。谁信世间有此景，游来宁不畅神思。"迎春很老实，也很迁就，迁就元春，迁就鸳鸯和凤姐，迁就乳母，迁就下人，当然还会迁就父母之命，迁就未来的丈夫。

但是对于贾府的二小姐来说，迁就和懦弱是不合时宜的。第二回冷子兴说："如今生齿日繁，事务日盛，主仆上下，安富尊荣者尽多，运筹谋画者无一。"和她的父亲贾赦一样，迎春也不管理家，属于安富尊荣者之列。这个在前面大部分时间里不大起眼的角色，在贾府衰败的时刻却越来越多的出场。七十三回"痴丫头误拾绣春囊，懦小姐不问累金凤"，《红楼梦》的回目中终于出现了迎春的名字，但显然不是在积极的意义上。但这回确是迎春的正传。她的乳母因为聚赌被打了四十大板，撵了出去，不许再入。她的懦弱以及懦弱的结果，收获了邢夫人的指责，也让迎春显得更加懦弱。该回说道：

迎春正因他乳母获罪，自觉无趣，心中不自在，忽报母亲来了，遂接入内室。奉茶毕，邢夫人因说道："你这么大了，你那奶妈子行此事，你也不说说他。如今别人都好好的，偏咱们的人做出这事来，什么意思？"迎春低着头弄衣带，半晌答道："我说他两次，他不听也无法儿。况且他是妈妈，只有他说我的，没有我说他的。"邢夫人道："胡说！你不好了他原该说。如今他犯了法，你就该拿出姑娘的身份来。他敢不从，你就回我去才是。如今直等外人共知，是什么意思？再者，只他去放头儿，还恐怕他巧语花言的和你借贷些簪环衣履作本钱。你这心活面软，未必不周济他些。若被他骗去，我是一个钱没有的，看你明日怎么过节。"迎春不语，只低头弄衣带。邢夫人见他这般，因冷笑道："……你是大老爷跟前人养的，这里探丫头也是二老爷跟前人养的，出身一样……你娘比如今赵姨娘强十倍的，你该比探丫头强才是，怎么反不及他一半？谁知竟不然，这可不是异事。倒是我一生无儿无女的，一生干净，也不能惹人笑话议论为高。"

邢夫人的一番话显然进一步地刻画了迎春的性格。尤其是和探春的对比，句句在理，字字扎心。迎春两次低头，具有极强的画面感，读者如见。没想到作者步步紧逼，更通过丫鬟强化迎春的生命：

> 绣橘因说道："如何？前儿我回姑娘那一个攒珠累金凤，竟不知那里去了，回了姑娘，竟不问一声儿。我说必是老奶奶拿去当了银子放头儿了，姑娘不信，只说司棋收着，叫问司棋。司棋虽病，心里却明白，说：'没有收起来，还在书架上匣里放着，预备八月十五要戴呢。'姑娘该叫人去问老奶奶一声。"迎春道："何用问？那自然是他拿了去摘了肩儿了。我只说他悄悄的拿了出去，不过一时半晌，仍旧悄悄的放在里头，谁知他就忘了。今日偏又闹出来，问他也无益。"绣橘道："何曾是忘记？他是试准了姑娘的性格儿，才这么着。如今我有个主意：到二奶奶屋里，将此事回了他，或着人要他，或省事拿几吊钱来替他赎了，如何？"迎春忙道："罢，罢！省事些好。宁可没有了，又何必生事？"绣橘道："姑娘怎么这样软弱？都要省起事来，将来连姑娘还骗了去！我竟去的是。"说着便走。迎春便不言语，只好由他。

这就是回目中提到的"懦小姐不问累金凤"。面对着被奶妈偷拿去的累金凤，迎春想的是省事，是息事宁人，不生事就好。连丫鬟绣橘也不禁说出"姑娘怎么这样软弱"的话来。而后文探春为其做主，则更衬托出迎春的软弱。"二姐姐好性儿"，"二姐姐竟不能辖制"，迎春之懦弱和探春之敏捷跃然纸上。黛玉和迎春的对话也颇有意味。"黛玉笑道：真是'虎狼屯于阶陛，尚谈因果'。若使二姐姐是个男人，一家上下这些人，又如何裁治他们？迎春笑道：正是，多少男人尚且如此，何况我呢？"迎春的形象正是贾府无运筹谋划者的象征。

　　但迎春自有她的哲学。探春义正词严的时候，迎春正和宝钗在看《太上感应篇》。这是一部道教背景的劝善书，开篇即云："祸福无门，惟人自召。善恶之报，如影随形"，主张"积德累功，慈心于物。忠孝友悌，正己化人，矜孤恤寡，敬老怀幼。昆虫草木，犹不可伤。宜悯人之凶，乐人之善，济人之急，救人之危……受辱不怨，受宠若惊。施恩不求报，与人不追悔"。在这种哲学的影响之下，迎春想做一个善人。不是不知道乳母之过，但她相信"救人急难，最是阴骘事"。可是后来她遇到急难的时候，却没有谁可以帮助她。她相信命运，命运却给她开了个玩笑。越省事，越息事宁人，就越会生出大事情来。邢夫人说得对，为什么偏咱们的人做出这事来？大观园的抄检，起于迎春，归于迎春。有偷窃的奶妈，就一定有偷情的司棋。七十一回述鸳鸯撞破司棋和表弟潘又安的私情，以及七十三回痴丫头拾到的绣春囊，奶妈们的聚赌，已经为后文理下了伏笔。于是有七十四回的抄查。邢夫人的陪房王善保家的请了凤姐一并入园，从宝玉、黛玉、探春、李纨、惜春依次查起，只在惜春的丫鬟入画那里搜出了三四十个银锞子。最后到了迎春房内，在司棋的箱中查出一双男子的锦袜并一双缎鞋，还有一个小包裹，里面是一个同心如意，并一个潘又安写的字帖儿：

> 上月你来家后，父母已觉察你我之意。但姑娘未出阁，尚不能完你我之心愿。若园内可以相见，你可托张妈给一信息。若得在园内一见，倒比来家好说话。千万，千万！再所赐香珠二串，今已查收。外特寄香袋一个，略表我心，千万收好！表弟潘又安拜具。

司棋是王善保家的外孙女，这个字帖儿坐实了香囊的来历，顿时让这次查搜在凄凉之中有了一丝喜剧的味道。王家的打着自己的脸骂道："老不死的娼妇，怎么造下孽了！说嘴打嘴，现世现报。"正如王仁寓意"忘仁"，王善保的名字，正是忘记了"善有善报、恶有恶报"的意思。但喜剧的味道却更增加了悲剧的程度，司棋的被逐是显而易见的结果。更重要的，她的被逐其实是迎春误嫁的前奏。

迎春的名字第二次出现在回目中是七十九回"贾迎春误嫁中山狼"。在父亲贾赦的安排之下，迎春被嫁给了孙绍祖：

> 这孙家乃是大同府人氏，祖上系军官出身，乃当日宁荣府中之门生，算来亦系世交。如今孙家只有一人在京，现袭指挥之职，此人名唤孙绍祖，生得相貌魁梧，体格健壮，弓马娴熟，应酬权变，年纪未满三十，且又家资饶富，现在兵部候缺题升。因未有室，贾赦见是世交之孙，且人品家当都相称合，遂青目择为东床娇婿。亦曾回明贾母。贾母心中却不十分称意，想来拦阻亦恐不听，儿女之事自有天意前因，况且他是亲父主张，何必出头多事，为此只说"知道了"三字，余不多及。贾政又深恶孙家，虽是世交，当年不过是彼祖希慕荣宁之势，有不能了结之事才拜在门下

的，并非诗礼名族之裔，因此倒劝谏过两次，无奈贾赦不听，也只得罢了。

这门亲事从贾母的不十分称意和贾政的反对中已经可以看出不幸的端倪。而从八十回迎春对王夫人哭诉孙绍祖一味好色、好赌、酗酒，还说"你老子使了我五千银子，把你准折卖给我的"，更可以看出迎春在孙家的悲惨境遇。在王夫人看来，这是她的命。迎春哭道：

> 我不信我的命就这么不好！从小儿没了娘，幸而过婶子这边过了几年心净日子，如今偏又是这么个结果！

的确，以迎春的慈心向善、退让不争，她无法理解命运加之于己的安排。但这就是她的命运！她承受的是整个家族的罪孽。孙绍祖不过是一个符号，从这个名字中，我们看到的正是贾演、贾源的不肖子孙。好色、好赌、酗酒，说的不正是贾珍、贾琏们吗？贾珍的爬灰、贾琏的荒淫、贾珍和贾琏兄弟的聚麀，与孙绍祖并无二致。甄府、贾府，宁国府、荣国府，不过都是大同府，大略相同。值得注意的是，元春省亲所点的第一出剧目《豪宴》中，正暗藏着《中山狼》的杂剧。这与第五回迎春的判词和相应的《红楼梦》曲子联系了起来：

> 后面忽见画着个恶狼，追扑一美女，欲啖之意。其书云：子系中山狼，得志便猖狂。金闺花柳质，一载赴黄粱。

> 中山狼，无情兽，全不念当日根由。一味地，骄奢淫荡贪欢

嬉。觑着那，侯门艳质同蒲柳；作践的，公府千金似下流。叹芳魂艳魄，一载荡悠悠。（《喜冤家》）

表面上看，中山狼指的是孙绍祖，曹雪芹用的是拆字法，子系合起来便是孙字。但究其实，中山狼仍然是贾府的子孙们，他们作践的是祖宗开创的侯门公府基业。迎春的"金闺花柳质，一载赴黄粱"，寓意着贾府末路的来临。

宝玉对于迎春的出嫁和贾府的衰败充满着感伤。邢夫人将迎春接出大观园之后，几乎"天天到紫菱洲一带地方徘徊瞻顾，见其轩窗寂寞，屏帐翛然，不过有几个该班上夜的老妪。再看那岸上的蓼花苇叶，池内的翠荇香菱，也都觉摇摇落落，似有追忆故人之态，迥非素常逞妍斗色之可比。既领略得如此寥落凄惨之景，是以情不自禁，乃信口吟成一歌曰：池塘一夜秋风冷，吹散芰荷红玉影。蓼花菱叶不胜愁，重露繁霜压纤梗。不闻永昼敲棋声，燕泥点点污棋枰。古人惜别怜朋友，况我今当手足情！"。

对于厌恶仕途经济之路的宝玉来说，也只能是通过作诗的方式来表达感伤。但是探春不然，她有高远的志向，想成为贾府的中兴功臣。元春是贾政嫡出，迎春是贾赦前妻所出，探春则是贾政之妾赵姨娘所出。姐妹几个的出身是一个不如一个，但黛玉眼中的探春"削肩细腰，长挑身材，鸭蛋脸面，俊眼修眉，顾盼神飞，文彩精华，见之忘俗"。没有错，探春是老鸹窝里出的凤凰。完全不同于恶俗的生母赵姨娘，或者顽劣的兄弟贾环，探春的生命中充满着掩饰不住的光芒。

但是在元春和迎春之后的探春生不逢时，"生于末世运偏消"。如果说元春是春天，那么探春更多地充满着秋天的气息。她在大观园内的住所是秋爽斋，题有"桐剪秋风"的匾额，自称

"秋爽居士"。不同于黛玉的悲秋，探春在萧瑟的秋风中同时也看到了"秋高气爽"。四十回借贾母两宴大观园时，特别描写了秋爽斋：

> 探春素喜阔朗，这三间屋子并不曾隔断，当地放着一张花梨大理石大案，案上磊着各种名人法帖，并数十方宝砚、各色笔筒，笔海内插的笔如树林一般。那一边设着斗大的一个汝窑花囊，插着满满的一囊水晶球的白菊。西墙上当中挂着一大幅米襄阳"烟雨图"，左右挂着一副对联，乃是颜鲁公墨迹，其联云：烟霞闲骨骼，泉石野生涯。案上设着大鼎，左边紫檀架上放着一个大官窑的大盘，盘内盛着数十个娇黄玲珑大佛手。右边洋漆架上悬着一个白玉比目磬，旁边挂着小锤。

"文彩精华，见之忘俗"在这里获得了初步的答案。探春最喜书法，亦擅长书法，元春省亲之时，即命其誊录诗稿。她的丫鬟有侍书，还有翠墨。颜真卿和米芾是唐宋的书法大家，颜体以雄浑、刚劲、端正、清俊著称，苏东坡谓"颜公变法出新意，细筋入骨如秋鹰"，其评米芾则曰"风樯阵马，沉着痛快"。颜、米之书法，正是探春其人的写照。屋中颜真卿书写的对联应是宝玉所赠，一闲一野，衬托着宝玉和探春共同的精神品格。这闲和野并没有让探春成为闲云野鹤，但成就了其阔朗的生命。不曾隔断的屋子、大案、斗大的花囊、大幅的烟雨图、大鼎、大盘、大佛手，显示着探春的大器，与此前黛玉的小屋子、小茶盘形成鲜明的对比。贾母在潇湘馆一句"这屋里窄，再往别处逛去罢"，而这别处，正是三妹妹那里。再加上刘姥姥"人人都说大家子住大房，昨儿见了老太太正房，配上大箱、大柜、大桌子、大床，果然威武"，让我们更知晓贾母喜欢探春的理由。

探春是海棠诗社的发起者，给大观园打开了一个新境界。在贾府四姐妹中，她的诗才最好。元春省亲之时，探春题的匾额是"万象争辉"，其诗云："名园筑就势巍巍，奉命多惭学浅微。精妙一时言不尽，果然万物有光辉。"虽不及宝钗、黛玉，但"果然万物有光辉"句极有气势，也是探春内心光辉的体现。三十七回记探春致书帖于宝玉及众姐妹，宝玉展开花笺看时，上面写道：

> 妹探谨启二兄文几：
>
> 前夕新霁，月色如洗，因惜清景难逢，未忍就卧，漏已三转，犹徘徊桐槛之下，竟为风露所欺，致获采薪之患。昨蒙亲劳抚嘱，复遣侍儿问切，兼以鲜荔并真卿墨迹见赐，抑何惠爱之深耶！今因伏几处默，忽思历来古人，处名攻利敌之场，犹置些山滴水之区，远招近揖，投辖攀辕，务结二三同志，盘桓其中，或竖词坛，或开吟社，虽因一时之偶兴，每成千古之佳谈。妹虽不才，幸叨陪泉石之间，兼慕薛林雅调。风庭月榭，惜未宴及诗人；帘杏溪桃，或可醉飞吟盏。孰谓雄才莲社，独许须眉；不教雅会东山，让余脂粉耶？若蒙造雪而来，敢请扫花以俟。谨启。

"处名攻利敌之场，犹置些山滴水之区"，何况是大观园？作诗当然需要诗才，但更重要的是诗魂。通过诗歌，诗人直接地呈现在现实中被抑制的内心世界和真实生命。东山雅会、庐山莲社，都是历史上文人墨客聚会之典范。探春仿此而起诗社，足见其高雅，亦可见其有为。接下来探春做了东道主人，《咏白海棠》诗也是她先有的，其诗云：

斜阳寒草带重门，苔翠盈铺雨后盆。玉是精神难比洁，雪为肌骨易销魂。芳心一点娇无力，倩影三更月有痕。莫谓缟仙能羽化，多情伴我咏黄昏。

斜阳、黄昏，正是贾府没落的景象。敏探春才清志高，终究有心无力，难挽狂澜于既倒。接下来的菊花诗，在十二首中，探春作的是第九首《簪菊》和最后一首《残菊》，按照此前宝钗的说法："菊如何解语，使人狂喜不禁，第九是簪菊；如此人事虽尽，犹有菊之可咏者，菊影、菊梦二首续在第十、第十一；末卷便以残菊总收前题之感。这便是三秋的妙景妙事都有了。"第一回贾雨村作中秋诗，甲戌本脂砚斋批云："用中秋诗起，用中秋诗收，又用起诗社于秋日，所叹者三春也，却用三秋作关键。"此外，以三秋收拾三春，还体现在探春、秋桐和秋菱的名号之中。如果把十二首菊花诗比作整个秋天的话，那么簪菊和残菊正是季秋时节，收拾三春的意味同样明显。我们且来看探春的《簪菊》：

瓶供篱栽日日忙，折来休认镜中妆。长安公子因花癖，彭泽先生是酒狂。短鬓冷沾三径露，葛巾香染九秋霜。高情不入时人眼，拍手凭他笑路旁。

簪菊是插菊花于头上，本是旧时九月九日重阳节的风俗，杜牧诗云："黄花插满头。"诗中"短鬓冷沾三径露，葛巾香染九秋霜"即此意。探春借长安公子杜牧和彭泽先生陶渊明，表露自己之高情别致和特立独行。其《残菊》诗云：

露凝霜重渐倾欹，宴赏才过小雪时。蒂有余香金淡泊，枝无全叶翠离披。半床落月蛩声病，万里寒云雁阵迟。明岁秋风知再会，暂时分手莫相思。

残菊是菊花残败的场景，与后文"开到荼蘼花事了"同一意境。如四时之运、易卦之序所揭示的，一切的繁华都会以残败收场，这是无法改变的天道。残菊诗透彻着秋风带来的寒意，蒂有余香、枝无全叶、半床落月、万里寒云，读之怅然不已。"暂时分手莫相思"，与"奴去也，莫牵连"，正是探春远嫁离家的象征。不过，这"暂时"可能便是"永远"，明岁是不确定的。秦可卿所谓"三春去后诸芳尽，各自须寻各自门"的三春，指的正是元春、迎春和探春。处在三春之末，探春意味着贾府盛世的结束，这是由她来"总收前题"的原因。

大观园诗社，不仅每次吟咏的对象不同，用韵有别，形式也变化多端。芦雪亭联句，群芳争艳，辅之以红梅花七律，一人不落，极一时之盛。尤其宝钗、宝琴和黛玉大战湘云，十分有趣。比较起来，探春只有四句。一次是接在香菱"有意荣枯草"后面的"无心饰萎苗。价高村酿熟"，另一次是续湘云"花缘经冷结"的"色岂畏霜凋。深院惊寒雀"。诗分虽不多，但仍能呈现探春刚毅和淡定的生命。面对着即将来临的寒冬，探春不会选择逃避，也不会选择生活在幻想之中。她努力地想重振贾府，正像她努力地想摆脱自己庶出的身份。凤姐的疾病让探春获得了展示才能的机会，五十五回述王夫人暂令李纨协理，再命探春合同李纨裁处，宝钗协助，贾府开启了探春摄政的时代。作者细腻地描写了执事媳妇们眼中的探春：

众人先听见李纨独办，各各心中暗喜，以为李纨素日是个厚道多恩无罚的，自然比凤姐好搪塞；便添了一个探春，也都想着是个未出闺阁的青年小姐，且素日也最平和恬淡，因此都不在意，比凤姐儿前便懈怠了许多。只三四日后，几件事过手，渐觉探春精细处不让凤姐，只不过是言语安静，性情和顺而已。

探春当然没有凤姐的地位，凤姐背后有金陵王家的靠山，又是贾府正宗的媳妇，深得老太太及王夫人的信任。但探春以其才和德，却让人无法小觑。凤姐评价她"心里嘴里，都也来得"，听到平儿讲处理舅舅赵国基及贾环、贾兰家学费用之事，不禁笑道："好，好，好！好个三姑娘！我说不错，只可惜他命薄，没托生在太太肚里。"平儿也对婆子媳妇们说："那三姑娘虽是个姑娘，你们都横看了他。二奶奶在这些大姑子小姑子里头，也就只单怕他五分。"进一步地，探春针对贾府入不敷出的现状，着手改变凤姐治家的宿弊，开源节流，兴利节用。同时接纳宝钗的建议，让利于当差之人，以全贾府之大体，既省去了很多支出，又让众婆子们欢喜异常。

　　与凤姐相比，探春的施政，一则公私分明，二则恩威并用，三则义利双行，以近忧而谋远虑，施小惠而全大体。舅舅赵国基去世，不顾亲妈赵姨娘的指责，坚持以常例处之；取消弟弟贾环和李纨儿子贾兰的上学补贴，以及姑娘们每月二两的头油脂粉费用。此公私分明也。斥责吴新登家的，支使平儿，指出凤姐的失察等，是立威；体恤下人，让利于民，是施恩。此恩威并用也。受赖大家承包园子的启发，算计着如果把大观园也如法炮制，一年就有四百两银子的利息；但考虑到如此小器的做法，不是贾府这样人家的事，不如找几个本分老成能知园圃的老妈妈收拾料理，使之以权，动之以利，则无不尽职，既可省下费用，又能使

贾府四春

园中花木整齐有序。此义利双行也。探春用权而不弄权，立威而不逞强，清明而不刻毒，计算而不算计，与凤姐根本上是两般人物。探春雅而凤姐俗，而雅俗之分别，关键在心术，在有没有学问提着。不拿学问提着，贪欲无厌，就流入市俗去了，如凤姐；有学问提着，就见利思义，如探春。二知道人《红楼梦说梦》评论"探春是巾帼中李赞皇"。李赞皇即唐代名相李德裕，李商隐谓其"万古之贤相"。冯家昚《红楼梦小品》亦云："探春德才兼备，吾无间然。"

黛玉曾经对宝玉如此评论过探春："你家三丫头倒是个乖人。虽然叫他管事，倒也一步儿不肯多走。差不多的人，就早作其威福来了。"可知探春不是一个作威作福的人。探春的分寸感极强，看她处理与凤姐的关系，进退有据，事事皆通过平儿请教沟通，原则问题却绝不含糊。凤姐也深知此点，故嘱咐平儿："他虽是姑娘家，心里却事事明白，不过是言语谨慎。他又比我知书识字，更利害一层了。如今俗语说：'擒贼必先擒王。'他如今要作法开端，一定是先拿我开端。倘或他要驳我的事，你可别分辩，你只越恭敬，越说驳的是才好。千万别想着怕我没脸，和他一强，就不好了。"生于贾府之末世，凤姐和探春皆以才著称，自有英雄相惜的一面。但两人心术不同，不过是互相包容而已。凤姐究其实不过是一只凡鸟，而探春院中的梧桐暗示她和元春一样，才是真正的凤凰。

在迎春、探春和惜春三姐妹中，宝玉和探春最为亲密。读者经常可以看到他们同行的场景，且于日常之中互赠礼物。探春也托宝玉外出购买喜欢的小物件，她相信宝玉的品位。七十回的柳絮词，更是探春和宝玉共同完成。原本是探春拈得了《南柯子》，宝玉拈得了《蝶恋花》，梦甜香将尽之时，探春只得了半首，写道是：

> 空挂纤纤缕，徒垂络络丝，也难绾系也难羁，一任东西南北各
> 分离。

宝玉见香没了，情愿认负，不肯勉强塞责，将笔搁下，来瞧这半首。见没完时，反倒动了兴开了机。乃提笔续道是：

> 落去君休惜，飞来我自知。莺愁蝶倦晚芳时，纵是明春再
> 见隔年期！

在某种意义上，宝玉和探春可以说是知音，心意相通。他们都有深厚的命运感，也有超越的视角，以及伴随着这种视角而来的释怀和淡定。黛玉是深情之中的不能自拔，宝钗是咬定青山不放松。每个人都从柳絮中看到了自己，对于探春来说，是无法逃避的分离。既然命中如此，那就勇敢地面对。宝玉总是充满着希望，却也知道希望的渺茫。

但宝玉和探春仍然是两类人。宝玉是无材补天，探春则是无力回天。"我但凡是个男人，可走得出去，我早走了，立出一番事业来，那时自有一番道理。"她有回天的志向，也有回天的德行和才干。历来的批书人对探春都不乏赞美之词：如戚序本第五十六回批云："探春看得透，拿得定，说得出，办得来，是有才干者，故赠以'敏'字。"涂瀛《红楼梦论赞》："可爱者不必可敬，可畏者不复可亲。非致之难，兼之实难也。探春品界林、薛之间，才在凤、平之后，欲以出人头地，难矣！然春华秋实，既温且肃，玉节金和，能润而坚，殆端庄杂以流丽，刚健含以婀娜者也。其

光之吉与？其气之淑与？吾爱之旋复敬之，畏之亦复亲之！"但也感慨其行事之艰难，脂砚斋云：

> 噫！事亦难矣哉！探春以姑娘之尊，以贾母之爱，以王夫人之付托，以凤姐之未谢事，暂代数月，而奸奴蜂起，内外欺侮，锱铢小事，突动风波，不亦难乎！以凤姐之聪明，以凤姐之才力，以凤姐之权术，以凤姐之贵宠，以凤姐之日夜焦劳，百般弥缝，犹不免骑虎难下，为移祸东吴之计，不亦难乎！况聪明才力不及凤姐，权术贵宠不及凤姐，焦劳弥缝不及凤姐，又无贾母之爱，姑娘之尊，太太之付托，而欲左支右吾，撑前达后，不更难乎！士方有志作一番事业，每读至此，不禁为之投书以起，三复流连而欲泣也！（戚序本第五十五回）

但更难的是祸起萧墙。大观园的抄检，不过是贾府后来被抄家的前奏，也是显示探春思想和性格的重要环节。野鹤《读红楼劄记》云："凤姐抄检大观园，探春'秉烛开门而待'，此六字妙极，大有武乡侯行师气象。"在宝玉、黛玉、李纨、迎春和惜春等各个院子中，只有探春不许搜她的丫头。看她寻机打了王善保家的脸上一掌，加之以痛骂，简直是雷霆之怒，就知道兴儿所说"带刺的玫瑰花"的含意。探春说："你们别忙，自然连你们抄的日子有呢！你们今日早起不曾议论甄家，自己家里好好的抄家，果然今日被抄了。咱们也渐渐的来了。可知这样大族人家，若从外头杀来，一时是杀不死的，这是古人曾说的'百足之虫，死而不僵'，必须先从家里自杀自灭起来，才能一败涂地。"与冷子兴第二回的说法前后呼应，如出一辙。贾府的没落，究其实是自杀。探春洞若观火，却无能为力。依此来看柳絮词，其分离的意境就不限于言说自身，也包括了整个家族的命运。探春所作灯谜有同一含义：

　　　　阶下儿童仰面时，清明妆点最堪宜。游丝一断浑无力，莫向东风怨别离。

谜底自然是风筝。七十回在柳絮词后，特别描写了大家放风筝的情节，宝琴特别提到探春的软翅子大凤凰好看，在黛玉的风筝放走之后，"丫头们拿过一把剪子来，铰断了线，那风筝都飘飘飘飘的随风而去"。正是"空挂纤纤缕，徒垂络络丝，也难绾系也难羁，一任东西南北各分离"言说之意。无论是个人的生命，还是贾府的显赫，都如游丝，一旦断去，任谁都无力挽回。难得的是探春的"哀而不怨"，颇具古诗人之风。

　　元春和迎春的结局都是死亡，比较起来，探春的远嫁似乎好一些。评论者也说她福大命大。在宝玉的生日聚会上，探春抽到的是杏花签。"上面是一枝杏花，那红字写着'瑶池仙品'四字，诗云：日边红杏倚云栽。注云：'得此签者，必得贵婿，大家恭贺一杯，共同饮一杯。"诗句出自唐代诗人高蟾的《下第后上永崇高侍郎》，全诗云："天上碧桃和露种，日边红杏倚云栽。芙蓉生在秋江上，不向东风怨未开。"正合探春秋天般的生命。她是瑶池仙品，自然不俗，并幸运地得到贵婿。同样不俗的是黛玉，虽是绛珠仙子，却没有得到上天如此的眷顾。探春抽得此签后，自己一瞧，便撂在桌上，红了脸。众人却笑说道："我们家已有了王妃，难道你也是王妃不成？大喜，大喜！"这似乎让喜欢探春的读者觉得有些安慰。但元春的结局也许就是探春的未来。探春成为王妃，不过是秋天的绚烂，前面则是白茫茫一片大地。第五回关于探春的判词是：

后面又画着两人放风筝，一片大海，一只大船，船中有一女子，掩面泣涕之状。也有四句写云：才自清明志自高，生于末世运偏消。清明涕送江边望，千里东风一梦遥。

后面两句显然图画的是探春远嫁的场景。清明两见，一指探春生命之清明，一指季节。她的生日是三月初三，正在清明前后，恰巧也是她的离别之日。探春的出生似乎就是为了离别的，而离别也正是她生命的终极意义。《红楼梦》曲子"分骨肉"是唱给探春的：

一帆风雨路三千，把骨肉家园，齐来抛闪。恐哭损残年。告爹娘，休把儿悬念：自古穷通皆有定，离合岂无缘？从今分两地，各自保平安。奴去也，莫牵连！

三春去后诸芳尽，各自须寻各自门。把骨肉家园齐来抛闪的不只是探春，还有大观园的姐妹们。我们再一次在探春的生命中看到了整个贾府的命运。如果穷通、离合都是命运的话，似宝玉的痴迷、林妹妹的泪水又有什么意义呢？

探春坐在大船之上，行于大海之中，惜春则找到了一个可以渡她到彼岸的小木筏。黛玉初进贾府的时候，她还是个"身量未足，形容尚小"的幼童。虽是宁国府贾珍的胞妹，但自小在荣国府贾母这边读书。元春省亲之时，也曾题"文章造化"匾额，并作诗云：

山水横拖千里外，楼台高起五云中。园修日月光辉里，景夺文章造化功。

诗显然没有什么出奇之处,但充满了画面感,很合其画家的身份。在大观园中,她的住所叫"暖香坞"。这个名字难免不让人想起宝钗每日必服的冷香丸,黛玉曾经借此打趣宝玉:"我有奇香,你有暖香没有?""你有玉,人家就有金来配你;人家有冷香,你就没有暖香去配?"如果说冷香是为了掩盖热毒之症,那么暖香显然是为了隐藏惜春的心冷嘴冷。她也参加了大观园诗社,诗号藕榭,因不善作诗,只承担誊录监场之责。

在才情与美貌俱佳的众姐妹之中,惜春当然不是中心的角色。她的存在感最初主要是通过绘画来体现的。她的丫鬟叫入画、彩屏、彩儿,这些名字足以衬托其主人画家的身份。第四十回,进了大观园的刘姥姥提到"谁知我今儿进这园里一瞧,竟比那画儿还强十倍。怎么得有人也照着这个园子画一张,我带了家去,给他们见见",于是贾母便指着惜春笑道:"你瞧我这个小孙女儿,她就会画。等明儿叫她画一张如何?"果然,惜春开始要画大观园了。四十二回李纨说:"社还没起,就有脱滑的了,四丫头要告一年的假呢。"黛玉笑道:"都是老太太昨儿一句话,又叫她画什么园子图儿,惹得她乐得告假了。"探春笑道:"也别要怪老太太,都是刘姥姥一句话。"黛玉和探春进一步点明老太太和刘姥姥是大观园图的发动者。

接下来围绕着给惜春多少时间假期的讨论是值得玩味的。李纨说:"我给了她一个月,她嫌少,你们怎么说?"于是引出下面一段活灵活现的文字:

> 黛玉道:"论理一年也不多。这园子盖才盖了一年,如今要画自然得二年工夫呢。又要研墨,又要蘸笔,又要铺纸,又要着颜色,又要……"刚说到这里,众人知道他是取笑惜春,便都笑问

说："还要怎样？"黛玉也自己掌不住笑道："又要照着这样儿慢慢的画，可不得二年的工夫！"众人听了，都拍手笑个不住。宝钗笑道："'又要照着这个慢慢的画'，这落后一句最妙。所以昨儿那些笑话儿虽然可笑，回想是没味的。你们细想颦儿这几句话虽是淡的，回想却有滋味。我倒笑的动不得了。"惜春道："都是宝姐姐赞的他越发逞强，这会子拿我也取笑儿。"黛玉忙拉他笑道："我且问你，还是单画这园子呢，还是连我们众人都画在上头呢？"惜春道："原说只画这园子的，昨儿老太太又说，单画了园子成个房样子了，叫连人都画上，就像'行乐'似的才好。我又不会这工细楼台，又不会画人物，又不好驳回，正为这个为难呢。"黛玉道："人物还容易，你草虫上不能。"李纨道："你又说不通的话了，这个上头那里又用的着草虫？或者翎毛倒要点缀一两样。"黛玉笑道："别的草虫不画罢了，昨儿'母蝗虫'不画上，岂不缺了典！"众人听了，又都笑起来。黛玉一面笑的两手捧着胸口，一面说道："你快画罢，我连题跋都有了，起个名字，就叫作《携蝗大嚼图》。"众人听了，越发哄然大笑，前仰后合。

黛玉所说两年的工夫，听起来似乎是玩笑，或许别具深意。两个积古的长者发起，由年纪最轻的惜春来完成，本身就是历史的象征。创作大观园图需要两年的时间，正暗示着大观园两年后的命运。只有当三春去后诸芳尽，大观园曲终人散的时候，这张图才会真正完成。老太太说"单画了园子成个房样子了，叫连人都画上"，就更显示这张图的重点是园中人。黛玉和群芳不会意识到，被她们嘲笑的刘姥姥恰恰是大观园颓败的见证者，甚至是最后收拾大观园的人。

　　大观园图的创作并不是一件容易的事情。宝钗看起来才是那个最懂得画中三昧的人："藕丫头虽会画，不过是几笔写意。如今画这园子，非离了肚子里头有几幅丘壑的才能成画。这园子却是像画儿一般，山石树木，楼阁房屋，远近疏密，也不多，也不少，恰恰的是这样。你就照样儿往纸上一画，是必不能讨好的。这要看纸的地步远近，该多该少，分主分宾，该添的要添，该减的要减，该藏的要藏，该露的要露。这一起了稿子，再端详斟酌，方成一幅图样。第二件，这些楼台房舍，是必要用界划的。一点不留神，栏杆也歪了，柱子也塌了，门窗也倒竖过来，阶矶也离了缝，甚至于桌子挤到墙里去，花盆放在帘子上来，岂不倒成了一张笑'话'儿了。第三，要插人物，也要有疏密，有高低。衣折裙带，手指足步，最是要紧；一笔不细，不是肿了手就是蹦了腿，染脸撕发倒是小事。依我看来竟难的很。如今一年的假也太多，一月的假也太少，竟给他半年的假，再派了宝兄弟帮着他。并不是为宝兄弟知道教着他画，那就更误了事；为的是有不知道的，或难安插的，宝兄弟好拿出去问问那会画的相公，就容易了。"接下来，宝钗又出主意要来盖这园子时匠人描的细致图样，又罗列各种画具去搜寻。凤姐开了楼房命人找了许多旧收的画具出来，又去置买。准备工作完成后，"宝玉每日便在惜春这里帮忙，探春、李纨、迎春、宝钗等也多往那里闲坐，一则观画，二则便于会面"。大观园图虽由惜春来画，却惊动了上自老太太，下至凤姐、宝玉、宝钗、黛玉、李纨、探春、迎春诸人。尤其是宝玉、宝钗和黛玉，他们正是大观园图上的主角。每个人都在无意之中描画着自己的生命，并把自己嵌入画中。

惜春断断续续地进行着她的工作，四十八回李纨等去瞧画："惜春正乏倦，在床上歪着睡午觉，画缯立在壁间，用纱罩着。众人唤醒了惜春，揭纱看时，十停方有了三停。香菱见画上有几个美人，因指着笑道：'凡会作诗的，都画在上头，你快学罢。'"五十回贾母要到惜春那里看画，进入房中，便问画在哪里。惜春因笑回："天气寒冷了，胶性皆凝涩不润，画了恐不好看，故此收起来了。"贾母笑道："我年下就要的，你别托懒儿，快拿出来给我快画。"次日雪晴，饭后贾母又嘱咐惜春："不管冷暖，你只画去。赶到年下，十分不能，便罢了。第一要紧把昨日琴儿和丫头、梅花，照样一笔别错，快快添上。""惜春听了，虽是为难的事，只得应了。一时众人都来看他如何画，惜春只是出神。"如野鹤《读红楼劄记》所说："惜春作画，真所谓'五日一水，十日一石'。"她看起来并不想那么快地完成这幅作品。因为她知道，这部作品的完成之时，也就是大观园结束之日。

曹雪芹喜诗画，好友敦敏和张宜泉都提到过此点，敦敏《赠芹圃》诗有"寻诗人去留僧舍，买画钱来付酒家"句，张宜泉《题芹溪居士》也说"门前山川供绘画，堂前花鸟入吟讴"，诗前小注特别提到雪芹"其人工诗善画"。唐代画家张璪提出"外师造化，中得心源"八字真言，是历代画论中的名句。一个好的画家，必须是一个敏锐的观察者，能见造化之神奇；也必须是一个冷静的思考者，将造化之神奇转化为胸中之丘壑。中国画看重的不是简单的再现，而是写意，在情景交融之中表现画家的心灵世界。雪芹把画家的身份交给惜春显然不是偶然，因为幼小而经常被忽略的惜春，恰恰可以获得冷眼旁观这个世界的机会。不言不语，却洞若观火。元春、迎春、探春、宝钗、黛玉、李纨、湘云、凤姐们的生命，都在她的眼中心中，并沉淀为自己的生命。惜春有喧闹之中独享寂静的本领，在众人的目光中，她可以出神。惟有出神，才可以入化。一个好的画家既在世界之中，又在世界之外。在世界之中，故能格物入微；在世界之外，故能熔万物于一炉，以心力造出己境。

从某种意义上说，绘画是一种记忆，试图留住美好的事物，期望把无常化作永恒。红颜易老，盛世不再，但在画中可以存续。陆游诗云："朱颜不老画中人，绿酒追欢梦里身。堪笑三山衰病叟，闭门寂寂过新春。"菊花诗会，宝钗也曾作《画菊》诗："诗余戏笔不知狂，岂是丹青费较量。聚叶泼成千点墨，攒花染出几痕霜。淡淡神会风前影，跳脱秋生腕底香。莫认东篱闲采掇，粘屏聊以慰重阳。"看起来生机无限的世界，摄魂夺魄的场景，最后都凝固在画屏之上，朱颜不老也可以作为心灵的慰藉。所有的生命最后都会成为画中人，或者说，当我们看别人入画或者描画别人的时候，我们同时也被别人描画，也是画中人。如秦武域《行栈道中》所说："凿山驾水卧云鳞，岚气溪光驴背身。笑指行人皆入画，不知同是画中人。"

真正的画家很容易获得一种觉悟，而觉悟的一个结果便是冷。这正是惜春生命最大的特点。住在暖香坞也无法给她温暖，她感受到的是这个世界彻骨的寒意。周围的环境都是冷的，紧邻的蓼风轩，秋风阵阵。石匾上刻的穿云、度月也流露着寂寞清冷的气息。藕香榭的意境也是寒冷的。在这样一个环境之中，暖香坞不过是一个暂时存身之地，她终归要走向那个最适合自己的地方。第七回写周瑞家的各处送宫花，"只见惜春正同水月庵的小姑子智能儿，两个一处顽笑……惜春笑道：'我这里正和智能儿说，我明儿也剃了头同他作姑子去呢，可巧又送了花儿来，若剃了头，可把这花儿戴在那里呢？'"甲戌本朱眉："闲闲一笔，却将后半部线索提动。"惜春似乎天生便有佛缘，她作的灯谜是"前身色相总无成，不听菱歌听佛经。莫道此身沉墨海，性中自有大光明"，谜底是佛前海灯。脂乙夹批："此惜春为尼之谶。"

在这种心境之下，面对着大观园的抄检，惜春表现出和其他姐妹不同的态度。她不像探春那样刚毅，也不像迎春那般懦弱，她的态度是决绝。七十四回关于惜春的回题是"矢孤介杜绝宁国府"，所谓"孤介"，是"不交流俗""不与时合"之意。惜春的丫鬟入画被查出箱中藏着一大包银锞子，又有一副玉带版子，并一包男人的靴袜等物，原来是贾珍赏给她哥哥的东西。凤姐和尤氏都欲饶过，但惜春的态度异常坚决，必要把入画赶出去：

> 不但不要入画，如今我也大了，连我也不便往你们那边去了。况且近日闻得多少议论，我若再去，连我也编派……我只能保住自己就够了。以后你们有事，好歹别累我。

惜春的话让尤氏寒心，尤氏和众人都说是四姑娘年轻糊涂，但惜春自有她的道理。我们看七十四回下面的对话：

> 惜春冷笑道："我虽年轻，这话却不年轻。你们不看书不识几个字，所以都是些呆子，看着明白人，倒说我年轻糊涂。"尤氏道："你是状元榜眼探花，第一个才子！我们糊涂人，不如你明白！"惜春道："据你这点，就不明白。状元榜眼难道没有糊涂的不成？可知他们也有不能了悟的。"尤氏笑道："你倒好，才是才了，这会子又做大和尚了，又讲起了悟来了。"惜春道："我不了悟，我也舍不得入画了。"尤氏道："可知你真是个心冷口冷心狠意狠的人。"惜春道："古人也曾说的：不作狠心人，难得自了汉。我清清白白的一个人，为什么叫你们带累坏了我？"

惜春不仅要杜绝入画，杜绝宁国府，她要杜绝的是整个世界。她

入世与离尘：一块石头的游记

旁观着宁国府的"污秽不堪",她从入画身上看到的是普遍的人生。所以她要穿透世俗之见,直指父母未生时本来面目。惜春的冷,本质上是觉悟,是从世人痴迷状态的摆脱。从这个角度来看,面对着从小服侍自己的入画的"跪地哀求,百般苦告",却执意不肯留着,就不能说是世俗人心中的冷酷。当惜春自己已经决定抛下这个世界、皈依空门的时候,留下入画还有什么意义呢?究竟说来,每个人都不是他人的依靠,每个人都只能自己寻找自己的归宿。

了悟一词,如黄本夹批所说,乃是"独卧青灯古佛旁之伏笔"。而入画的被带走,也意味着大观园已经进入画境。张本夹批说:"入画则大观生,出画则大观灭,无穷生灭总由一画。"惜春的判词是:

> 后面便是一所古庙,里面有一美人,在内看经独坐。其判
> 云:勘破三春景不长,缁衣顿改昔年妆。可怜绣户侯门女,独卧
> 青灯古佛旁。

对应惜春的《红楼梦》曲子是"虚花悟":

> 将那三春看破,桃红柳绿又如何?把这韶华打灭,觅那清淡
> 天和。说什么,天上夭桃盛,云中杏蕊多。到头来,谁见把秋捱
> 过?则看那:白杨村里人呜咽,青枫林下鬼吟哦。更兼着,连天
> 衰草遮坟墓。这的是,昨贫今富人劳碌,春荣秋谢花折磨。似这
> 般,生关死劫谁能躲?闻说道,西方宝树唤婆娑,上结着长生果。

无论是看破还是戳破,惜春从元春、迎春和探春这三春的生命中

看到了无法避免的悲剧。无论我们选择什么样的生活，"苦"这个字都横亘在那里，不能逾越。佛教所谓求不得、怨憎会、爱别离，以及生老病死等苦难，都逃不过惜春的壁上观。在旁观了世界的无常之后，她对于"空"的觉悟似乎越来越坚定，于是通过遁入空门来实现解脱。王国维在《红楼梦评论》中指出："此书中真正之解脱仅贾宝玉、惜春、紫鹃三人耳……而解脱之中，又自有二种之别：一存于观他人之苦痛，一存于觉自己之苦痛。"惜春和紫鹃属于前者，宝玉则是后者。"然前者之解脱，惟非常之人为能，其高百倍于后者，而其难亦百倍……通常之人，其解脱由于苦痛之阅历，而不由于苦痛之知识。惟非常之人，由非常之知力而洞观宇宙人生之本质，始知生活与苦痛之不能相离，由是求绝其生活之欲而得解脱之道。""前者之解脱，超自然的也，神明的也；后者之解脱，自然的也，人类的也；前者之解脱，宗教的也，后者美术的也；前者平和的也，后者悲感的也，壮美的也，故文学的也，诗歌的也，小说的也。此《红楼梦》之主人公所以非惜春、紫鹃而为贾宝玉者也。"大体上，王国维的观察是合理的。宝玉是天才加蠢材，一面是慧根，一面是痴迷。而惜春却是天才，她用双眼来穿透人生。但是，我们如果把元春、迎春、探春和惜春看作是一个人生命的展开，看作是四个阶段，那么惜春的解脱和宝玉就有异曲同工之妙。宝玉解脱的媒介主要是情感，而惜春，则是对于权力、财富、人情等等的洞察。

二知道人《红楼梦说梦》云："《红楼梦》有四时气象。前数卷铺叙王谢门庭，安常处顺，梦之春也。省亲一事，备极奢华，如树之秀而繁阴葱茏可悦，梦之夏也。及通灵玉失，两府查抄，如一夜严霜，万木摧落，秋之为梦，岂不悲哉！贾媪终养，宝玉逃禅，其家之瑟缩愁惨，直如冬暮光景，是《红楼》之残梦耳！"

入世与离尘：一块石头的游记

这种四时气象同样也表现在全书首尾的季节安排之中，如姚燮《读红楼梦纲领》所说："此书全部时令，以炎夏永昼，士隐闲坐起，以贾政雪天遇宝玉止，始于热，终于冷，天时人事，默然相吻合，作者之微意也。"雪芹于书中，极重视季节和人事之配合。黛玉之伤春和悲秋，都是极明显的例子。而就贾府四春来说，也可以看出四时之寓意。元春为春自不必说，探春却是以秋著称的，她住的地方叫秋爽斋；而迎春号菱洲，菱花盛开于夏季；惜春号藕榭，冬天正是最宜食藕的季节。第五回的判词和《红楼梦》曲子以元春和探春、迎春和惜春相对，正是春秋和夏冬的象征。元春和探春同为王妃，代表的是春天的灿烂和秋天的绚烂，正是两个最夺目的季节。其为烂也同，而其境其心不同。迎春和惜春似乎都有些弱，但迎春是弱而懦，惜春则是弱而刚，其为弱也同，而其迷其悟不同。自春夏而秋冬，从元春的天恩眷顾、迎春的安富尊荣、探春的回天无力，到惜春的遁入空门，四春构成了一个从生长到收藏的完整历程。如开头所说，这也就是贾府由始而终、自盛而衰的缩影。繁华之后，余下的只是叹息！

李纨

桃李春风结子完，到头谁似一盆兰。

如冰水好空相妒，枉与他人作笑谈。

《红楼梦》第四回写道：

> 这李氏亦系金陵名宦之女，父名李守中，曾为国子监祭酒，族中男女无有不诵诗读书者。至李守中继承以来，便说"女子无才便有德"，故生了李氏时，便不十分令其读书，只不过将些《女四书》《列女传》《贤媛集》等三四种书，使她认得几个字，记得前朝这几个贤女便罢了，却只以纺绩井臼为要，因取名为李纨，字宫裁。因此这李纨虽然青春丧偶，居家处膏粱锦绣之中，竟如槁木死灰一般，一概无见无闻，惟知侍亲养子，外则陪侍小姑等针黹诵读而已。

冷子兴演说荣国府时，曾经提到"这政老爷的夫人王氏，头胎生的公子，名叫贾珠，十四岁进学，不到二十岁就娶了妻，生了子，一病就死了"。李纨正是贾珠之妻，宝玉的嫂子。青春丧偶，处膏粱锦绣，如槁木死灰，侍亲养子，带领小姑们针黹诵读，一个典型的礼教生命跃然纸上。这并非偶然，李纨正出生在一个典型的儒者家庭。父亲李守中担任过国子监祭酒，诗礼传家，相信"女子无才便是德"，教导李纨效法历史上的贤女，以纺绩井臼为要。这在名纨字宫裁中已经体现出来。当然，最值得留意的还是她的姓氏，如同秦可卿的秦谐音是"情"，李的谐音则是"理"或者"礼"。姓名合起来考虑，李纨乃是礼教的一个完美践行者，而她的父亲李守中，自然寓意着中心以理自守，从侧面进一步强化李纨的形象。

李纨和凤姐、尤氏是妯娌，凤姐的世界是权力，霸气十足；尤氏是贾珍的填房，出身平凡，更像是一个顺从的尤物。李纨和她们都不同，她的背景是诗书和礼教。她没有追逐权力和财富的野心，也不会"秉风情，擅月貌"，所以能做到"一概无见无闻"。礼教的秩序给予李纨特殊的尊贵地位，她的丈夫是荣国府主人贾政的长子，儿子贾兰是长孙。凤姐曾经给这个嫂子算过一笔账，让我们知道李纨在贾府的待遇和经济状况：

> 你一个月十两银子的月钱，比我们多两倍银子。老太太、太太还说你寡妇失业的，可怜，不够用，又有个小子，足足的又添了十两，和老太太、太太平等。又给你园子地，各人取租子。年终分年例，你又是上上分儿。你娘儿们、主子奴才共总没十个人，吃的穿的仍旧是官中的。一年通共算起来，也有四五百银子。

丰衣足食，生活无虞。她安心于自己的角色，也甘心于命运的安排。对于儿子贾兰，只教其读书射箭；对于贾母和王夫人，自然是侍奉有加。人伦日用之间，一依于礼。作为理和礼的象征，她在现实世界之中必须抑制自己的情感和欲望，也必须是公道的主持者。

但这不意味着她的内心没有紧张。从《红楼梦》的叙述中，我们知道李纨在稻香村中从来不顽，把两个姨娘李纹、李绮也宾住了，丫鬟们也没有那么开心。她也不施脂粉，尤氏要补妆，只能用素云的脂粉。稻香村没有怡红院里的热闹，或者潇湘馆内的雅致，剩下的只有天理之下的寂寞。青春守寡并不是一件容易的事情，三十九回记李纨吃酒后的情感流露：

> "你（平儿）倒是有造化的，凤丫头也是有造化的。想当初你珠大爷在日，何曾也没两个人？你们看，我还是那容不下人的？天天只见他两个不自在，所以你珠大爷一没了，趁年轻，我都打发了。若有一个守得住，我倒有个膀臂。"说着滴下泪来。

他人守不住，衬托的正是守得住的李纨。她何尝不想身边有一个如意郎君，三十三回宝玉遭笞挞，"王夫人哭着贾珠的名字，别人还可，惟有李宫裁禁不住也放声哭了"。但这情感流露也是中规中矩，合情合理。六十三回"寿怡红群芳开夜宴"，大家掣花签为乐：

> 李氏摇了一摇，掣出一根来一看，笑道："好极。你们瞧瞧，这劳什子竟有些意思。"众人瞧那签上，画着一枝老梅，是写着"霜晓寒姿"四字，那一面旧诗是：竹篱茅舍自甘心。注云："自饮一杯，下家掷骰。"李纨笑道："真有趣，你们掷去罢。我只自吃一杯，不问你们的废与兴。"说着，便吃酒，将骰过与黛玉。

宝钗"艳冠群芳"的牡丹、黛玉"风露清愁"的芙蓉，都是各自生命的象征。李纨"霜晓寒姿"的老梅也不例外。这个孀居生命的基调是寒冷的，人未必老，但情感和欲望必须老。形容她生命的诗句是宋代王淇的"竹篱茅舍自甘心"，很契合稻香村的环境。十七回写道："倏尔青山斜阻。转过山怀中，隐隐露出一带黄泥筑就矮墙，墙头皆用稻茎掩护。有几百株杏花，如喷火蒸霞一般。里面数楹茅屋。外面却是桑、榆、槿、柘，各色树稚新条，随其曲折，编就两溜青篱。篱外山坡之下，有一土井，旁有桔槔辘轳之属。下面分畦列亩，佳蔬菜花，漫然无际。"贾政很欣赏这个所在，说"倒是此处有些道理。固然系人力穿凿，此时一见，未免勾引起我归农之意"。此处确有些道理，李纨正是道理的化身。但宝玉有另外的主张：

> 此处置一田庄，分明见得人力穿凿扭捏而成。远无邻村，近不负郭。背山山无脉，临水水无源，高无隐寺之塔，下无通市之桥，峭然孤出，似非大观。争似先处（指"有凤来仪"，即黛玉所居之潇湘馆）有自然之理，得自然之气，虽种竹引泉，亦不伤于穿凿。古人云"天然图画"四字，正畏非其地而强为地，非其山而强为山，虽百般精而终不相宜……

话未说完便被贾政喝住。父子之间并非仅是审美的区别，而是更根本的世界观的差异。贾政尚礼教，而宝玉崇自然。在宝玉看来，礼教乃是生命的穿凿和扭曲，"非其地而强为地，非其山而强为山"，他最想说的应该是"非其人而强为其人"。不知道李纨是否有"强"的感觉，她唯一的一首诗确是"勉强"才做成的。"竹篱茅舍自甘心"之后，是"自饮一杯，下家掷骰"。李纵甘心还是不甘心，实在是"如人饮水，冷暖自知"。其他的姐妹饮酒总是有人相陪，只有李纨是独酌无相亲。精彩是属于他人的，寂寞却留给自己。她的丫鬟有素云，与之相对，王夫人的丫鬟却是彩云和彩霞。一素一彩之间，李纨和婆婆王夫人的生命相映成趣。而碧月，李纨另一个丫鬟的名字似乎透露出更多的信息。碧是青绿色，恰似栊翠庵的翠。栊翠庵内有鲜艳的红梅花，稻香村内则有如喷火蒸霞一般的几百株杏花。如果说妙玉的翠是被拢住，那么李纨的碧则如嫦娥一样被交付给月亮，交付给漫漫长夜。

根据宋儒的说法，理是万物的主宰和标准，礼则是人间秩序的象征。作为理和礼的象征，李纨扮演着公道裁判的角色，"公裁"也正是"宫裁"的真正含义。三十七回，在探春的鼓动之下，大观园成立了诗社，李纨说自己原本就有这个意思，并主动要求掌坛："但序齿我最大，你们都要依我的主意，管教说了大家合意。""我那里地方大，竟在我那里作社。我虽不能作诗，这些诗人竟不厌俗，容我做个东道主人，我自然也清雅起来了，于是要推我做社长。我一个社长自然不够，必要再请两位副社长，就请菱洲、藕榭二位学究来，一位出题限韵，一位誊录监场……若如此，便起；若不依我，我也不敢附骥了。"李纨有识人用人的才能，姐妹之中，宝钗、黛玉和探春都擅长作诗，迎春和惜春和自己不大会，七个人起社，这种安排非常合理。根据黛玉的提议，大家各取了别号，李纨是"稻香老农"，探春是"蕉下客"，黛玉是"潇湘妃子"，宝钗是"蘅芜君"，宝玉是"怡红公子"等。因诗社第一次咏的题目是白海棠，便名"海棠诗社"。探春、宝钗、宝玉和黛玉各成一首。黛玉写成之后，作者描述道：

众人看了，都道是这首为上。李纨道："若论风流别致，自是这首；若论含蓄深厚，终让蘅稿。"探春道："这评的有理，潇湘妃子当居第二。"李纨道："怡红公子是压尾，你服不服？"宝玉道："我的那首原不好了，这评的最公。"又笑道："只是蘅、潇二首，还要斟酌。"李纨道："原是依我评论，不与你们相干，再有多说者必罚。"宝玉听说，只得罢了。

诗社的成立，让大观园的生活充满了雅趣。如黛玉所说，可以暂时抛开姐妹叔嫂的字样，而以诗翁的面目出现。每一首诗都是诗人灵魂的呈现，大观园姐妹们的生命由此获得更丰富的内涵，并具有了另一个评价的向度。而李纨正是那个名义上的评价者。这正是现实世界中理的角色。李纨是"尚德不尚才"的，生活中以理节情，即便是作灯谜，谜底也离不开四书。这种价值观当然会转化为评价的尺度。尽管宝玉不情愿，含蓄深厚的宝钗以"这诗有身份"终究胜过了风流别致、"比别人又是一样心肠"的黛玉。

但李纨毕竟是一个有诗兴的人。她被抑制的情感通过诗人们的聚会泄露出来，让我们看到一个不同于"教姑娘们看书写字，针线道理"的大嫂子。元春省亲之时，李纨曾经作过一匾一诗，匾额是"文采风流"，诗曰：

> 秀水明山抱复回，风流文采胜蓬莱。绿裁歌扇迷芳草，红衬湘裙舞落梅。珠玉自应传盛世，神仙何幸下瑶台。名园一自邀游赏，未许凡人到此来。

和黛玉、宝钗们相比，诗才确是有限，却符合"女子无才便是德"的身份。值得注意的是，诗中出现了亡夫和自己的名字，很微妙地表达着内心的情感。芦雪亭联诗，李纨是起兴者，又是组织者，择时择地，筹备粮草，调兵遣将，拟题限韵，都是一手安排，并自告奋勇地要起三句。虽然被凤姐的"一夜北风紧"抢去了第一句，但"开门雪尚飘。入泥怜洁白"足以体现她的人格和诗意。刻意地以稻香老农自称，更让读者关注其实实在在的青春。诗在本质上是属于青春的。诗的世界有其自身的法则，首先是情感，其次是情景的交融，然后是通过文字和韵律加以呈现。在这些方面，黛玉一直有他人无法比拟的灵窍。黛玉是天生的诗人，宝钗是人为的诗人。作为人为规范的楷模，李纨在理性上必然会欣赏宝钗的含蓄，但被抑制的深厚情感在某些时刻也会流出，从而与黛玉产生共鸣。咏白海棠之后，湘云和宝钗很快又确定了咏菊诗会。以菊花为宾，以人为主，湘云和宝钗凑出了十二个题目，供大家认领。诗成之后，"众人看一首，赞一首，彼此称扬不绝。李纨笑道：等我从公评来。通篇看来，各人有各人的警句。今日公评：咏菊第一，问菊第二，菊梦第三；题目新，诗也新，立意更新了，只得要推潇湘妃子为魁。然后簪菊、对菊、供菊、画菊、忆菊次之"。此前宝钗和湘云论诗，特别说"要头一件主意清新"；后来黛玉和香菱讲诗，也说"第一立意要紧"。李纨"题目新、诗也新、立意更新了"的评论若合符节，可见对于诗的深厚理解。在李纨礼教楷模的里面，隐藏着一个诗人的生命。

在现实世界中，理所代表的道统和权力所代表的政统之间的关系错综复杂。一方面，理的地位至高无上，是世界的主宰和万物的根据，权力也应该笼罩在理的原则之下；另一方面，权力经常任性地把道理变成摆设或工具，借助于理及其人间秩序来强化自己的权威和统治的合法性。在曹雪芹设定的人物关系之中，李纨的婆婆是象征权力的王夫人，婆婆的婆婆则是代表历史的贾母。作为荣国府的大儿媳，因为寡妇的缘故，所以并不管事。她的责任是"清净守节"，也因此得到贾母和王夫人的喜欢，令人敬服。凤姐生病之后，王夫人独臂难支，便让李纨协理家中琐碎之事，因其厚道多恩无罚，未免迁纵了下人。所以又命探春合同李纨裁处，稍后又请宝钗帮助照看。李纨和探春办公的议事厅有一处匾，题着"补仁谕德"四字，颇有些"正大光明"的意味。与实际地掌握并行使权力相比，李纨似乎更愿意处在超越的地位，充当评判者的角色。从"敏探春兴利除宿弊，贤宝钗小惠全大体"可以看出，探春和宝钗，甚至凤姐的大丫鬟平儿都更适合于权力世界。但李纨们的协理，确实发展出不同于王熙凤的思路。大观园内探春"使之以权，动之以利"的举措，宝钗让利于人不失大体的考虑，这些新的管理者为权力世界灌注了新的精神。这种新精神的实质是义利兼顾，针对着的是凤姐利欲熏心、见利忘义、"登利禄之场，处运筹之界者，穷尧舜之词，背孔孟之道"的哲学。在宝钗和李纨、探春的对话中，特别指出"学问中便是正事，若不拿学问提着，便都流入市俗去了"。所谓学问，就是仁义礼知的道理，李纨存在的意义在此，李纨和凤姐的根本区别也在此。如果不是李纨临时代替凤姐执政，宝钗是断不会说这种话的。

　　正如秦钟和秦业的形象，可以强化秦可卿的生命；李纨的两个堂妹李纹和李绮，也发挥了同样的作用。"纹"和"绮"两个名字，都有文理灿然的含义，显示出理的作用。根据四十九回的叙述，李纹、李绮与薛蝌、薛宝琴、邢岫烟和王仁同时进入贾府探亲，使得琉璃世界白雪红梅更显热闹。二李都参加了芦雪亭联句，虽然句子不多，但姐妹两个并李纨一起扮演了收住的角色。

"探春……因说：还没收住呢。李纹听了，接过来，便联了一句道：欲志今朝乐，李绮收了一句道：凭诗祝舜尧。李纨道：够了够了，虽没作完了韵，腾挪的字，若生扭了，倒不好了。"如果对比一下后来中秋夜大观园联句，这里以颂圣来收拾，显然更有礼教的味道。紧接着，李纹又以"梅"作韵，作了一首七言律：

> 白梅懒赋赋红梅，逞艳先迎醉眼开。冻脸有痕皆是血，酸心无恨亦成灰。误吞丹药移真骨，偷下瑶池脱旧胎。江北江南春灿烂，寄言蜂蝶漫疑猜。

不可忽视的是，象征李纨的花正是一枝老梅。这首诗吟咏的既是梅花，也是李纨的生命。冷冻、血泪、心酸、死灰，恰是一个孀居灵魂的写照。但这并不是全部，经历了丹药和瑶池象征的诗书礼乐的洗礼，李纨仍然可以保有对于灿烂春天的欣赏，以及以礼自持的坚守。这枝老梅还孕育了一枝兰花，梅傲而兰幽，均在花中四君子之列，正代表了李纨和贾兰的品质。

贾兰当然是李纨生命的延续，也是同一个生命的复制。在前八十回中，他出现的场合很少，是一个很容易被忽略的人物，倒是很符合"幽"的特点。五岁时已入学攻书，第九回写小儿学堂打架趣事，最好的朋友贾菌抓起砚砖要打回去，特别提到"贾兰是个省事的，忙按住砚，极口劝道：'好兄弟，不与咱们相干。'"脂砚斋批曰："是贾兰口气。"可知是一个性情安静循规蹈矩的人。平时只知读书习射，宝玉生病，会去问候；宝玉生日，也会去拜寿。二十二回贾母灯谜聚会，因贾政没有叫他，便不肯来，被众人说是"天生的牛心古怪"，其实不过是安分守礼而已。从《红楼梦》曲子来看，贾兰后来爵禄高登，李纨则母以子贵，也是合乎情理之事。李纨的判词已经暗示了这一点：

> 画着一盆茂兰，旁有一位凤冠霞帔的美人。也有判云：桃李春风结子完，到头谁似一盆兰。如冰水好空相妒，枉与他人作笑谈。

凤冠霞帔，自然是在贾兰爵禄高登之后。李纨的坚持终于有了结果，但紧接着这个结果的却是另外一个无常的结果。贾兰似乎很快又丢掉了性命。《红楼梦》曲子"晚韶华"云：

> 镜里恩情，更那堪梦里功名！那美韶华去之何迅！再休提绣帐鸳衾。只这戴珠冠，披凤袄，也抵不了无常性命。虽说是，人生莫受老来贫，也须要阴骘积儿孙。气昂昂头戴簪缨，光灿灿胸悬金印。威赫赫爵禄高登，昏惨惨黄泉路近！问古来将相可还存？也只是虚名儿与后人钦敬。

如果说"镜里恩情"是指贾珠的夭折，那么"梦里功名"则是暗示贾兰功名的转瞬即逝。"气昂昂头戴簪缨，光灿灿胸悬金印。威赫赫爵禄高登"，读者可以想象李纨母子那短暂的快乐。清净守节、读书习射、克己复礼换来的成功，却被黄泉路吞没。五十回李纨出的谜面"观音未有世家传"在此显示出其特殊的意义，不仅观音没有，号称"大菩萨"的李纨也没有。而谜底"虽善无征"正体现着这"第一个善德人"的悲剧。无常的性命既毁灭了李纨的青春热情，也毁灭了她的晚年寄托。更重要的是，它也毁灭着人们对于善德的信念。李纨一直崇尚着公平，但命运对于她却谈不上公平。没有错，李纨以其对于礼教的坚守赢得了名声、赢得了后人的钦敬，但为什么世界回报她的却是冰冷和再冰冷的生命？

薛宝琴怀古诗第一首《赤壁怀古》是献给李纨的："赤壁尘埋水不流，徒留名姓载空舟。喧阗一炬悲风冷，无限英魂在内游。"这诗的意境与李纨的判词和"晚韶华"曲子完全吻合，充满了对一个冰冷世界的同情和反思。这个冰冷的世界重视功名远胜于生命，却吸引了天下无限英雄入其彀中。其中包括李纹"水向石边流出冷"谜面的谜底山涛。山涛早年喜好老庄，与嵇康、阮籍等为竹林之游。嵇康曾因山涛欲举荐其为官，而撰写了著名的《与山巨源绝交书》。嵇、阮以"越名教而任自然"为宗，是冷子兴所谓正邪两赋之人，也是宝玉所心仪者。以亲疏而论，宝玉和李纨应极其亲近。但以心之所然者而论，两人又相距甚远。他们之间的互动，作者并没有落下特别的笔墨。但宝玉的乳母姓李，李嬷嬷。李嬷嬷的儿子李贵，曾经跟随在宝玉左右，颇明事理。第八回写李嬷嬷吃了宝玉的枫露茶，却引起他的愤怒。不仅摔碎了茶杯，还对着茜雪说道："他是你哪一门子奶奶，你们这么孝敬他？不过是仗着我小时候吃过他几日奶罢了，如今逞的他比祖宗还大了，如今我又吃不着奶了，白白地养着祖宗作什么！撵了出去，大家干净！"宝玉在乎的当然不是那碗茶，作者更多的是借此呈现一个情痴对于理的态度。这种态度与宝玉对于秦可卿之死的反应相比，就更加显豁。

情天情海幻情身，情既相逢必主淫。
漫言不肖皆荣出，造衅开端实在宁。

秦可卿在《红楼梦》中是一个极特殊的人物，金陵十二钗中，她出场的时间极其有限，第五回露面，十三回即死去。但这确是一个不容忽略的角色，她死后的葬礼盛极一时，梦中给凤姐的最后交代也颇有见地。更重要的是，曹雪芹让她的形象承担了情欲及反省的重任。秦可卿与李纨构成一组，以"情"与"理"的相对来思考可能而现实的人生。第八回在提及秦钟之时曾经顺便交代了秦可卿的来历：

　　他父亲秦业，现任营缮郎，年近七十，夫人早亡。因当年无儿女，便向养生堂抱了一个儿子并一个女儿。谁知儿子又死了，只剩女儿，小名唤可儿。长大时，生得形容袅娜，性格风流，因素与贾家有些瓜葛，故结了亲，许与贾蓉为妻。那秦业至五旬之上，方得了秦钟。

据此可知秦可卿是秦业之女，秦钟的姐姐，但与秦业和秦钟均无血缘关系。这是一个彻头彻尾的孤儿，养生堂的出身暗示着她自幼被抛弃的命运，既没有亲生父母的眷顾，也没有生长在一个富贵的家庭。这个世界上完全没有根基的女子，一定是在养父秦业的安排之下，因"形容袅娜，性格风流"而许配与宁国府贾蓉为妻。她行事温柔和平，极妥当，乃贾母"重孙媳中第一个得意之人"。

秦可卿出场的第一件事情便是负责安置宝玉休息。根据第五回的叙述，宝玉随贾母至宁国府赏花，一时倦怠，欲睡中觉。秦氏先是引到上房内间，因宝玉不喜欢室内的布置，便提议到她的房间。在一个严男女之大防的时代，这似乎是一个不合规矩的想法，当时就有一嬷嬷阻拦，"那里有个叔叔往侄儿媳妇房里睡觉的礼？"但可卿并不以为意。这个情节显然有衬托秦氏生命的意味，也引起了批书人的关注。如王本总评所说："叔叔不应在侄媳妇房里睡，略借嬷嬷口中说一句。秦氏即顺口扫开。用笔有深意。"曹雪芹极细致地描绘了可卿房间内的景象：

> 刚至房门，便有一股细细的甜香袭人而来。宝玉便觉得眼饧骨软，连说：好香！入房向壁上看时，有唐伯虎画的《海棠春睡图》，两边有宋学士秦太虚写的一副对联，其联云：嫩寒锁梦因春冷，芳气袭人是酒香。案上设着武则天当日镜室中设的宝镜，一边摆着飞燕立着舞过的金盘，盘内盛着安禄山掷过伤了太真乳的木瓜。上面设着寿昌公主于含章殿下卧的榻，悬的是同昌公主制的联珠帐。宝玉含笑连说：这里好！秦氏笑道：我这屋子，大约

神仙也可以住得了。说着，亲自展开了西子浣过的纱衾，移了红娘抱过的鸳枕。

一段亦真亦幻的描述，脂戌夹批："进房如梦境。"王姚本眉批："此时宝玉薰心醉骨，已入梦境矣。"最值得注意的是房间内陈设的详细描写，显然是为了勾勒可卿其人，但同时也就勾勒了宝玉，或者宝玉生命的一部分。《红楼梦》的一草一木、一瓜一果、一诗一词、一事一物，皆关联人事，勿等闲视之。王本总评："秦氏房中画联陈设俱着意描写。其人可知，非专侈华丽也。"尤其是这些陈设关联着的历史人物，读者显然不能当真，但又不能不当真。它的意义在于把房间主人与这些生命连接了起来，从而让读者去思考秦氏之生命。当杨贵妃、武则天、赵飞燕、寿昌公主、同昌公主、西施和红娘这些名字汇聚在一处，一个情欲的生命便呼之欲出。张本夹批："写陈设而述其人，有一非淫乱者否？"同时提到的两个男子唐寅和秦观，也是冷子兴口中正邪两赋的人物。唐寅之任情，自不必多言。而秦观秦太虚，如黄本夹批所说："因秦太虚者，取与秦氏及太虚幻境暗合耳。"那副对联"嫩寒锁梦因春冷，芳气袭人是酒香"，更隐含着宝钗和袭人，他们正是先后与宝玉有云雨之情、呈现宝玉之情欲生命者。

如王姚本眉批指出的，"秦者，情也"，与李纨的"李者，理也"正相呼应。《红楼梦》之前，中国古典小说如《金瓶梅》等即惯用谐音取义之法，前人多有论述。其中以秦为情、以李为理的先例，在冯梦龙"三言"之中即可见到。如《醒世恒言》中有"卖油郎独占花魁"，卖油郎本姓秦名重，与秦可卿之弟秦钟名义相似，谐音"情种"或"情重"。因其"知情识趣"，才获得花魁的芳心。而《警世通言》内的"杜十娘怒沉百宝箱"，杜十

娘所钟情之人姓李名甲，其父为李布政，谐音分别是"理假"和
"理不正"，颇具反讽之意，表达"理"之不可依靠。曹雪芹塑造
秦可卿的形象，一方面是借以呈现情欲的生命，另一方面则是反
思此情欲生命在这个世界上的命运。这在秦可卿的判词和相应的
《红楼梦》曲子中都可以明显地看到。她的判词是：

> 诗后又画一座高楼，上有一美人悬梁自缢。其判云：情天情
> 海幻情身，情既相逢必主淫。漫言不肖皆荣出，造衅开端实在宁。

关于秦可卿的曲子是"好事终"，其文云：

> 画梁春尽落香尘。擅风情，秉月貌，便是败家的根本。箕裘
> 颓堕皆从敬，家事消亡首罪宁。宿孽总因情。

其中的荣、宁当然是指荣国府和宁国府，"敬"是贾敬。秦可卿
所嫁的贾蓉，乃是贾珍之子、贾敬之孙。贾敬一心成仙，不理俗
务。贾珍袭三品爵威烈将军，执掌宁府，是贾门族长，与凤姐之
夫贾琏一样的浪荡子。贾蓉似乎也继承了其父的做派，调戏姨娘
等。宁国府的门风败坏，贾府内外皆知。柳湘莲说："东府里除
了那两个石头狮子干净，只怕连猫儿狗儿都不干净。"惜春后来
为维护自己的清白而杜绝宁国府。而曾经追随宁国公出入死人堆
的老仆焦大的酒后醉骂，更直接地点出了宁府的丑陋：

> 我要往祠堂里哭太爷去，那里承望到如今生下这些畜生来！
> 每日家偷狗戏鸡，爬灰的爬灰，养小叔子的养小叔子，我什么不
> 知道？咱们胳膊折了往袖子里藏！

宝玉听见之后特别追问凤姐："你听他说'爬灰的爬灰'，是什么？"显示作者对此事的特别强调。这正是曹雪芹在最初写作中，提到的秦可卿与公公贾珍之间的不伦之事。从焦大醉骂中，可以知道这已经不是什么秘密。薛宝琴的关于秦可卿的《广陵怀古》云："蝉噪鸦栖转眼过，隋堤风景近如何？只缘占得风流号，惹出纷纷口舌多。"特别突出了她生活在众人的议论之中。或许由于此，或许由于后来此事的直接败露，秦可卿选择自缢于天香楼，即判词前"一座高楼，上有一美人悬梁自缢"的场景。桐批："秦氏之死并不明叙，只在此处一点。"甲戌眉批："判中终是秦可卿真正死法，真正实事。"我们今天能够看到的《红楼梦》诸版本，这部分内容都基本删除。甲戌本十三回回前批云："隐去天香楼一节，是不忍下笔也。"回末批云："此回只十页，因删去天香楼一节，少却四五页也。""秦可卿淫丧天香楼，作者用史笔也。老朽因有魂托凤姐贾家后事二件，嫡是安富尊荣坐享人能想得到处，其事虽未漏，其言其意则令人悲切感服，姑赦之，因命芹溪删去。"但文中仍有无限痕迹，秦氏死后，合家"无不纳罕，都有些疑心"，甲戌眉批云："九个字写尽天香楼事，是不写之写。"又如"另设一坛于天香楼上，是九十九位全真道士，打十九日解冤洗业醮"，显然不是闲文。

而更值得注意的是贾珍、贾珍之妻尤氏和贾蓉的表现。秦氏死后，贾蓉如没事人，贾珍却"哭的泪人一般"，直说"合家大小，远亲近友，谁不知我这媳妇比儿子还强十倍，如今伸腿去了，可见这长房内绝灭无人了"。料理丧事的态度更是尽其所有。请钦天监阴阳司择日、僧人道士超度解冤，还用了原本给义忠亲王老千岁准备的万年不朽的樯木棺材。又为了丧礼的风光，特意花钱给贾蓉捐了一个五品的御前侍卫龙禁尉官衔。王本总评："秦氏死后不写贾蓉悼亡，单写贾珍痛媳……皆是作者深文。"桐总："屡提贾珍痛哭，绝无一语写贾蓉，然可卿之所死可知矣。"（桐总，此条为徐伯蕃批）而贾珍之妻"尤氏正犯了胃疼旧疾，睡在床上"，脂乙眉批："所谓层峦叠嶂之法也，野史中从无此法，即观者到此，亦为写秦氏未必全到，岂料更又写一尤氏哉！"围绕着秦可卿之死，曹雪芹极力描述众人之疑、贾珍之痛、尤氏之避、贾蓉之若有若无，实尽烘云托月之能事。

秦氏与贾珍私情之缘起，小说中未直接述及。可卿之为人处世，深得上下左右之心，噩耗传出，"那长一辈的，想他素日孝顺；平辈的，想他素日和睦亲密；下一辈的，想他素日的慈爱；以及家中仆从老小，想他素日怜贫惜贱、爱老慈幼之恩，莫不悲号痛哭"，似不应是主动者。书中两个细节结合起来阅读，或可发现一些线索。一是秦氏死后，丫鬟瑞珠"触柱而亡，此事可罕，合族都称叹。贾珍遂以孙女之礼殡殓之，一并停灵于会芳园之登仙阁"。二是前述秦可卿房中陈设时，特别提到"红娘抱过的鸳枕"。红娘的形象见于《西厢记》，作为莺莺的丫鬟，是最终促成莺莺和张生姻缘的关键人物。五十一回薛宝琴怀古诗十首之《蒲东寺怀古》曾加以咏诵：

> 小红骨贱最身轻，私掖偷携强撮成。虽被夫人时吊起，已经勾引彼同行。

怀古诗以怀古的名义，实则点评身边的人物，乃雪芹常用的笔法。如《钟山怀古》是说妙玉，《淮阴怀古》说王熙凤和巧姐等。《蒲东寺怀古》或言贾珍与秦可卿之事，而瑞珠在其中扮演了小红的角色。"吊起"一词触目惊心，明说小红，暗喻可卿。这应该也是其触柱而死、贾珍又礼遇之的真正原因。

根据第五回的叙述，秦可卿一方面是宝玉情欲的唤醒者，另一方面是情欲的警幻者。对于宝玉来说刻骨铭心的第一次春梦，其意淫的对象正是秦可卿，并引出其与袭人的初试云雨情，标志着作为一个男人的宝玉在身体上的觉醒。这种觉醒一定会让宝玉重新认识自己和世界，不自觉地陷入到与黛玉和宝钗的复杂关系之中。在纯粹灵魂的意义上，宝玉只钟情于林黛玉一个人。但在身体的意义上，袭人，以及袭人所映射的宝钗仍然会吸引宝玉的目光。如二十八回所述："宝玉在旁边看着雪白的臂膀，不觉动了羡慕之心……忽然想起金玉一事来，再看看宝钗形容，只见脸若银盆，眼同水杏，唇不点而红，眉不画而翠，比林黛玉另具一种妩媚风流，不觉就呆了。"这是宝玉对宝钗动心最明显的证明，但这种动心显然与对黛玉的倾心不同。如果用警幻的语言，宝玉之于宝钗，是好色；之于黛玉，则是知情。好色即淫，知情更淫，和一般的纨绔子弟只顾"皮肤滥淫"不同，宝玉二者兼具，且"天分中生成一段痴情，吾辈推之为意淫"，乃天下古今第一淫人也。在理想之中，宝玉也许希望有一个兼具黛玉和宝钗之美的女子，所谓"兼美"。这正是秦可卿所拥有的名字和生命，"乳名兼美，表字可卿"，"其鲜艳妩媚，有似乎宝钗；风流袅娜，则又如黛玉"。桐批云："兼美者，所谓又似黛玉，又似宝钗也。明点可卿，以醒阅者之目。"正因为如此，得知可卿的死讯，才会急火攻心，血不归经。十三回写道：

> （宝玉）如今从梦中听见说秦氏死了，连忙翻身爬起来，只觉心中似戳了一刀的不忍，哇的一声，直喷出一口血来。

接下来又不顾贾母的劝阻，"忙忙奔至停灵之室，痛哭一番"。那种认为宝玉与秦氏之间存在不堪之事的说法是肤浅的。他们之间存在着的是一种生命的相通，而相通的基础则是情。

《红楼梦》大旨谈情，宝玉当然是天下第一情人，对众女子的叙述和评价也不能脱于此。但从名义上来看，秦可卿以及秦氏一家乃是情的直接演绎者。对宝玉而言，宁荣二府中兄弟子侄无数，却未有如秦钟般情投意合者。第七回描述两人初会，先叙秦钟的模样和姿态："较宝玉略瘦些，眉清目秀，粉面朱唇，身材俊俏，举止风流，似在宝玉之上。只是怯怯羞羞，有女儿之态，腼腆含糊的向凤姐作揖问好。喜的凤姐先推宝玉，笑道：比下去了。"这还是出于凤姐之眼，而之后宝玉及秦钟两人的心理活动，就更加生动：

> 那宝玉自见了秦钟的人品出众，心中似有所失，痴了半日，自己心中又起了呆意，乃自思道："天下竟有这等人物！如今看来，我竟成了泥猪癞狗了。可恨我为什么生在这侯门公府之家？若也生在寒门薄宦之家，早得与他交结，也不枉生了一世。我虽如此比他尊贵，可知锦绣纱罗，也不过裹了我这根死木头；美酒羊羔，也只不过填了我这粪窟泥沟。富贵二字，不料遭我荼毒了！"秦钟自见了宝玉形容出众，举止不凡，更兼金冠绣服，骄婢侈童，秦钟心中亦自思道："果然这宝玉怨不得人溺爱他。可恨我偏生于清寒之家，不能与他耳鬓交接。可知贫富二字限人，亦世间之大不快事。"

这一段描写，堪媲美于宝黛初见，而更亲切明白。两个生命之中唯一的隔阂是富贵和贫贱，而把它们联系在一起的是彼此之间人品和举止的欣赏。这是情和意的相通，与宝玉和可卿的关系类似。且由于同性的缘故，两人一同上学，"同来同往，同起同坐，愈加亲密"，以至于引起他人对二者关系的合理猜疑，雪芹在笔墨之中似也故弄玄虚，十五回在叙述秦钟与智能儿情事之后，特别说"宝玉不知与秦钟算何账目，未见真切，此系疑案，不敢纂创"，引人遐想。秦钟人如其名，确是个情种。除宝玉外，一则动心于学堂中的"香怜"，并引来一场风波；二则得趣于馒头庵的小尼姑智能儿。之后更因馒头庵云雨之事受了风寒，智能儿不耐相思上门相寻，致情事败露而遭老父打骂。秦业气愤之余，老病复发，呜呼哀哉。秦钟病势加重，不久也随父而去。至此，秦氏一门烟消云散。

　　秦钟和秦业的形象显然有强化秦可卿情欲生命的意义。秦业之名义，正寓情之为孽。甲戌夹批："妙名。业者孽也，盖云情因孽而生也。出名秦氏究竟不知系出何氏，所谓寓褒贬、别善恶是也……知作者是欲天下人共来哭此情字。"如果说第五回宝玉梦中所见的太虚幻境只是在虚无缥缈之间揭示着情之虚幻，那么在现实世界之中，秦可卿、秦业和秦钟的悲剧则提供了直接的经验。如正本总评所说："所谓幻者此也，情者亦此也。何非幻？何非情？情即是幻，幻即是情，明眼者自见。"天上的警幻仙姑和人间的秦可卿一幻一情，一体两面，如同姐妹。

　　《红楼梦》的一大线索，在演绎"情"在这个世界之上的悲剧。宝玉黛玉的悲剧，无疑最刻骨铭心。但该书的写法，往往神出鬼没，却又秩序井然。形形色色，影影绰绰，以形设影，以影显形。如第一回便是全书的影子，甄士隐的出家是贾宝玉悬崖撒手的影子。又如十六回于百忙之中，加叙金哥和守备之子两个情种自尽，表达情在这个世界之上的无力和无奈，与秦氏一门之死亡形影错综。后面七十九回同姓秦氏的司棋之死，与秦可卿之死有同样作用。从《红楼梦》的写作来看，秦可卿之死是情殇大戏的序幕，并预示着作为情种和主角的宝玉和黛玉的结局，因此值得大书特书。作者用三回的篇幅刻意铺陈秦氏盛大的葬礼，停灵七七四十九日、国公王侯之族送殡、诸王路祭等，出殡前夜，"灯明火彩，客送官迎，那百般热闹，自不用说"，次日更惊动了北静王水溶，排场之大，"浩浩荡荡，压地银山一般从北而至"。这是烘托贾府显赫地位的时刻，却也让批书人生出"卑丧越礼"的感慨。在作者的心目之中，秦可卿的葬礼不仅仅是一个人的葬礼，而是整部书最看重的"情"的葬礼。曹雪芹之所钟者在情，宝玉和黛玉所钟者在情，而整部书所警幻者也在情。世间之最真者在此，最假者也在此。既然如此，当它死亡的时刻，隆而重之便是自然之事。

围绕着秦可卿之死，三个人物应该留意，一是贾珍，二是宝玉，三是凤姐。贾珍是心有所愧，宝玉是情有所感，凤姐则是才有所展。而凤姐是其中最值得关注者。王姓象征的权力，在贾府中主要是通过凤姐来体现的。第六回借刘姥姥一进荣国府，已经点明"如今太太不大理事，都是琏二奶奶当家了"。而秦氏的葬礼，更让凤姐得以协理宁国府。一时之间，凤姐成为统领两府的权力中枢。象征情的秦可卿之死的直接后果是成就了凤姐的权力，而凤姐手中的权力正是扼杀如金哥和守备公子之情的工具，情和权力之间的冲突借此得到渲染。同时，正如秦可卿兼具宝玉情欲的唤醒者和警幻者两个角色，她也是凤姐代表的权力世界的警幻者。从这来看，秦氏死前托梦于凤姐的描写就更加合乎逻辑。其中提到的"月满则亏，水满则溢""登高必跌重""乐极生悲""树倒猢狲散""否极泰来"等，预言着从凤姐个人到贾府的命运。而"三春去后诸芳尽，各自须寻各自门"，则把世间诸人一网打尽。但如宝玉"痴儿竟不悟"一样，凤姐更一直沉陷在权力的迷津之中。

如前所述，秦可卿和李纨在金陵十二钗中是一个对子，分别成为"情"和"理"的象征。沿着这条线索来看，作者对于秦可卿生命的塑造一方面是任情，而另一方面是越礼。她和贾蓉的婚姻并不般配，体现不出门当户对的精神；她和公公贾珍的私情，更是对人伦的破坏；她引宝玉到自己的卧房休息，也不符合一般的规矩；即便是死后，也属"卑丧越礼"。当贾珍欲购买樯木棺材的时候，贾政特别提醒"此物恐非常人可享，殓以上等杉木也罢了"。这些细节连在一起，秦可卿与作为理的化身的李纨之间在生命上的对立就更加丰满。但这个世界是一个理的世界，情不过是气的发泄，理才是真正的主宰。秦可卿不知系出何氏，正寓意情在这个世界之上的无着无落，无根无基。而秦业营缮郎的身份也暗示着情在现实世界中地位的卑微。秦钟以青春生命的夭折提示着情不可重，而秦可卿名字的谐音正是"情可轻"。警幻仙姑对宝玉的用心，乃是"先以情欲声色等事警其痴顽，或能使彼跳出迷人圈子，入于正路"，遂能"留意于孔孟之间，委身于经济之道"。故于情欲声色，必先入之，而后出之。此警幻必"秘授以云雨之事"的内在逻辑，也是"必用秦氏引梦，又用秦氏出梦"的叙述逻辑。但情痴之所以为情痴，正在于不遵循任何的逻辑。宝玉并没有从秦可卿、秦钟那里吸取任何的教训，反而在被唤醒的情欲中更深地陷溺于好色并知情的世界。

王熙凤

凡鸟偏从末世来，都知爱慕此生才。

一从二令三人木，哭向金陵事更哀。

四大家族之中，王姓象征的是权力，其具体表现则是嫁入贾府的王夫人和王熙凤一直承担管家的角色，而王夫人之兄长王子腾也一直在官场中飞黄腾达，从京营节度使、九省统制、九省都检点、九省总督，一直到内阁大学士。冷子兴演说荣国府，特别叙述王熙凤，并点明其与王夫人的关系：

（赦公）也有二子，长名贾琏，今已二十来往了，亲上作亲，娶的就是政老爹夫人王氏之内侄女，今已娶了二年。这位琏爷身上现㹴的是个同知，也是不喜读书，于世路上好机变言谈去的，所以如今只在乃叔政老爷家住着，帮着料理些家务。谁知自娶了他令夫人之后，倒上下无一人不称颂他夫人的，琏爷到退了一射之地。说模样又极标致，言谈又爽利，心机又极深细，竟是个男人万不及一的。

如秦可卿托梦时所说，凤姐是脂粉队里的英雄，黛玉的母亲贾敏也曾经特别和黛玉提及过她，是"自幼假充男儿教养的，学名叫作王熙凤"。五十四回女先儿讲《凤求鸾》故事的公子叫王熙凤，显然也是一种暗示。此话若作"史笔"来看，则有深意。以贾宝玉的理解："女儿是水做的骨肉，男人是泥做的骨肉。我见了女儿便清爽，见了男子便觉浊臭逼人。"凤姐以女儿之体，却具男子不及之气，仅从此点，其形象可思过半矣。凤姐甫一出场，贾母即以泼辣货、凤辣子介绍给黛玉。一则显示出贾母和凤姐之间关系的亲密，另则烘托出凤姐的品格和做派。

　　作为权力世界中人，凤姐的第一次露面便充满了权力的气息。"只见一群媳妇丫鬟围拥着一个人从后房门进来。这个人打扮与众姑娘不同，彩绣辉煌，恍若神妃仙子：头上戴着金丝八宝攒珠髻，绾着朝阳五凤挂珠钗，项上戴着赤金盘螭璎珞圈，裙边系着豆绿宫绦，双衡比目玫瑰佩，身上穿着缕金百蝶穿花大红洋缎窄褙袄，外罩五彩刻丝石青银鼠褂，下着翡翠撒花洋绉裙"，人如其名，如五彩之凤，花团锦簇，耀眼夺目。《红楼梦》对于人物穿着插戴的描写非常细腻，都有衬托其生命的意味。曹雪芹特别指出凤姐打扮与姑娘们不同，并非闲笔。出身"东海缺少白玉床，龙王来请金陵王"的王家，金玉显然是其生命的本质，并由此与象征历史的贾母和代表财富的薛家形成"一损俱损，一荣俱荣"的内在联系，轮流主持贾府的事务。在黛玉初进贾府的一段文字中，凤姐平日承欢贾母、侍奉王夫人、料理家务的样态已经活灵活现，再结合前述冷子兴的铺垫，让读者知道这是一个和权力联系在一起的关键人物。

凤姐是热爱并享受权力的。秦可卿死后贾珍请她协理宁国府，王夫人还为之拦阻，但凤姐"心中早已允了"。她的才能早已经得到众人的认可，更重要的是，凤姐对此也充满着自信。面对着王夫人"你可能吗"的提醒，凤姐道："有什么不能？算外面的大事，已经大哥哥料理清了，不过是里面照管照管，便是我有不知的，问太太就是了。"果然，凤姐对于宁国府的问题胸有成竹，很快便理出了五件：

> 头一件是人口混杂，遗失东西；第二件，事无专执，临期推诿；第三件，需用过费，滥支冒领；第四件，任无大小，苦乐不均；第五件，家人豪纵，有脸者不服钤束，无脸者不能上进。

这五件正是宁国府中风俗，凤姐一朝权在手，便把令来行，"心中十分得意"。我们不能不佩服凤姐的本领，也不得不佩服她的敬业，同时管理两府，再加上眼前的丧事，"忙得凤姐茶饭无心，坐卧不宁。刚到了宁府，荣府的人跟着；既回到荣府，宁府的人又跟着。凤姐虽然如此之忙，只因素性好胜，惟恐落人褒贬，故费尽精神，筹划得十分整齐。于是合族上下，无不称叹……一切张罗款待，独是凤姐一人周全承应。合族中虽有许多妯娌，也有羞口羞脚的，也有不惯见人的，也有惧贵怯官的，种种之类，俱不及凤姐举止大雅，言语典则，因此也不把众人放在眼里，挥霍指示，任其所为，旁若无人"。可见出众的才能，是凤姐走向权力巅峰的关键。《红楼梦》善用一击两鸣之法，秦可卿的葬礼，同时也是王熙凤的加冕礼。庚辰本十三回回后批语说："写秦氏之死，贾珍之奢，实是却写得一个凤姐。"陈其泰亦云："凤姐才情，亦复无从叙起。若将荣府大事铺排，便累幅难画矣。借秦氏之丧，为凤姐作当家正面文字。"①

《红楼梦》一书，"大旨不过谈情"，宝玉和黛玉是当然的主角。但情的展开，又须以贾府作为场景，各色人等，大小事务，又不得不铺陈之，故必以言事为辅，而凤姐主之。江顺怡的观察是正确的，"《红楼》以言情为宗，自以宝玉黛玉为主，余皆陪衬物。而论纪事，则凤姐又若龙之珠，狮之球"②。作者于宝玉黛玉，演其痴情；于凤姐，则演其才其能。凤姐有大本领，才能多端，一则表现为洞察事理的心机；二则表现为杀伐决断的魄力；三则表现为知人善任的眼光；四则表现为上下周旋的本领；五则表现为八面玲珑的利口。前人以与秦钟有私情的女尼智能儿影射凤姐，如"智而且能，非凤姐而谁属耶……借智能作话题，非用智能作牵头也"（桐总十五回）。不得视为无稽之谈。观其初协理宁国府，即梳理出事情五件，此非明事理者乎？毒设相思局、计赚二姐借刀杀人，此非杀伐决断者乎？相思局用贾蓉贾蔷、借刀杀人用秋桐、因传话清晰简断而擢用小红、笼络平儿以为左膀右臂，此非知人善任者乎？处处承欢贾母、侍奉长辈、照料姑嫂小叔、驾驭小子丫鬟，此非上下周旋者乎？而以上种种，都无法离开其超绝的口才。凤姐以辞令见长，语语顿挫，舌有机锋。雪芹也从不吝惜笔墨来表现其伶牙俐齿，相信每一个读者对于《红楼梦》中王熙凤顺时应景的语言都会留下深刻的印象。从这儿来看曹雪芹安排黛玉眼中王熙凤"先声夺人"的出场，绝非偶然。"只听后院中有笑语声说：'我来迟了，不曾迎接远客！'"接着又说道，"天下真有这样标致人物，我今日才算见了！况且这通

王熙凤

　　①《红楼梦回评》，《红楼梦资料汇编》，1985年，709页。
　　②《红楼梦杂记》，209页。

身的气派，竟不像老祖宗的外孙女儿，竟是个嫡亲的孙女，怨不得老祖宗天天口头心头一刻不忘。只可怜我这妹妹这样命苦，怎么姑妈偏就去世了！"短短的几句话中，赞黛玉之美，述贾母之慈，伤姑妈之逝，一语三击，而祖孙皆悦。

但王熙凤并不是一个让众人喜悦的人物。六十五回作者借贾琏小厮兴儿之口说凤姐道："如今合家大小，除了老太太、太太两个，没有不恨他的，只不过面子情儿怕他。皆因他一时看得人都不及他，只一味哄着老太太、太太两个人喜欢。他说一是一，说二是二，没人敢拦他。又恨不得把银子钱省了下来堆成山，好叫老太太、太太说他会过日子。殊不知苦了下人，他讨好。""'嘴甜心苦，两面三刀'，'上头笑着，脚底下就使绊子'，'明是一盆火，暗是一把刀'，都占全了。"兴儿的说法把凤姐哄上欺下、口是心非的一面刻画出来，倒是正合了凤姐出场时的一句描述："粉面含春威不露，丹唇未起笑先闻。"粉面含春威不露，则春非春；丹唇未起笑先闻，则笑非笑。凤姐是一个春面秋底的人，其生日是九月初二，正值季秋。她又是一个笑里藏刀的人，《红楼梦》于凤姐之笑浓墨重彩，有陪笑、忙笑、冷笑、假笑等，千姿百态，变化无方，而最可留意者是心怒而面笑。如第十一回见贾瑞，先是"假意含笑"，继之以"假笑"，至下回毒设相思局，则是连续几个"笑道"以为诱饵，请贾瑞入瓮。又如其赚尤二姐入大观园，见面又是陪笑，又是一番貌似"推心置腹"之语，且"呜呜咽咽哭将起来"，哄得二姐"倾心吐胆叙了一回，竟把凤姐认为知己"。批书人早已指出，"凡凤姐恼时，偏偏用'笑'字，是章法"（甲戌侧）。"凡凤真怒处必曰笑，凌凌不错"（庚辰夹）。对于一般人而言，承欢贾母王夫人以笑，可能也；而诱贾瑞以笑，赚尤二姐以笑，难能也。而凤姐能之。

作为这个世界上不可或缺之物，现实世界中的权力一直与威势、控制、财富、欲望、计算等关联在一起，而思想家们也一直在寻找平衡权力的手段，如道理、德性、智慧、法度等。拥有权力，却缺乏与之相应的品质，无论对于掌权者，还是他人，都是一件很危险的事情。《周易·系辞传下》有云："德薄而位尊，智小而谋大，力小而任重，鲜不及矣！"以此而观凤姐，才能有余而道、德、智、法皆不足，其悲剧性结局便无法避免。凤姐之病，一曰弄权，二曰逞强，三曰刻毒，四曰算计，五曰贪欲，而其要在于识小而不识大，顾近而不顾远。"弄权"一词，明见于十五回回题"王熙凤弄权铁槛寺"。正值秦氏大殡，凤姐春风得意之时，安灵于铁槛寺之后，凤姐便在临近的水月庵住下。水月庵又名馒头庵，姑子净虚是贾府的常客。该回记载：

王熙凤

老尼便趁机说道："我正有一事，要到府里求太太，先请奶奶一个示下。"凤姐因问何事。老尼道："阿弥陀佛！只因当日我先在长安县内善才庵内出家的时节，那时有个施主姓张，是大财主。他有个女儿小名金哥，那年都往我庙里来进香，不想遇见了长安府府太爷的小舅子李衙内。那李衙内一心看上，要娶金哥，打发人来求亲。不想金哥已受了原任长安守备的公子的聘定。张家若退亲，又怕守备不依，因此说已有了人家。谁知李公子执意不依，定要娶他女儿，张家正无计策，两处为难。不想守备家听了此言，也不管青红皂白，便来作践辱骂，说一个女儿许几家，偏不许退定礼，就打官司告起状来。那张家急了，只得着人上京来寻门路，赌气偏要退定礼。我想如今长安节度云老爷与府上最契，可以求太太与老爷说声，打发一封书去，求云老爷和那守备说一声，不怕那守备不依。若是肯行，张家连倾家孝顺也都情愿。"凤姐听了笑道:"这事倒不大,只是太太再不管这样的事。"老尼道:"太太不管,奶奶也可以主张了。"凤姐听说笑道:"我也不等银子使,也不做这样的事。"净虚听了,打去妄想,半晌叹道:"虽如此说,张家已知我来求府里,如今不管这事,张家不知道没工夫管这事,不希罕他的谢礼,倒像府里连这点子手段也没有的一般。"凤姐听了这话,便发了兴头,说道:"你是素日知道我的,从来不信什么是阴司地狱报应的,凭是什么事,我说要行就行。你叫他拿三千银子来,我就替他出这口气。"老尼听说,喜不自禁,忙说:"有,有!这个不难。"……老尼道:"这点子事,在别人的跟前就忙的不知怎么样,若是奶奶的跟前,再添上些也不够奶奶发挥的。只是俗语说的,能者多劳,太太因大小事见奶奶妥帖,越性都推给奶奶了,奶奶也要保重金体才是。"一路话奉承的凤姐越发受用。

之后便以贾琏的名义给节度使修书一封,办妥此事。凤姐借助于贾府的势力和自己的权力,收受了三千两银子,拆散了张金哥和长安守备公子的婚约,导致金哥自缢而公子投河,两个青春的生命烟消云散。老尼之奸猾自不必论,伤天害理之事,"开口称佛,毕有可叹可笑";而凤姐对于权力无所顾忌的使用,丝毫没有对于情感、伦理甚至生命的尊重,更加可怕。凤姐所说"你是素日知道我的,从来不信什么是阴司地狱报应的,凭是什么事,我说要行就行",是"弄权"一词最好的注脚,道出了权力的任性和无所畏惧。而此例一开,接下来更是行云流水,"以后有了这样的事便恣意的作为起来"。六十八回因尤二姐事,指使旺儿、利用张华状告贾琏"国孝家孝之中,背旨瞒亲,仗财依势,强逼退亲,停妻再娶",以此在贾府内部获得主动;之后更交结官府，欲置张华于死地，更是弄权之显例。凤姐所说"便告我们家谋反，也没事的"，更见其傲慢无知。正总："余读《左氏》见郑庄，读《后汉》见魏武，谓古之大奸巨猾，惟此为最。今读《石头记》，又见凤姐作威作福，用柔用刚。"《红楼梦》的评论者有时会把凤姐和贾雨村相提并论，观雨村对于权力之热衷和执着，掌权之后徇私枉法，无情无义，乱判葫芦案、石呆子案等，确是凤姐一类人物。

逞强则是弄权的另外一面。拥有权力当然意味着处在强势的地位，但如何理解和运用权力却与德性和智慧相关。逞强意味着在与他人和世界的关系中始终想保持一种主导、控制和占有的地位，既无视伦理或法度的限制，又缺乏慈爱、节制和宽容精神的制约。根据作者的说法，凤姐"本性要强，不肯落人褒贬"，"素性好胜，惟恐落人褒贬"，以凤姐和贾琏的关系为例，从冷子兴"琏爷倒退了一射之地"之语，到处处烘托的贾琏惧内，都显示着凤姐的强势。王希廉说"芹儿管事在芸儿之先，足见凤姐之权胜于贾琏"，确实是个很好的观察点。贾芹之母周氏求凤姐给谋个事务，很快便有了结果。但贾芸先求了贾琏，却迟迟没有着落，后来孝敬了凤姐，才有了大观园种树的活计。这个情节的设计显然有刻画贾琏和凤姐关系的作用。的确，如庚辰批所云："阿凤之弄琏兄如弄小儿，可怕可畏！若生于小户，落在贫家，琏兄死矣！"除了日常的权力行使之外，贾琏之色与凤姐之妒也屡次被提及，以凸显其逞强的特点。通过贾琏与平儿、鲍二家的、尤二姐等的关系，凤姐被贴上了"醋罐子""醋缸醋瓮"的标签。凤姐之醋之妒，显然是因为其占有和控制欲望被挑战之后的自然反应。从贾母"什么要紧的事！小孩子们年轻，馋嘴猫儿似的，那里保得住不这么着。从

王熙凤

小儿世人都打这么过的。都是我的不是，你多吃了两口酒，又吃起醋来"的话来看，这种嫉妒式的反应在当时的社会环境和文化氛围中不会得到广泛的支持。而贾琏也因为凤姐的强势不断地积累着不满，称其为"夜叉星"，并倚酒三分醉，演出执剑要杀凤姐的一幕。面对凤姐的指责，贾琏道："你还不足？你细想想，昨儿谁的不是多？今儿当着人，还是我跪了一跪，又赔不是，你也争足了光了。这会子还唠叨，难道你还叫我替你跪下才罢？太要足了强，也不是好事。"这显然给凤姐最后拿到一纸休书埋下了伏笔。同样的，在与李纨、尤氏的妯娌关系中，凤姐得理不饶人、得势不让人的样态也随处可见。六十八回"酸凤姐大闹宁国府"是其显例。至于其在下人面前的飞扬跋扈，更不必多言。二十九回贾府于清虚观打醮，一个十二三岁的小道士忙乱中一头撞在凤姐怀里，被凤姐扬手打脸，幸遇贾母体贴，叫贾珍带走，另赏了几百钱。从历史中走来的贾母显然历练成一个更浑厚的生命，与年少气盛的王熙凤形成对照。甲戌侧批云："再不略让一步，正是阿凤一生短处。"王伯沆亦云："气也可赌，尽不得；强也可争，足不得。留一分便是一分寿。"但对于凤姐来说，要领悟到此道理，委实不易。即便是在后半部虚弱之时，仍然是恃强羞说病。

而凤姐之刻毒一定给读者留下了更深刻的印象。解盦居士云："熙凤心毒手辣，草菅人命。如长安守备公子、张金哥、鲍二家的、贾瑞、尤二姐，悉为致死者也。有谋而未致死者，其惟张华乎！"在曹雪芹塑造的各种人物中，如薛蟠也曾殴打冯渊致死，然尚知惧怕。王夫人之责罚致金钏儿投井而亡，心中犹有不安。至于凤姐，置人死地却若无其事。贾瑞之淫欲，固其取死之由，而凤姐不正面拒之，反引诱之，戏弄之，羞辱之，折磨之，最后又见死不救，实刻毒之至。贾瑞病重之时，需吃"独参汤"，代儒往荣府来寻，王夫人让称二两给他，凤姐"只将些渣末凑了几钱，命人送去"，己卯夹批注云："然便有二两独参汤，贾瑞固亦不能微好，又岂能望好，但凤姐之毒何如是耶？终是瑞之自失也。"但贾瑞之自失何尝不是凤姐之自失？贾瑞之死，徒增凤姐之业。至于尤二姐之死，从诱入大观园起，更是步步为营，步步惊心。二姐死后，贾琏向凤姐要银子治办棺椁丧礼，凤姐打发二三十两银子了事。其冷酷刻毒，恰如判词画中的那座冰山。即便如此，仍不忘把自己装扮成粉面含春，自称"我又是一个心慈面软的人"，刘本眉批："面硬心毒之人，自认心慈面软。"正总："人谓闹宁国府一节，极凶猛，赚尤二姐一节，极和蔼，吾谓闹宁国府情有可恕，赚尤二姐法不容诛。"

王熙凤

"机关算尽太聪明，反算了卿卿性命。"这是《红楼梦》曲子中吟唱王熙凤的名句。凤姐的善计算是出了名的，王夫人的陪房周瑞家的说她"少说些有一万个心眼子"。第四十五回，李纨、探春与众姐妹邀凤姐做诗社的监社御史，以为钱物的保障，凤姐当然明白大家的用意，却借机清清楚楚地给李纨算了一笔账，李纨也不甘示弱，少有地予以回击。我们看这回的描写：

> 李纨笑道："你们听听，我说了一句，他就疯了，说了两车的无赖泥腿市俗、专会打细算盘、分金拨两的话出来。这东西他托生在诗书大宦名门之家做小姐，出了嫁又是这样，他还是这么着；若是生在贫寒小户人家，作个小子，还不知怎么下作贫嘴恶舌的呢！天下人都被你算计了去！"

"一万个心眼子"给"打细算盘"提供了坚实的基础，而"天下人都被你算计了去"，也实在没有说错。凤姐一直在计算着每一个人，每一件事儿，权衡着其中的利害得失。老太太身边趋奉是计算，照顾宝玉是计算，给宝钗过生日是计算，做诗社的监社御史当然也是计算。但不确定的世界从根本上讲是无法计算的。人有千算，天则一算，不在凤姐计算内的刘姥姥反而在无意中成为巧姐儿的恩人，对于"人生精算师"的凤姐也许是最好的借鉴。

弄权、逞强、刻毒和计算，都基于凤姐深入骨髓的贪欲。人生而有欲，在各种文明或文化之中，欲望的合理满足也会得到一般性的肯定。但贪欲不同，贪欲意味着对于世界无止境的索取。无论索取的对象是权力、金钱，还是情感或者其他什么东西。在叙述的意义上，风月宝鉴是专为贾瑞而设的，但同时也是为凤姐以及类似生命而设的。凤姐与贾瑞的相遇，正如其与贾琏的婚姻一样，本质上是因为他们属于同一种人。与贾瑞之欲相伴的，是凤姐之欲。贾瑞之于凤姐，是癞蛤蟆想吃天鹅肉；凤姐之于世界，何尝不是如此！作者通过凤姐刻意呈现一个欲壑难填的生命，尤其集中在财色上面，张本夹批："财色乃凤姐心事。"其于凤姐和贾琏，多次描写床第之欢，甚至包括孔夫子深恶痛绝的昼寝。王夫人看到绣的春囊，第一个想到的便是凤姐。贾琏也曾经对平儿说过："他（凤姐）不论小叔子侄儿，大的小的，说说笑笑，就不怕我吃醋了。"小说中于凤姐和贾蓉的关系，多有暗示，批书人也多有提醒。六十八回记载"凤姐儿见了贾蓉这般，心里早就软了"，王姚眉批："微旨。"桐本批："闲中冷笔。"贾琏自然是一个浪荡子，凤姐也并非循规蹈矩之人。肉体的欲望之外，凤姐对于财富的欲望更加

入世与离尘：一块石头的游记

强烈。各种贪污受贿之外，连各房的月钱也不放过获利的机会。三十九回袭人问平儿，这个月的月钱为什么还不放？平儿忙悄悄笑道："迟两天就放了。这个月的月钱，我们奶奶早已支了，等利钱收齐了才放呢，你可不许告诉一个人去。"姚燮云："凤姐放债盘利，于十一回中则平儿尝说旺儿媳妇送进三百两利银，第十六回云旺儿送利银来，三十九回云将月钱放利，每年翻几百两体己钱，一年可得利上千，七十二回凤姐催来旺媳妇收利账，叙笔无多，其一生之罪案已著。"此外如大闹宁国府，亦不忘索银五百两。甚至于对老太太的财物，也通过鸳鸯打起了主意。其贪得无厌恰如《左传》所说"贪于饮食，冒于货贿"的饕餮。王伯沆谓"他日凤姐竟可用此二字作谥"。王熙凤和贾宝玉当然是两种完全不同的生命类型，但在痴迷的执着方面却不分轩轾。宝玉执着的是情，凤姐执着的是欲。从这个角度来看，二十五回"魇魔法姊弟逢五鬼"就有了特殊的意义。在叙述的层面，宝玉和凤姐之着魔是由于赵姨娘和马道婆的手段。但在隐喻的层面，恰如那僧人所说，是"被声色货利所迷"。对于宝玉来说，与生俱来的通灵宝玉成为最终获得解脱的关键。但凤姐则始终沉陷在声色货利的迷雾之中，无法自拔。

雪芹在设计凤姐形象之时，胸中一定有一个曹操在。与曹孟德一样，王熙凤既有"治世之能臣，乱世之奸雄"般的本领，又有"宁使天下人负我，不可使我负天下人"的用心。《红楼梦》的评论者经常把奸雄这个标签送给凤姐，除了曹操之外，还与王莽、严嵩等相比拟。奸雄之所以为奸雄，是因为其生命中呈现出来的复杂内涵，既令人喜爱，又使人畏惧。就凤姐而言，王昆仑先生曾说："爱凤姐，恨凤姐，凤姐不在想凤姐。"的确，一部大书读下来，很多读者都有"爱其才，喜其谐，畏

其强，惧其毒"的感觉。"写奸雄之才可爱，无过《红楼》之写
王熙凤。"[1] "吾读《红楼梦》，第一爱看凤姐儿。人畏其险，我
赏其辣；人畏其荡，我赏其骚。读之开拓无限心胸，增长无数
阅历。至若芦雪联句，居然提携风雅，固知贤者多能，信不可
测。"[2]王熙凤对人心的揣摩和人性的洞察，大概只有宝钗可以
匹敌。但凤姐之不如宝钗者，在于太直白和露骨。凤姐放而不
知收，进而不知退，宝钗则收放、进退自如。凤姐也未尝不想
藏，观其丫鬟，一曰平儿，二曰丰儿，谐音即"屏风"，第六回
还特别描写了贾蓉向凤姐借屏风的情节。但屏风可以屏自外而
来之风，却无法遮挡房内之风。凤姐自己就是风伯，《说文》云
凤鸟暮宿风穴，她名字的谐音是肃杀的"西风"，她唯一吟出的
一句诗是"一夜北风紧"。"身后有余忘缩手"般对于权力和财
富的执着，让她的贪婪之风和肃杀之气无所遁形，"藏"就显得
非常苍白而无力。于是处处透风，处处漏气。藏到最后，一切
皆空。她想把权力和财富藏住，但终究会失去；她想把贾琏藏
住，但浪荡子总是会被外面的世界吸引；她想把女儿藏住，却
难逃颠沛流离；直到冰山消融，雌凤无依。我们看第五回王熙
凤的判词：

> 后面便是一片冰山，上有一只雌凤。其判云：凡鸟偏从末世
> 来，都知爱慕此生才。一从二令三人木，哭向金陵事更哀。

凤原本是神鸟，《山海经南次三经》说凤具仁义礼信诸德，《说

① 解弢：《小说话》，页 625，90。
② 野鹤：《读红楼札记》，《红楼梦资料汇编》上册，中华书局，2004 年，页 287。

文》云："见则天下大安宁。"根据《论语》微子篇的记载，孔子周游列国，"楚狂接舆歌而过孔子曰：凤兮凤兮，何德之衰！往者不可谏，来者犹可追。已而已而，今之从政者殆而！"以凤比孔子，而叹其生不逢时。凤姐也是生不逢时，身处末世，才有余而德不足，于是神鸟一变而为凡鸟。我们知道，"鳳"字拆开便是凡鸟，《世说新语》也曾经有类似的典故。吕安访嵇康而不遇，康兄喜邀之而不入，安题"鳳"字而去，即以凡鸟来讽刺嵇喜。雪芹此处用拆字法应该有同样的用意。"一从二令三人木"句，前人解说甚多。我个人比较认同徐高阮先生的说法，"'从'就是三从四德的从，'一从'是指熙凤闺中和初嫁守其妇道的时代。'令'就是发号施令的令，'二令'是指王熙凤执掌家政操纵一切的盛日。'人木'就是休弃的休，'三人木'是指凤姐时非事败遭遣归的末路。"[1]这是凤姐人生的三部曲，也是权力世界中很多人的三部曲。从《红楼梦》曲子的内容来看，凤姐在被休之后，更是魂归太虚，万事皆休。"聪明累"云：

机关算尽太聪明，反算了卿卿性命！生前心已碎，死后性空灵。家富人宁，终有个家亡人散各奔腾。枉费了，意悬悬半世心；好一似，荡悠悠三更梦。忽喇喇似大厦倾，昏惨惨似灯将尽。呀，一场欢喜忽悲辛。叹人世，终难定！

这就是一个不确定的世界，一个无法用心计来安排的世界。志得意满之时，凤姐曾经认为自己拥有打开世界的总钥匙，就

王熙凤

：　①《人间世》第一卷第三期，《读红楼梦杂记二则》，1947年。

像李纨说平儿是凤姐的总钥匙一样。她享受着权力带给她的一切，贾府看起来也如宁国府和荣国府名义暗示的那样安定繁荣，甚至还有鲜花着锦、烈火烹油之喜。但正如秦可卿所说："要知道，也不过是瞬息的繁华，一时的欢乐，万不可忘了那'盛筵必散'的俗语。"王熙凤缺乏秦可卿那种洞察天道循环之后的命运感，也没有贾母那般历经沧桑之后的历史感，她过于相信人为的力量，过于迷恋当下的满足，并奢望着"永保无虞"。最终，她的才华和她拥有的身外之物随着生命的逝去而永远地消失。虽然不能见到雪芹描述凤姐结局的文字，但我想，曾经想唤醒贾瑞的那块风月宝鉴也应该出现在凤姐的眼前，一面是权力和财富，另一面是虚无和空灵。

巧姐

势败休云贵，家亡莫论亲。
偶因济刘氏，巧得遇恩人。

作为贾府管家贾琏和王熙凤的女儿，巧姐出生在一个最有权势的家庭。与母亲的强势相反，巧姐的形象显得非常弱小。一强一弱，显然有互相衬托的作用。她的出场在山色有无间，第六回刘姥姥一进荣国府，"于是引他到东边这间屋里，乃是贾琏的大女儿睡觉之所"。林黛玉之于王熙凤，是未见其人，先闻其声；刘姥姥之于巧姐，却是未见其人，先入其所。在前八十回中，曹雪芹关于巧姐的笔墨不多，提到的时候也经常是生病，如果不是名列金陵十二钗，她实在不会引起读者太多的关注。第七回提到奶子正拍着大姐儿睡中觉，二十七回患痘疹，二十九回清虚观打醮凤姐向张道士索取寄名符，都是蜻蜓点水。着墨较多的是四十一和四十二回，刘姥姥二进荣国府之时，其中巧姐和刘姥姥外孙板儿之间的互动尤其引人注目。

在巧姐的生命中，最值得注意的是刘姥姥的角色。如前所述，巧姐第一次未出场的出场，正是得力于刘姥姥突然的造访。而最值得注意者，乃是刘姥姥竟成为巧姐的命名者。巧姐原称大姐儿，四十二回叙述她在大观园中，因于风中吃了王夫人递的一块糕，就发热起来。刘姥姥以为或许是遇见什么神了，叫瞧瞧祟书本子。经查看《玉匣记》，"八月二十五日病者，东南方得遇花神。用五色纸钱四十张，向东南方四十步送之，大吉"。依此法行之，果见大姐儿安稳睡了。于是便有凤姐和刘姥姥之间如下的一番对话：

> 凤姐儿笑道："到底是你们有年纪的人经历的多。我这大姐儿时常肯病，也不知是个什么原故。"刘姥姥道："这也有的事，富贵人家养的孩子多太娇嫩，自然禁不得一些儿委曲；再他小人儿家，过于尊贵了，也禁不起。以后姑奶奶少疼他些就好了。"凤姐儿道："这也有理。我想起来，他还没个名字，你就给他起个名字，一则借借你的寿，二则你们是庄家人，不怕你恼，到底贫苦些，你贫苦人起个名字，只怕压的住他。"刘姥姥听说，便想了一想，笑道："不知他几时生的？"凤姐儿道："正是生日的日子不好呢，可巧是七月初七日。"刘姥姥忙笑道："这个正好，就叫他是巧哥儿。这叫作以毒攻毒、以火攻火的法子。姑奶奶定要依我这名字，他必长命百岁。日后大了，各人成家立业，或一时有不遂心的事，必然是遇难成祥，逢凶化吉，却从这'巧'字上来。"

这是刘姥姥在贾府中最自信也最得意的时刻。从当初一进荣国府时的惴惴不安、手足无措、乞怜之状，经过了信口开河、史太君两宴大观园、醉卧怡红院等之后，刘姥姥在庄稼人的本色中逐渐确立了自己的价值。"老刘老刘，食量大如牛，吃个老母猪不抬头"的自嘲，"是个庄家人吧"、"大火烧了毛毛虫"、"一个萝卜一头蒜"、"花儿落了结个大倭瓜"的酒令，让每一个读者和大观园的姐妹们一样忍俊不禁。但笑过之后，小门小户庄稼人的踏实、快乐和满足是否会让"大也有大的难处"的贾府主人们有一些反思呢？刘姥姥酒后手舞足蹈，黛玉说"当日圣乐一奏，百兽率舞，如今才一牛耳"，引得众姐妹一笑；刘姥姥随贾母至栊翠庵饮茶，妙玉命道婆将刘姥姥吃过的一套茶杯都搁在外头。黛玉和妙玉都不会想到粗俗和腌臜的刘姥姥才是笑到最后的那个人。凤姐是不幸的，又是幸运的。从最初的取笑和捉弄，到现在的真心请教，凤姐给巧姐的未来打开了一扇门。贫穷和富贵、粗俗和高雅之间原本就是相通的，凤姐无意之间撞到了那个连接处。不要忘记，刘姥姥所嫁的王家以前也做过一个小小京官，因此与凤姐之祖、王夫人之父连了宗，认了侄儿。她的女婿狗儿年少时也托着老的福，吃喝惯了。而刘姥姥更是个久经世代的老寡妇，富有生活的智慧。正是凭着这一点，她才讨了老太太的欢心，也得了凤姐的认同。富贵和贫贱之间的转换，放眼到一个长时段中，总会看得非常清晰。而这个长时段体现在生命之中，就是积古长者的智慧。在这个意义上，刘姥姥关于巧姐常常生病的解释就有了一般性的意义。"过于尊贵了，也禁不起"，明说巧姐，却有暗谏凤姐的意义。"少疼他些就好了"，同时也就提醒着凤姐不必把自己太当回事。

　　七月七日是一个特殊的日子，乞巧节。牛郎织女一年一度的相会，给爱情平添了清冷的色彩。虽说"两情若是久长时，又岂在朝朝暮暮"，但谁又不想团聚呢？出生在这一天，让人们想到悲剧性的李后主，"雕栏玉砌应犹在，只是朱颜改。问君能有几多愁，恰似一江春水向东流"。落花流水的无奈，也难怪让凤姐有"正是生的日子不好呢！"的感觉。刘姥姥确是个大智若愚的人，巧姐的名字当然有以毒攻毒的意味，但同时满足了凤姐的虚荣和挂念。不必乞巧，巧已经在那里。可以担心，也尽可以放心。"遇难成祥，逢凶化吉，却从这'巧'字上来。"刘姥姥俨然是一个预言家。未来更可以证明，她正是那个把预言实现出来的关键人物。但更值得注意的是命名这件事情本身，一般而言，这是父母或者祖父母的权力。命名者的角色具有让刘姥姥成为巧姐再生者的意味。王姚眉批："着此一段为巧姐结果张本。"凤姐把巧姐带到了这个世界，刘姥姥的命名则象征着对巧姐的再造之恩。

第五回的判词是清晰的。"后面又是一座荒村野店，有一美人，在那里纺绩。其判曰：势败休云贵，家亡莫论亲。偶因济刘氏，巧得遇恩人。"纺绩的美人十五回曾经出现过，在给秦可卿送葬的路上，凤姐、宝玉和秦钟进入一户农人家，宝玉"又到一间房内，见炕上有个纺车，越发以为稀奇。小厮们又告以纺线织布之用。宝玉便上炕摇转作耍。只见一个村妆丫头，约有十七八岁，走来说道：别弄坏了！……只见那丫头纺起线来，果然好看。"王总："写乡村女子纺纱等事直伏巧姐终身。"刘眉："写乡村女子纺纱等事，直状巧姐终身。"让凤姐和宝玉碰巧看到这个村姑显然是作者有意的设计。此时此刻，凤姐宝玉们不会知道这二丫头就是巧姐的影身，纺线织布就是巧姐的归宿。鼎盛时期的权力中人也许意识不到势败的时刻，但不经意之间的接济，碰巧就造就了日后的恩人。

这个恩人就是刘姥姥。我们也因此知道刘姥姥的"刘"谐的正是"留余庆"的"留"。巧姐之巧，无疑包含着多种意义。一是出生在乞巧日，二是和有情有义的刘姥姥的相遇，三是凤姐两次的接济和馈赠。刘姥姥一进荣国府之时，凤姐给了二十两银子，外加一串坐车钱；二进荣国府，更是得了一百零八两银子和吃穿日用之物。对于凤姐们来说，这不过是九牛一毛，但对于刘姥姥而言，却意味着一个富足的生活。《留余庆》是唱给巧姐的，也是唱给凤姐和刘姥姥的：

> 留余庆，留余庆，忽遇恩人；幸娘亲，幸娘亲，积得阴功。劝人生，济困扶穷，休似俺那爱银钱、忘骨肉的狠舅奸兄！正是乘除加减，上有苍穹。

可以想象八十回后曹雪芹的安排，当权力世界中的舅舅和哥哥见利忘义之时，正是庄稼人本色的刘姥姥仗义相助，让巧姐脱离苦海，终身有靠。在责怪巧姐的狠舅奸兄因银钱而忘骨肉的时候，读者不能忽视他们正是凤姐生命的投射。当声色货利成为唯一的追求之时，亲情、伦理等等都会被弃置一旁，忘仁（王仁，凤姐之兄）便是自然而然的事情。类似的故事，我们在贾雨村那里同样可以看到。同样是接济，同样是恩人，面对甄士隐的女儿英莲，贾雨村却没有伸出援手，反而将她推向火坑。

《红楼梦》的续书者安排巧姐嫁到了庄上的富户周家，显然和曹雪芹的设计背离。巧姐和板儿的名字本就是个对子，一个巧，一个板。此前的叙述已经暗示着他们的姻缘。四十一回写道：

> 忽见奶子抱了大姐儿来，大家哄他顽了一会。那大姐儿因抱着一个大柚子玩的，忽见板儿抱着一个佛手，便也要佛手。丫鬟哄他取去，大姐儿等不得，便哭了。众人忙把柚子与了板儿，将

巧
姐

板儿的佛手哄过来与他才罢。那板儿因顽了半日佛手，此刻又两手抓着些果子吃，又忽见这柚子又香又圆，更觉好顽，且当球踢着玩去，也就不要佛手了。

脂批："小儿常情，遂成千里伏线"，"佛手者正指迷津者也，以小儿之戏，暗透前后通部脉络，隐隐约约，毫无一丝漏泄，岂独为刘姥姥之俚语博笑而有此一大回文字哉？"板儿与巧姐游戏之物的交换，好似成年男女之间互赠的定情信物，是执子之手与子偕老的暗示。而佛手和柚子，或许正暗含着佛祖保佑的意义。和贾母、王夫人、凤姐一样，刘姥姥同样相信"神佛是有的"。相信神佛的存在让人们思考现实的人生，乘除加减的算计终究无法抵过无限的苍穹。在此，佛教行善布施、济困扶穷的主张得到了彰显。人生中不只有胜负和得失，还有慈悲和给予。贪欲的尽头，宗教和伦理的意义呈现了出来。

　　巧姐的形象显然有衬托凤姐的作用。如果论巧的话，在金陵十二钗中，无人能出王熙凤之右。连贾母也说："我虽疼他，我又怕他太伶俐了，也不是好事。"伶俐是聪明的表现，但太伶俐却会因沉溺于小巧和权变而失去大道和厚德，反拖累自身。六十九回的回题就是王熙凤"弄小巧用借剑杀人"。也许只有在和刘姥姥的关系中，凤姐才暂时忘记了自己擅长的心机，发掘出自己内心中柔软的一面。其实刘姥姥也不能不说是一个伶俐的人，她的狡黠和随机应变体现在每一个场合，也体现在和每一个人的关系之中。她是弱者，甚至故意示弱，配合着贾府的主人们进行表演。但伶俐之中，刘姥姥的淳朴和本色是更动人的力量。她不掩饰自己的愿望，也不掩饰自己的无知。淳朴和本色能让身边的人们暂时地摒弃算计、忘记贪欲。正是这种摒弃和忘记让人性中美好的东西流露出来，也给未来保留了空间。在这个意义上，巧姐的逢凶化吉、遇难成祥，实在不是因为刘姥姥。究竟说来，乃是凤姐"善"字一闪念结下的善缘。巧姐的命运和刘姥姥的生活是一面镜子，让凤姐们可以反观自身，认真思考什么是"巧"，什么又是"留"。

巧
姐

湘云

富贵又何为，襁褓之间父母违。

展眼吊斜晖，湘江水逝楚云飞。

　　作为四大家族中史家的一员，贾母的侄孙女，湘云拥有代表这个世界的金玉的底色，她的象征是金麒麟。但是襁褓之中父母双亡，由叔叔婶娘抚养的命运，令其人生一开始就蒙上了孤独和悲凉的色彩，因此无法无忧无虑地享受锦衣玉食。与在史家的生存相比，她更喜欢在大观园里和宝玉及姐妹们在一起的生活，一个可以充分展示自己的生活。金玉的底色和孤女的命运，让她兼具宝钗和黛玉的部分生命。湘云和宝钗一样接受或认同这个世界的法则，和宝玉也会说些仕途经济的道理；但又和黛玉一样体会着生命在这个世界的孤独和漂泊。这种矛盾让湘云的心灵充满着张力，从而造就一个更宽阔豁达的生命。如"乐中悲"对湘云的形容："英豪阔大宽宏量，从未将儿女私情略萦心上。好一似，霁月光风耀玉堂。"

126

在曹雪芹的设计中，史家是历史的象征。"阿房宫，三百里，住不下金陵一个史"，甲戌本夹批："保龄侯尚书令史公之后，房分共十八，都中现任者十房，原籍现居八房。"可知史家是一个极大的家族。人称贾母的史太君便是史公之女，湘云是贾母的侄孙女，有两个叔叔史鼐和史鼎。读者可以在史太君身上领略一个积古长者的成熟生命，历史沉淀为圆融无碍的生存艺术，一切都了然于心，却似无知无识。从待人接物、看戏听曲、猜谜逗乐中，可以知道史太君有极好的教养和品位。她在年轻时也很淘气，喜欢和姐妹们玩耍，曾经失足落水，被木钉碰破了头；也和凤姐一样理家，比凤姐还来得；也听过《西厢记》《玉簪记》《续琵琶》等戏曲。四十七回贾母回顾自己在贾府的生活，"我进了这门子做重孙媳妇起，到如今我也有个重孙子媳妇了，连头带尾五十四年，凭着大惊大险、千奇百怪的事，也经了些"。轻描淡写之中，不知蕴含了多少风浪，这让她面对任何事情都有举重若轻的感觉，却也有雷霆万钧的手段。看她对凤姐说贾琏的偷腥，"什么要紧的事！小孩子们年轻，馋嘴猫儿似的，那里保得不这么着。从小儿世人都打这么过的"。而在凤姐生病、贾府陷入混乱之时，又能祭出严刑峻法，毫不容情。刚柔、进退之间，显示着历史积淀而来的穿透力和分寸感。

湘云就好像史太君年轻时候的影子，贾母一定在她的生命中看到了自己的青春。湘云是一个直心快口的人，无遮无拦，不躲不藏。她的心在哪里，她的眼和口就在哪里。她的一大特点就是话多，宝钗称之为"话口袋子"。但其所说都是她自己之所思所想，在一定程度上也代表了这个世界的所思所想。湘云经常会说出他人意会而不言的东西。意会而不言是世故或者小心，说出来则是"憨"或者"疯"。这其实是湘云和宝玉亲近的精神纽带。

典型的如二十二回给宝钗做生日，众人看戏，贾母很喜欢那做小旦的和一个做小丑的：

> 凤姐笑道："这个孩子扮上活像一个人，你们再看不出来。"
> 宝钗心里也知道，便只一笑不肯说。宝玉也猜着了，亦不敢说。
> 史湘云接着笑道："倒像林妹妹的模样儿。"宝玉听了，忙把湘云
> 瞅了一眼，使个眼色。众人却都听了这话，留神细看，都笑起来
> 了，说果然不错。

戏中演小旦的很像黛玉，大家想到了都不说，湘云却说了出来。在出口之前，湘云绝对不会去设想黛玉的感受："我原是给你们取笑的……拿我比戏子取笑。"但宝钗和宝玉们都想到了。这就是湘云，恰如宝钗对她的评价："说你没心，却又有心；虽然有心，到底嘴太直了。"

金陵十二钗中，史湘云的正式出场略有些晚，是在第二十回。宝玉正和宝钗顽笑，听到人说"史大姑娘来了"，抬身就走，可知宝玉和湘云之间的相互熟悉。湘云小时候也在贾母身边生活过，袭人曾经服侍过她。湘云给读者呈现的第一个画面便是大笑大说，稍后，正当黛玉为了宝玉和宝钗在一起而和宝玉计较的时候，她又不合时宜地走了过来："爱哥哥，林姐姐，你们天天一处顽，我好容易来了，也不理我一理儿。"咬舌的毛病引来黛玉"幺爱三"的调侃。而湘云说黛玉"再不放人一点儿，专挑人的不是"，"你敢挑宝姐姐的短处，就算你是个好的"，却正戳中了黛玉的痛处。豪爽的湘云不喜欢黛玉的小性儿，当她说出那个小旦像林妹妹的模样之后，宝玉忙把湘云瞅了一眼，使个眼色，引起她的不快：

湘云道："明儿一早就走，在这里作什么？一看人家的鼻子眼睛，什么意思！"宝玉听了这话，忙赶近前拉他说道："好妹妹，你错怪了我。林妹妹是个多心的人，别人分明知道，不肯说出来，也皆因怕他恼。谁知你不防头就说了出来，他岂不恼你？我怕你得罪了他，所以才使眼色。你这会子恼我，不但辜负了我，而且反倒委曲了我。若是别人，那怕他得罪了十个人，与我何干呢？"湘云摔手道："你那花言巧语别哄我。我也原不如你林妹妹。别人说他，拿他取笑都使得，只我说了就有不是。我原不配说他，他是小姐主子，我是奴才丫头，得罪了他，使不得！"宝玉急的说道："我倒是为你，反为出不是来了。我要有外心，立刻就化成灰，叫万人践踹！"湘云道："大正月里，少信嘴胡说。这些没要紧的恶誓、散语、歪话，说给那些小性儿、行动爱恼的人，会辖治你的人听去！别叫我啐你。"说着，一径至贾母里间，忿忿的躺着去了。

湘云

但豁达的湘云心中并不存太多的芥蒂，在大观园中，她仍然和黛玉住在一起。不过，她是越来越敬佩宝钗了。三十二回湘云给袭人赠送戒指，不想袭人已经有了，原来是宝钗给的。湘云于是感叹道："我只当林姐姐送你的，原来是宝姐姐给了你。我天天在家里想着这些姐姐们，再没一个比宝姐姐好的。可惜我们不是一个娘养的，我但凡有这么个亲姐姐，就是没了父母也没妨碍的。"庚辰脂批："感知己之一叹。"湘云确实已经把宝钗视为知己。经过这样的铺垫，三十七回宝钗邀湘云来蘅芜苑同住，就丝毫不显突兀。两人一同商拟菊花诗会的做东和拟题，宝钗的体贴更笼罩住了湘云简单而孤独的心，把宝钗当亲姐姐一样看待。

不要忘记，湘云和宝钗一样属于这个金玉的世界，这就注定了她们和黛玉具有不同的底色。她劝宝玉说："如今大了，你就不愿意读书去考举人进士的，也该常会会这些为官作宰的，谈谈讲讲那些仕途经济的学问，也好将来应酬庶务，日后也有个朋友。"这和宝钗是一样的口气。湘云的特点是本色，但不要忘记，这种本色并不离金玉。看湘云特别给袭人、鸳鸯、金钏儿和平儿带了戒指作为礼物，就能知道她有和宝钗一样的细腻。这四个"姐姐"并不一般，她们的背后正是贾府中最重要的四个人：宝玉、贾母、王夫人和凤姐。湘云很清楚这个世界中每个人扮演的角色。和丫鬟翠缕的阴阳之论，显示出她是一个非常明白道理的人。她知道这个世界的阴和阳，也明白自己什么时候是阴、什么时候是阳。虽然和"爱哥哥"宝玉非常亲近，却从来没有非分之想。她知道宝玉的所爱不是自己，也知道自己不是这个世界法则之下的优先选择。

围绕着湘云和宝玉的金麒麟描写显然是作者的刻意安排。宝玉的玉、宝钗的金锁和湘云的金麒麟，是她们各自身份的标志。但湘云从来没有金玉姻缘的企图。她和丫鬟翠缕拾到了宝玉丢失的在清虚观获得的金麒麟，而这原本就是宝玉想送给湘云的。如脂批所言："金玉姻缘已定，又写一个麒麟，是间色法也。何颦儿为之所感，故颦儿谓情情。"黛玉的猜疑当然是因为她的不安，但也不过是昙花一现，和对宝钗的猜忌完全不可同日而语。湘云确实起到了"间色"的作用，作为大观园的过客，宝钗和黛玉的陪客，在她的衬托之下，金玉良缘和木石前盟并立的线索更加明显。通过湘云，读者更直接地获得这个世界对于黛玉和宝钗的不同理解。从最初和黛玉共一床的亲密无间，到后来"只要与宝钗一处住"，直接显示了她与宝钗和黛玉亲疏关系的变化，也间接地表现了黛玉和宝钗在贾母王夫人王熙凤们内心地位的升降。

如果考虑到湘云和贾母之间的特殊关系，那么，湘云对黛玉和宝钗认识的变化或许暗示着贾母心态的变化。贾母对于黛玉的特殊疼爱，是黛玉在贾府立足的最重要基础。宝玉更是贾母生命中最重要的存在，这是贾府的未来。贾母当然知道宝玉和黛玉之间的两情相悦，她同时也可以预知二玉婚姻的后果。作为这个家族中最年长最具权威的人，一个充满历史感的人，贾母的优先考虑一定不是她非常疼爱的两个人之间的爱情，而是这个家族的命运。这个家族的命运某种程度上就寄托在宝玉身上，寄托在宝玉的婚姻中。爱情是两个人之间的事情，婚姻不是，它关联着整个家族、整个世界。理性地来看，宝黛二玉的婚姻是整个家族无法承受的。因此，贾母们对于宝钗的接纳完全不是因为不喜欢黛玉，或者不尊重宝玉的感情，而是忧虑比这些更重要的这个家族的未来。宝钗而不是黛玉更适合帮助宝玉走上这个家族需要他走的路——仕途经济之路，而对这条路，黛玉是不屑一顾的。湘云的存在，进一步凸显了宝钗和黛玉不同的生命形象。

湘云也不喜欢妙玉的假清高。没有槛内和槛外的纠结、没有玄妙的湘云尽情地展示着自己。无论是女扮男装、猜拳放炮，还是醉眠青石板、啖肉食腥膻，都让读者感受到坦荡生命的豪爽不羁。湘云打扮成小子的样儿，比女装显得更加俏丽，被黛玉称为"小骚鞑子"。饮酒的时候，她喜欢更豪爽的拇战。她也喜欢和男孩子一样放炮。而琉璃世界中和宝玉一起算计生吃鹿肉，后来改成烧烤，引来众人同吃的画面，更能表现她的奔放。当黛玉打趣说"今日芦雪亭遭劫，生生被云丫头作践了。我为芦雪亭一大哭"时，湘云说："你知道什么！是真名士自风流，你们都是假清高，最可厌的。我们这会子腥的膻的，大吃大嚼，回来却是锦心绣口。"她说得没错，无论是海棠诗，还是芦雪亭联诗夺魁，湘云的锦心绣口,让我们领略其才识与幽情。确如王姚本眉批所说:"(湘云)吃嚼腥膻,我行我素,而竟得锦心绣口,何必做势装腔,允矣。小女子俨然大丈夫。"

白海棠诗会,宝钗和黛玉无疑是主角。间色的湘云被安排次日才出场,一开口便是两首。众人看一句,赞一句,让读者知道湘云原来是和宝钗、黛玉一样的大诗翁。诗云:

> 神仙昨日降都门,种得蓝田玉一盆。自是霜娥偏爱冷,非关情女亦离魂。秋阴捧出何方雪?雨渍添来隔宿痕。却喜诗人吟不倦,岂令寂寞度朝昏?(其一)

> 蘅芷阶通萝薜门,也宜墙角也宜盆。花因喜洁难寻偶,人为悲秋易断魂。玉烛滴干风里泪,晶帘隔破月中痕。幽情欲向嫦娥诉,无那虚廊月色昏。(其二)

"秋阴捧出何方雪"句,脂乙批曰:"拍案叫绝。压倒群芳,在此一句。"王本总批:"湘云补诗二首,第一首是宝钗影子,第二首是黛玉影子。"但确切地说,两首诗中的每一首似乎都有宝玉、宝钗、黛玉和自己的影子。第一首的第一句"神仙昨日降都门,种得蓝田玉一盆"恰似吟诵宝玉的来历,第二句和第三句的前半句"自是霜娥偏爱冷"和"秋阴捧出何方雪"指带雪的冷美人宝钗,后半句"非关情女亦离魂"和"雨渍添来隔宿痕"则说爱哭的情女黛玉。第四句"却喜诗人吟不倦,岂令寂寞度朝昏?"则归结到自己。第二首诗也是如此,第一句"蘅芷阶通萝薜门,也宜墙角也宜盆"明显地指向"蘅芷清芬"的宝钗,第二句和第三句"花因喜洁难寻偶,人为悲秋易断魂。玉烛滴干风里泪,晶帘隔破月中痕"直射黛玉和宝玉。"幽情欲向嫦娥诉，无那虚廊月色昏"，仍然归结到知音难觅的自己。湘云懂得宝玉，也懂得宝钗和黛玉，她的生命和宝钗黛玉们虽然不太相似，但都有相通之处。偏爱冷的嫦娥，不仅是宝钗，也是内心里深藏的自己。而对于充满于生命之中的孤独、幽情和泪水等，自幼失去父母的湘云同样有足够的敏感。她当然没有宝钗的世故，也不会像黛玉那般陷入伤感的情绪而无法自拔。天真的她用诗心来对抗寂寞。她的诗心既是敏感，又是豪爽，又是淡定。在湘云的咏白海棠诗中，我最喜欢的句子是"也宜墙角也宜盆"，这是经历了风吹雨打之后的随遇而安，如苏东坡所说："回首向来萧瑟处，归去，也无风雨也无晴。"

　　湘云确实有些像东坡。和很多诗人不同，东坡变化万千，把柔情、豪放和豁达融汇在一起。一曲《江城子》把柔情道尽："十年生死两茫茫，不思量，自难忘。千里孤坟，无处话凄凉。"似乎正应了湘云"白首双星"的命运。而《密州出猎》的"老夫聊发少年狂"、"酒酣胸胆尚开张"则豪情无限。《定风波》更把一个豁达的心境尽情地呈现：

　　　　莫听穿林打叶声，何妨吟啸且徐行。竹杖芒鞋轻胜马，谁怕？一蓑烟雨任平生。　　料峭春风吹酒醒，微冷，山头斜照却相迎。回首向来萧瑟处，归去，也无风雨也无晴。

酒、诗和梦，这是苏东坡生命中的几个符号，也是湘云的。她是个热心肠，也喜欢热闹。海棠诗会后，她马上就张罗下一个诗会。湘云是菊花诗会的主人，她和宝钗一起拟了十二个题目，自己选择了《对菊》《供菊》和《菊影》，按照宝钗的说法，"种既盛开，故相对而赏，第四是对菊；相对而兴有余，故折来供瓶为玩，第五是供菊……如此人事虽尽，犹有菊之可咏者，菊影、菊梦二首续在第十、第十一"。

> 别圃移来贵比金，一丛浅淡一丛深。萧疏篱畔科头坐，清冷香中抱膝吟。数去更无君傲世，看来惟有我知音。秋光荏苒休辜负，相对原宜惜寸阴。(《对菊》)

> 弹琴酌酒喜堪传，几案婷婷点缀幽。隔座香分三径露，抛书人对一枝秋。霜清纸帐来新梦，圃冷斜阳忆旧游。傲世也因同气味，春风桃李未淹留。(《供菊》)

> 秋光叠叠复重重，潜度偷移三径中。窗隔疏灯描远近，篱筛破月锁玲珑。寒芳留照魂应驻，霜印传神梦也空。珍重暗香休踏碎，凭谁醉眼认朦胧。(《菊影》)

菊花盛开，与人相对而赏，恰似得遇知音，莫辜负，当珍惜。这是《对菊》的主题。而当菊花被置于瓶中，她的生命已经开始凋谢，青春成为梦中的回忆。到了《菊影》，一切都已经烟消云散，梦境成空。三首诗如同湘云人生的三部曲。湘云曾经碰到了一个相对的如意郎君——贵公子卫若兰，但看起来确定的幸福竟如兰花般短暂，如判词所说"展眼吊斜晖，湘江水逝楚云飞"。薄命仍然没有遗忘这个豪爽得如荆轲聂政似的侠女。这一瞬间，湘云的生命中闪过了尤三姐的影子。三姐是和柳湘莲顾影相怜，湘云则是和卫若兰。

在金陵十二钗中，只有湘云喜欢饮酒，饮酒的欢聚可以让她摆脱现实生活中的寂寞和苦恼，并激发她的诗心。在芦雪庵，她曾经说："我吃了这个方爱吃酒，吃了酒才有诗。若不是这鹿肉，今儿断不能作诗。"曹雪芹似乎把自己的部分生命安放在了湘云的形象之中。酒助诗兴，诗发酒魂，湘云果然成为芦雪庵联句的胜利者。她说的句子最多，众人都说是那块鹿肉的功劳。仔细看湘云的联句，从"野岸回孤棹"、"花缘经冷结"、"池水任浮漂"、"僵卧谁相问"，到"海市失鲛绡"、"清贫怀箪瓢"、"石楼闲睡鹤"，她的内心从孤独、清冷、无奈，一直走进了坚毅和闲适，确是自身生命的写照。

时值宝玉生日，大家欢聚，湘云所说的酒令是："奔腾澎湃，江间波浪兼天涌，须要铁索缆孤舟，既遇着一江风，不宜出行。"刘本眉批："黛玉、湘云所说酒令，俱是两人小照，莫作闲文看过。"这是一个不宜出行的世界。如孤舟一样的生命，处在兼天涌的江间风浪之中，飘忽不定。这个比喻在前述联句中也出现过。一个铁索也许能够把孤舟缆住，譬如大观园，让湘云可以饮酒、可以沉醉、可以入梦、可以会亲友，享受片刻的快乐。但这里不是永居之地，她知道总有一天不得不出行，所以格外珍惜眼前的一切。酒和诗一起引湘云进入温暖的梦乡。芍药裀的"香梦沉酣"简直是一个唯美的世界：

　　果见湘云卧于山石僻处一个石凳子上，业经香梦沉酣，四面芍药花飞了一身，满头脸衣襟上皆是红香散乱，手中的扇子在地下，也半被落花埋了，一群蜂蝶闹穰穰地围着他，又用鲛帕包了一包芍药花瓣枕着。众人看了，又是爱，又是笑，忙上来推唤挽扶。湘云口内犹作睡语说酒令，唧唧嘟嘟说：泉香而酒冽，玉盎盛来琥珀光，直饮到梅梢月上，醉扶归，却为宜会亲友。

这真是红楼一梦！和不确定的现实生活相比，湘云更愿意生活在香梦之中。梦中的酒令和现实的酒令不同，没有孤舟，没有一江风，没有不宜出行，却有香泉冽酒和亲友，醉了之后还有人可以扶归。所以湘云不想醒来，她想睡去。在当晚的夜宴中，湘云果然抽中了"只恐夜深花睡去"的诗句。"湘云笑着，揎拳掳袖的伸手掣了一根出来。大家看时，一面画着一枝海棠，题着'香梦沉酣'四字，那面诗道是：只恐夜深花睡去。"诗句出自东坡的《海棠》："东风袅袅泛崇光，香雾空蒙月转廊。只恐夜深花睡去，故烧高烛照红妆。"鲜艳盛开的海棠总会凋谢，但东坡留恋着当下的美好，不想错过，更不想失去。湘云也是一样。

"香梦沉酣"两次出现在关于湘云的描述中，显然并非偶然。湘云的酒、诗和梦是一体的。酒既是助诗兴者，也是引其入梦者。其实，诗就是梦，青春之梦、情感之梦、理想之梦。在《红楼梦》中，梦境既揭示着真相，又抵抗着现实。"却喜诗人吟不倦，肯令寂寞度朝昏"，诗歌不仅抒发着诗人内心的情感，也代表着抵御孤独与寂寞的努力。从海棠社起，每一次的诗会和酒会都让读者感受着宝玉和大观园女儿们相聚的欢乐，每一次的散场都让人不舍。七十回林黛玉作"桃花行"，重新勾起众人的诗兴，在湘云的建议之下，改海棠社为桃花社。名义上的更改暗示着一个花团锦簇时代的结束，和一个飞鸟各投林时代的开始。桃花社开始就颇费几番周折，与当初海棠社的一帆风顺恰成对照。虽然以黛玉之名，湘云却是真正的发动者：

> 时值暮春之际，史湘云无聊，因见柳花飘舞，便偶成一小令，调寄《如梦令》。其词曰：岂是绣绒残吐？卷起半帘香雾。纤手自拈来，空使鹃啼燕妒。且住，且住！莫放春光别去！

没有宝钗的"送我上青云"、没有黛玉的"草木也知愁"，湘云的柳絮词如自己的内心般明快。和《对菊》中"秋光荏苒休辜负，相对原宜惜寸阴"的心意相同，湘云充满了对当下生命的欣赏和珍惜。这是一个直接的人，怀念但不沉迷于过去，希冀而不幻想于未来。一切都是那么简单，她把自己想留住春光的愿望直白地说了出来。对黛玉而言，她知道"留住"是不可能的，所以没有希冀；对宝钗来说，她了解这是大化流行的一部分，所以善加利用。只有湘云想驻足于现在，"且住，且住，莫放春光别去"，的确让湘云的生命中多了一缕阳光，也多了一份希望。但这份阳光和希望在现实世界中显得非常脆弱，最后只能安放在无奈而永恒的诗心之上，放在诗、酒和梦营造的那个世界。落花流水春去也，现在终究无法留住，梦不想醒，还是会醒，我们总是要走向不确定的、无法捉摸的未来。

桃花社是最后的诗会，其余音则是黛玉和湘云凹晶馆的联句。没有宝玉和其他的姐妹，只有两个孤独寂寞的灵魂。湘云宽慰对景感怀、俯栏垂泪的黛玉道："你是个明白人，何必作此形象自苦，我也和你一样，我就不似你这样心窄。何况你又多病，还不自己保养。可恨宝姐姐合他妹妹天天说情道热，早已说今年中秋要大家一处赏月，必要起诗社，大家联句，到今日便弃了咱们，自己赏月去了。社也散了，诗也不作了……他们不作，咱们两个竟联起句来，明日羞他们一羞。"同为"旅居客寄"之人，湘云和黛玉都在对方的生命中找到了些许的温暖。和作柳絮词一样，湘云仍然是起兴的那个人。在七十六回中，和湘云同出身于史家的贾母也一直想鼓舞大家的兴致，奈何王熙凤、薛宝钗、贾宝玉等热闹有趣之人的缺席，让这种兴致无力支撑。悠扬的笛声反加重了中秋之夜的凄凉冷清，与此前的欢聚形成巨大的反差。在这种氛围之中，湘云和黛玉的联句恰如诗魂最后的挣扎，并预言了其不可避免的死亡。二十二韵的联句由黛玉起，又由黛玉收：

三五中秋夕，

清游拟上元。撒天箕斗灿，

匝地管弦繁。几处狂飞盏，

谁家不启轩。轻寒风剪剪，

良夜景暄暄。争饼嘲黄发，

分瓜笑绿媛。香新荣玉桂，

色健茂金萱。蜡烛辉琼宴，

觥筹乱绮园。分曹尊一令，

射覆听三喧。骰彩红成点，

传花鼓滥宣。晴光摇院宇，

素彩接乾坤。赏罚无宾主，

吟诗序仲昆。构思特倚槛，

拟景或依门。酒尽情犹在，

更残乐已谖。渐闻语笑寂，

空剩雪霜痕。阶露团朝菌，

庭烟剑夕楦。秋湍泻石髓，

风叶聚云根。宝婺情孤洁，

银蟾气吐吞。药经灵兔捣，

人向广寒奔。犯斗邀牛女，

乘槎待帝孙。虚盈轮莫定，

晦朔魄空存。壶漏声将涸，

窗灯焰已昏。寒塘渡鹤影，

冷月葬诗魂。

"寒塘渡鹤影，冷月葬诗魂"，诗是好诗，确实"太颓丧了""太悲凉了"。从"三五中秋夕"的团圆，到对过往诗酒聚会欢乐时光的追忆，再到"渐闻语笑寂"、"人向广寒奔"，终至于"冷月葬诗魂"的烟消云散，呈现出一个清晰的自盛而衰的轨迹。这正是从凸碧堂到凹晶馆的轨迹。不可忽略的是，凸碧堂和凹晶馆的名义是黛玉赋予的。如果说大观园是元春的或者宝玉的，那么，这两处就是黛玉的。"一上一下，一明一暗，一高一矮，一山一水"，适成鲜明的对照。而凹晶馆正是凸碧堂之"退步"，而更进一步的"退步"则是栊翠庵。果然，黛玉和湘云的联句被妙玉的出现所打断："只是方才我听见这一首诗中句虽好，只是过于颓败凄楚，此亦关人之气数，所以我出来止住。"但这种有意的止住不过是出于不忍之心，却无法止住即将呈现的命运。妙玉引二人到栊翠庵饮茶，很显然的，醉翁之意不在酒，续写的十三韵才是作者的用心所在，由此完成了三十五韵的"中秋夜大观园即景联句"：

> 香篆锁金鼎，脂冰腻玉盆。
> 箫增嫠妇泣，衾倩侍儿温。
> 空帐悬文凤，闲屏掩彩鸳。
> 露浓苔更滑，霜重竹难扪。
> 犹步萦纡沼，还登寂历原。
> 石奇神鬼搏，木怪虎狼蹲。
> 赑屭朝光透，罘罳晓露屯。
> 振林千树鸟，啼谷一声猿。

岐熟焉忘径，泉知不问源。

钟鸣栊翠寺，鸡唱稻香村。

有兴悲何继，无愁意岂烦。

芳情只自遣，雅趣向谁言。

彻旦休云倦，烹茶更细论。

如果说黛玉和湘云的二十二韵由凸至凹，自热而冷，似描摹出了一条变化无常之龙，那么妙玉续貂的十三韵则用"空"和"无"加以点睛，"归到本来面目上去"，通向万物和众生之源。在这里，妙玉更像是一个超越的归结者，以其方外之人的身份归结着方内的芸芸众生。这是妙玉第一次在诗会上出场，而她的出场便意味着大观园的散场、收场和下场。从七十七回起，晴雯逐而死、芳官去而隐，作为大观园枢纽的怡红院开始瓦解，"振林千树鸟，啼谷一声猿"，预示着树倒猢狲散，飞鸟各投林，接下来如宝琴所云"三春事业付东风"，元春死、迎春亡、探春远嫁，若合符节。同时也应了秦可卿给王熙凤所托之梦，"三春去后诸芳尽，各自须寻各自门"。

《红楼梦》的后面几十回，从脂砚斋等的批语来看，应该是完成或者大部分完成了的。原稿的遗失令人叹息，原因也不便妄加猜测，但结局的悲惨或许让人不忍卒读。于是，故意的销毁或隐藏也不能排除。毫无疑问，程高本后面的四十回不是雪芹的原稿，很多细节无法与脂批呼应是直接的证明。但如果说完全没有线索或者素材的依据，也失之于武断。中秋联句特别点明的十三、二十二及三十五几个数字值得特别的留意，应该就是此后《红楼梦》布局的暗示。从七十六回算起，二十二回之后正是程高本黛玉香魂返太虚之日，而三十五回之后也许正是最后的结局。如此说来，前人所说《红楼梦》原本的规模是一百一十回就有了数字的依据。三十回脂批"此回之文固妙，然未见后三十回犹不见此之妙"，以及"三十八回时已过三分之一有余"，更构成了有力的旁证。

黛玉让人忧郁，宝钗让人赞服，李纨让人钦敬，凤姐让人畏惧，湘云则给人以快意。在本色和率真中，湘云显露出自己生命的光芒和力量。没有"世事洞明皆学问，人情练达即文章"的世故，也没有放纵或拘谨、懦弱或矫情，历史似乎洗尽了铅华，清除了一切的算计、伪装、妄想以及所有复杂的东西，让湘云的生命如同冬日的太阳温暖可爱。《红楼梦》曾经用一个"憨"字来形容湘云，它的意义是实诚。她实诚地面对这个世界，面对宝玉和姐妹们，也实诚地面对自己。湘云在大观园没有固定的住所，她喜欢黛玉，就和黛玉一起住；敬重宝钗，就和宝钗一起住；当宝钗无声无息地搬走之后，她先是去了稻香村，然后又回到了潇湘馆。从灵魂和气质上看，湘云和黛玉更为接近。她们生活在理性中，也生活在感受中。于是才有两个孤独灵魂"寒塘渡鹤影，冷月葬诗魂"的灵犀。憨厚的湘云在将要散场的时刻，再真切不过地感受到了世界的空寂，而黛玉在开场的时候就已经了然于心。

第五回关于湘云的判词是：画几缕飞云，一湾逝水。其词曰：

富贵又何为，襁褓之间父母违。展眼吊斜晖，湘江水逝楚云飞。

对应的《红楼梦》曲子是"乐中悲"：

襁褓中，父母叹双亡。[甲戌侧批：意真辞切，过来人见之不免失声。] 纵居那绮罗丛，谁知娇养？幸生来，英豪阔大宽宏量，从未将儿女私情略萦心上。好一似，霁月光风耀玉堂。厮配得才貌仙郎，博得个地久天长，准折得幼年时坎坷形状。终久是云散高唐，水涸湘江。这是尘寰中消长数应当，何必枉悲伤！[甲戌眉批：悲壮之极，北曲中不能多得。]

"云散高唐，水涸湘江"，湘云的名字关联着传说中的巫山神女，也暗示着其变化无常的命运。宋玉《高唐赋》云：

> 昔者楚襄王与宋玉游于云梦之台，望高之观，其上独有云气，崒兮直上，忽兮改容，须臾之间，变化无穷。王问玉曰："此何气也？"玉对曰："所谓朝云者也。"王曰："何谓朝云？"玉曰："昔者先王尝游高唐，怠而昼寝，梦见一妇人曰：'妾，巫山之女也。为高唐之客。闻君游高唐，愿荐枕席。'王因幸之。去而辞曰：'妾在巫山之阳，高丘之阻，旦为朝云，暮为行雨。朝朝暮暮，阳台之下。'旦朝视之，如言。故为立庙，号曰朝云。"

云梦之泽楚先王与朝云梦中短暂一会，所谓"潇湘云梦"，似也暗示了湘云的感情和婚姻。三十一回"因麒麟伏白首双星"，所谓双星，即牛郎星和织女星，寓离别之意。湘云的婚姻，曹雪芹有明文交代，王夫人说湘云："只怕如今好了，前日有人家来相看，眼见有婆婆家了"，紧接着袭人又对湘云说"大姑娘，我听前日你大喜呀"，正文中虽没有点明人家，但据庚辰本三十一回回末总评："后数十回若兰在射圃所佩之麒麟，正此麒麟也。提纲伏于此回中，所谓草蛇灰线在千里之外。"可知湘云所婚配者即卫若兰，十四回秦可卿葬礼时一见，在王孙公子之列。湘云得此佳偶，所谓"厮配得才貌仙郎，博得个地久天长"，可到头来也不过是似牛郎织女双星一样阴阳两隔。雪芹原稿中对此应有细致的描写，程高本后四十回中无。庚辰本二十六回有一条眉批："惜卫若兰射圃文字迷失无稿，叹叹！丁亥夏，畸笏叟。"

湘云

妙玉

欲洁何曾洁，云空未必空。

可怜金玉质，终陷淖泥中。

妙玉初见于十八回，是金陵十二钗中除了湘云之外最晚出场的人物。为了迎接元春省亲，贾府采访聘买了小尼姑和小道姑，林之孝家的回王夫人道：

"外有一个带发修行的，本是苏州人氏，祖上也是读书仕宦之家。因生了这位姑娘自小多病，买了许多替身儿皆不中用，到底这位姑娘亲自入了空门，方才好了，所以带发修行，今年才十八岁，法名妙玉。如今父母俱已亡故，身边只有两个老嬷嬷、一个小丫头伏侍。文墨也极通，经文也不用学了，模样儿又极好。因听见'长安'都中有观音遗迹并贝叶遗文，去岁随了师父上来，现在西门外牟尼院住着。他师父极精演先天神数，于去冬圆寂了。妙玉本欲扶灵回乡的，他师父临寂遗言，说他'衣食起居不宜回乡。在此静居，后来自然有你的结果'。所以他竟未回乡。"王夫人不等回完，便说："既这样，我们何不接了他来。"林之孝家的回道："请他，他说'侯门公府，必以贵势压人，我再不去的'。"王夫人笑道："他既是官宦小姐，自然骄傲些，就下个帖子请他何妨。"林之孝家的答应了出去，命书启相公写请帖去请妙玉。次日遣人备车轿去接等后话，暂且搁过，此时不能表白。

通过林之孝家的叙述，妙玉生命的基本特征已经呈现出来。她的进入空门不是因为觉悟，而是病体的拖累，妙玉不得已去了一个她并不心甘情愿去的地方。"带发修行"四个字极其要紧，存在于妙玉生命之中的纠结、冲突和矛盾跃然纸上。修行是空，带发却非空，保留了和世俗世界之间的联系。和宝钗一样，她是一个有追求的人，宝钗进京是为了待选公主郡主入学陪侍，妙玉则是为了观音遗迹和贝叶遗文。她从小就受了很好的教育，想必也得了师父先天神数的真传，似乎可以洞察天机，预知他人的命运，但从无法把握自己命运这个角度来看，反讽的意味非常突出。这是一个自视甚高的人，不愿屈服于侯门公府的权势。贾府用了正式的请帖才把妙玉接到了大观园内的栊翠庵。

栊翠庵，只要看看这个名字，我们就能知道它是妙玉心灵和生命的隐喻。她的心、她的生命是翠的，十八岁正是青春跃动的时刻，却被拢在了庵里。她惦记着牵挂着这个世界，她有些羡慕黛玉宝钗们，她也有些眷恋与众不同的宝玉，但是这些活生生的情感和欲望却必须要拢住。这个世界把这个在世的人变成了出家人，但出家的经验却没有完全消解在世的心。妙玉在世的方式不是如凤姐等对权力和财富的追逐，而是微妙的情感牵挂、刻意的超凡脱俗。这种微妙和刻意体现在每一个细节之中。我们看刘姥姥二进荣国府时，贾母率众人去栊翠庵吃茶：

> 当下贾母等吃过茶，又带了刘姥姥至栊翠庵来。妙玉忙接了进
> 去。至院中见花木繁盛，贾母笑道："到底是他们修行的人，没事
> 常常修理，比别处越发好看。"一面说，一面便往东禅堂来。妙玉
> 笑往里让，贾母道："我们才都吃了酒肉，你这里头有菩萨，冲了
> 罪过。我们这里坐坐，把你的好茶拿来，我们吃一杯就去了。"妙
> 玉听了，忙去烹了茶来。宝玉留神看他是怎么行事。只见妙玉亲自
> 捧了一个海棠花式雕漆填金云龙献寿的小茶盘，里面放一个成窑五
> 彩小盖钟，捧与贾母。贾母道："我不吃六安茶。"妙玉笑说："知
> 道。这是老君眉。"贾母接了，又问是什么水。妙玉笑回"是旧年
> 蠲的雨水"。贾母便吃了半盏，便笑着递与刘姥姥说："你尝尝这个
> 茶。"刘姥姥便一口吃尽，笑道："好是好，就是淡些，再熬浓些更
> 好了。"贾母众人都笑起来。然后众人都是一色官窑脱胎填白盖碗。

妙玉的确是一个妙人。看她给贾母准备的献寿小茶盘、五彩
小盖钟、老君眉和旧年蠲的雨水，就知道这是一个用心的人。而
贾母也于有意无意之中表现着世族的品位，刘姥姥一如既往地点
缀着一切。但这次饮茶的重点不在这里，几个纠缠在一起的青春
生命才是作者真正关心的：

> 那妙玉便把宝钗和黛玉的衣襟一拉，二人随他出去，宝玉
> 悄悄的随后跟了来。只见妙玉让他二人在耳房内，宝钗坐在榻
> 上，黛玉便坐在妙玉的蒲团上。妙玉自向风炉上扇滚了水，另泡
> 一壶茶。宝玉便走了进来，笑道："偏你们吃体己茶呢。"二人都
> 笑道："你又赶了来此食茶吃，这里并没你的。"妙玉刚要去取

杯，只见道婆收了上面的茶盏来。妙玉忙命："将那成窑的茶杯别收了，搁在外头去罢。"宝玉会意，知为刘姥姥吃了，他嫌脏不要了。又见妙玉另拿出两只杯来。一个旁边有一耳，杯上镌着"瓟斝"三个隶字，后有一行小真字是"晋王恺珍玩"，又有"宋元丰五年四月眉山苏轼见于秘府"一行小字。妙玉便斟了一斝，递与宝钗。那一只形似钵而小，也有三个垂珠篆字，镌着"点犀盉"。妙玉斟了一盉与黛玉。仍将前番自己常日吃茶的那只绿玉斗来斟与宝玉。宝玉笑道："常言'世法平等'，他两个就用那样古玩奇珍，我就是个俗器了。"妙玉道："这是俗器？不是我说狂话，只怕你家里未必找的出这么一个俗器来呢。"宝玉笑道："俗说'随乡入乡'，到了你这里，自然把那金玉珠宝一概贬为俗器了。"妙玉听如此说，十分欢喜，遂又寻出一只九曲十环一百二十节蟠虬整雕竹根的一个大盏出来，笑道："就剩了这一个，你可吃的了这一海？"宝玉喜的忙道："吃的了。"妙玉笑道："你虽吃的了，也没这些茶糟踏。岂不闻'一杯为品，二杯即是解渴的蠢物，三杯便是饮牛饮骡了'。你吃这一海便成什么？"说的宝钗、黛玉、宝玉都笑了。妙玉执壶，只向海内斟了约有一杯。宝玉细细吃了，果觉轻浮无比，赏赞不绝。妙玉正色道："你这遭吃的茶是托他两个福，独你来了，我是不给你吃的。"宝玉笑道："我深知道的，我也不领你的情，只谢他二人便是了。"妙玉听了，方说："这话明白。"黛玉因问："这也是旧年的雨水？"妙玉冷笑道："你这么个人，竟是大俗人，连水也尝不出来。这是五年前我在玄墓蟠香寺住着，收的梅花上的雪，共得了那一鬼脸青的花瓮一瓮，总舍不得吃，埋在地下，今年夏天才开了。我只吃过一回，这是第二回了。你怎么尝不出来？隔年蠲的雨水那有这样轻浮，如何吃得。"黛玉知他天性怪僻，不好多话，亦不好多坐，吃完茶，便约着宝钗走了出来。

妙玉的神机妙算，算定了宝玉的望花随柳；群芳的暗香涌动，动不了宝玉的木石前盟。"飐斝"和"点犀"，蕴含了宝玉和宝钗、黛玉的结局。宝玉和黛玉之间，是纯粹的"心有灵犀一点通"，身边没有彩凤，彩凤是属于迎春的。而宝玉和宝钗之间，却有斑驳的颜色，破瓜的幽香。至于妙玉，虽然想成为红香绿玉中间那块绿玉，奈何红香早已经"抢占要路津"，宝玉的心灵已经没有任何的空隙。王希廉的观察入木三分："妙玉拉宝钗、黛玉衣襟，心中非无宝玉，只是不好拉耳！若心中无宝玉，因何刘姥姥吃的茶杯，便嫌腌臜不要，自己常吃得绿玉斗，便斟茶与宝玉，又寻出竹根大海来，且肯将成窑茶杯给与宝玉，听他转给刘姥姥。是作者皮里阳秋，不可不知。妙玉向宝玉说'你独来我不肯给你吃'，是假撇清语，转觉欲盖弥彰。"而五十回的访妙玉乞红梅更在白雪之中隐藏着春心：

> 李纨笑道："……我才看见栊翠庵的红梅有趣，我要折一枝来插瓶。可厌妙玉为人，我不理他。如今罚你去取一枝来。"众人都道这罚的又雅又有趣。宝玉也乐为，答应着就要走。湘云黛玉一齐说道："外头冷得很，你且吃杯热酒再去。"湘云早执起壶来，黛玉递了一个大杯，满斟了一杯。湘云笑道："你吃了我们的酒，你要取不来，加倍罚你。"宝玉忙吃了一杯，冒雪而去。李纨命人好好跟着。黛玉忙拦说："不必，有了人反不得了。"李纨点头说："是。"

孀居的李纨绝非不解风情，敏感的黛玉更是洞若观火。"有了人反不得了"，黛玉话中之话，完全被李纨接收到。在看似随意的对白中，妙玉的心境和性格得到了强化。稍后，宝玉又到了栊翠庵，带回了妙玉给每个人送的梅花。王希廉评论说："四十一回中妙玉说宝玉若一个人来，不给茶吃。何以红梅花宝玉一人去偏能折来，且又去第二次分送各人一枝，可见妙玉心中爱宝玉殊甚。前天不给茶吃是假撇清，此番分送是假掩饰。"假撇清、假掩饰，越撇清越见牵连，越掩饰越显慌乱。这正是妙玉一生的困境。红梅花是栊翠庵所有之物，妙玉的象征，四十九回说："（宝玉）顺着山脚刚转过去，已闻得一股寒香拂鼻。回头一看，恰是妙玉门前栊翠庵中有十数株红梅如胭脂一般，映着雪色，分外显得精神，好不有趣。"如姚燮所说："妙玉于芳洁中别饶春色，雪里红梅，正是此义。"在妙玉冰雪的外表之下，却掩藏着一颗春心，这个春心透过红梅绽放出来，通向栊翠庵外面的世界。她送给宝玉的红梅花，曹雪芹曾经特意加以渲染："原来这枝梅花只有二尺来高，旁有一横枝纵横而出，约有五六尺长，其间小枝分歧，或如蟠螭，或如僵蚓，或孤削如笔，或密聚如林，花吐胭脂，香欺兰蕙，各各称赏。"读者一定可以感受到此横枝的力量，它是妙玉被抑制的青春。宝玉的寻春问腊给了这个被抑制的青春一次怒放的机会，让我们体会到槛外人的槛内心。宝玉的《访妙玉乞红梅》诗：

酒未开樽句未裁，寻春问腊到蓬莱。不求大士瓶中露，为乞嫦娥槛外梅。入世冷挑红雪去，离尘香割紫云来。槎枒谁惜诗肩瘦，衣上犹沾佛院苔。

寻春的字样异常夺目，而寻春的所在则是蓬莱，也就是妙玉所居之栊翠庵。入世和离尘，这两种相反的态度被安置在一个生命中。于是，紧张成为必然。宝玉是紧张的，妙玉也是紧张的。宝

妙玉

縱有千年鐵門檻

終須一個土饅頭

己亥圓之

玉的紧张是在世界之中，却不时有离开的冲动；妙玉的紧张则是在世界之外，却还惦记着进入。宝玉喜欢热闹，但总有一束光让他在热闹中看到虚无和寂静；妙玉自命清高，但在安静的栊翠庵中却无法寻找到安放她灵魂的所在。"槎枒谁惜诗肩瘦，衣上犹沾佛院苔"，仍然可以看到宝玉骨髓里的体贴，他从栊翠庵带走的不仅仅是红梅，还有妙玉紧张跃动的心。宝玉是一个工具，红梅是一个象征，通过他们，槛外的春心走进槛内。

金陵十二钗中，只有黛玉和妙玉的名字是有玉的。黛玉和宝玉之间有木石前盟的加持，有现实生活中的亲密，但妙玉不同，她的春心无法直接地释放出来，却又无法抑制。在宝玉的红梅花诗之前，邢岫烟、李纹和薛宝琴分别以"红"、"梅"、"花"三个字作韵，各成了一首七律。"看来岂是寻常色，浓淡由他冰雪中"，体现着岫烟的超脱；"江北江南春灿烂，寄言蜂蝶漫疑猜"，透脱着李纹的无邪；"疏是枝条艳是花，春装儿女竞奢华"，起笔就流露出宝琴的明快自然。超脱、无邪、明快自然，妙玉都没有。于是孤僻的她变得越来越孤僻，越来越怪诞。六十三回写寿怡红群芳开夜宴，心在身不在的妙玉打发个妈妈送来一张字帖儿，上书"槛外人妙玉恭肃遥叩芳辰"。宝玉看她下着"槛外人"三字，"自己竟不知回帖上回个什么字样才相敌。只管提笔出神，半天仍没主意。因又想：'若问宝钗去，他必又批评怪诞，不如问黛玉去。'"

（左图）所谓玄，乃是一种"之间"的状态，有无之间、内外之间、色空之间、僧俗之间。妙玉就是在"之间"的那个人，她在槛上，一边是槛内，一边是槛外，内外交战，天人相争。这样的"玄"像是一个战场，又像是一个坟墓。那个土馒头想埋葬铁门槛，但铁门槛却执着地挺立出来。

想罢，袖了帖儿，径来寻黛玉。刚过了沁芳亭，忽见岫烟颤颤巍巍的迎面走来。宝玉忙问："姐姐那里去？"岫烟笑道："我找妙玉说话。"宝玉听了诧异，说道："他为人孤癖，不合时宜，万人不入他目。原来他推重姐姐，竟知姐姐不是我们一流的俗人。"岫烟笑道："他也未必真心重我，但我和他做过十年的邻居，只一墙之隔。他在蟠香寺修炼，我家原寒素，赁的是他庙里的房子，住了十年，无事到他庙里去作伴。我所认的字都是承他所授。我和他又是贫贱之交，又有半师之分。因我们投亲去了，闻得他因不合时宜，权势不容，竟投到这里来。如今又天缘凑合，我们得遇，旧情竟未易。承他青目，更胜当日。"宝玉听了，恍如听了焦雷一般，喜的笑道："怪道姐姐举止言谈，超然如野鹤闲云，原来有本而来。正因他的一件事我为难，要请教别人去。如今遇见姐姐，真是天缘巧合，求姐姐指教。"说着，便将拜帖取与岫烟看。岫烟笑道："他这脾气竟不能改，竟是生成这等放诞诡僻了。从来没见拜帖上下别号的，这可是俗语说的'僧不僧，俗不俗，女不女，男不男'，成个什么道理。"宝玉听说，忙笑道："姐姐不知道，他原不在这些人中算，他原是世人意外之人，因取我是个些微有知识的，方给我这帖子。我因不知回什么字样才好，竟没了主意，正要去问林妹妹，可巧遇见了姐姐。"岫烟听了宝玉这话，且只顾用眼上下细细打量了半日，方笑道："怪道俗语说的'闻名不如见面'，又怪不得妙玉竟下这帖子给你，又怪不得上年竟给你那些梅花。既连他这样，少不得我告诉你原故。他常说：'古人自汉晋五代唐宋以来皆无好诗，只有两句好，说道："纵有千年铁门槛，终须一个土馒头。"'所以他自称'槛外之人'。又常赞文是庄子的好，故又或称为'畸人'。他若帖子上是自称'畸人'的，你就还他个'世人'。畸人者，他自称是畸零之人，你谦自己乃世中扰扰之人，他便喜了。如今他自称'槛外之人'，是自谓蹈于铁槛之外了，故你如今只下'槛内人'，便合了他的心了。"宝玉听了，如醍醐灌顶，嗳哟了一声，方笑道："怪道我们家庙说是'铁槛寺'呢，原来有这一说。姐姐就请，让我去写回帖。"岫烟听了，便自往栊翠庵来。宝玉回房写了帖子，上面只写"槛内人宝玉熏沐谨拜"几字，亲自拿了到栊翠庵，只隔门缝儿投进去便回来了。

不合时宜、放诞诡僻，这是邢岫烟给妙玉的评语。岫烟和妙玉小时候一起住了十年，相知甚深。据岫烟说，妙玉喜欢自称"槛外人"或"畸人"，后者来自庄子，前者则来自妙玉最欣赏的两句旧诗："纵有千年铁门槛，终须一个土馒头。"与畸人相对的是世人，与槛外人相对的则是槛内人。虽然妙玉以非常刻意的方式表现着自己的清高和脱俗，但邢岫烟却直截了当，指出她是"僧不僧，俗不俗，男不男，女不女"。这十二个字是终极断语，妙玉之妙尽在于此。老子说："玄之又玄，众妙之门。"不要忘记，妙玉最初修行的地方叫作玄墓蟠香寺。单纯的有或无、内或外，都不是玄。所谓玄，乃是一种"之间"的状态，有无之间、内外之间、色空之间、僧俗之间。妙玉就是在"之间"的那个人，她在槛上，一边是槛内，一边是槛外，内外交战，天人相争。这样的"玄"像是一个战场，又像是一个坟墓。那个土馒头想埋葬铁门槛，但铁门槛却执着地挺立出来。蟠香寺的谐音是有趣的，盼相思。名义上的寺庙，实际却是妙玉的盼望和思念。在这种意义上，栊翠庵对她来说就是个牢笼，她被困在了里面。水月庵馒头庵的那些或老或少的女尼们不会被困住，她们亦僧亦俗，亦男亦女，和世界的来往非常自然。智能儿可以追求情欲，净虚、马道婆可以追逐财物。但清高和孤介的妙玉不可以。她太在意自己的声名、自己的形象了，她就这样陷入一个

妙
玉

"玄之又玄"的立体监狱中。妙反成了不妙!

薛宝琴十首怀古诗内有《钟山怀古》:"名利何曾伴汝身,无端被诏出凡尘。牵连大抵难休绝,莫怨他人嘲笑频。"这诗明咏的是南北朝时期的周颙,暗表的却是妙玉。周颙《南史》有传,谓其"于钟山西立隐舍,休沐则归之",亦仕亦隐,亦隐亦仕。同时的孔稚珪曾作《北山移文》讽刺之:

世有周子,隽俗之士,既文既博,亦玄亦史。然而学遁东鲁,习隐南郭,偶吹草堂,滥巾北岳。诱我松桂,欺我云壑。虽假容于江皋,乃缨情于好爵。

其始至也,将欲排巢父,拉许由,傲百氏,蔑王侯。风情张日,霜气横秋。或叹幽人长往,或怨王孙不游。谈空空于释部,覈玄玄于道流,务光何足比,涓子不能俦。

及其鸣驺入谷,鹤书赴陇,形驰魄散,志变神动。尔乃眉轩席次,袂耸筵上,焚芰制而裂荷衣,抗尘容而走俗状。风云悽其带愤,石泉咽而下怆,望林峦而有失,顾草木而如丧。

至其钮金章,绾墨绶,跨属城之雄,冠百里之首。张英风于海甸,驰妙誉于浙右。道帙长摈,法筵久埋。敲扑喧嚣犯其虑,牒诉倥偬装其怀。琴歌既断,酒赋无续,常绸缪于结课,每纷纶于折狱,笼张赵于往图,架卓鲁于前箓,希踪三辅豪,驰声九州牧。

使我高霞孤映,明月独举,青松落阴,白云谁侣?磵户摧绝无与归,石径荒凉徒延伫。至于还飙入幕,写雾出楹,蕙帐空兮夜鹤怨,山人去兮晓猿惊。昔闻投簪逸海岸,今见解兰缚尘缨。于是南岳献嘲,北陇腾笑,列壑争讥,攒峰竦诮。慨游子之我欺,悲无人以赴吊。

故其林惭无尽,涧愧不歇,秋桂遣风,春萝罢月。骋西山之逸议，驰东皋之素谒。

　　今又促装下邑，浪栧上京，虽情殷于魏阙，或假步于山扃。岂可使芳杜厚颜，薜荔蒙耻，碧岭再辱，丹崖重滓，尘游躅于蕙路，污渌池以洗耳。宜扃岫幌，掩云关，敛轻雾，藏鸣湍。截来辕于谷口，杜妄辔于郊端。于是丛条瞋胆，叠颖怒魄。或飞柯以折轮，乍低枝而扫迹。请迴俗士驾，为君谢逋客。

这是很著名的一篇文字，尖刻地描摹周颙"虽情殷于魏阙，或假步于山扃"的生命，虽然"谈空空于释部，覈玄玄于道流"，却钟情于功名利禄的世界。清代浦起龙《古文眉诠》称此文："牙尖口利，骨腾肉飞，刻镂尽态矣。伤厚之言，慎取一二。"处在有和无、色和空的夹缝中，那种纠结与妙玉"僧不僧，俗不俗，男不男，女不女"的形态非常类似。出家易，忘世难；悟空易，行路难。当入世和离尘的双重冲动集于一身，纠结和牵连就无法休绝。妙玉和周颙，代表着这个世界上一种重要的生命类型。如果抛开生命类型的区分，大部分人都难免有或强或弱的冲突和紧张。"知其不可而为之"的孔子，偶尔也有"欲居九夷"的念头。隐士们也难免不被这个世俗的世界所吸引。在这个意义上，关于妙玉的反思也是普遍生命的反思。

　　前八十回中，妙玉最后一次浓墨重彩的出场是参与到黛玉和湘云凹晶馆的联句之中，我们在湘云的部分已经有详细的讨论。已经到了收场的时刻，每个人似乎都预见到了自己的结局，但又都不甚明了。妙玉谈论着人之气数，她想出来打住。她想打住的不仅是黛玉和湘云的气数，恐怕也有自己的气数。她想解决的不仅是她们的问题，更是如何安顿自己的问题。但是，命运就是命运。《红楼梦》悲剧性之所在就是，你看见了，却无法改变。黛

妙
玉

玉和湘云如此，妙玉如此，每一个的生命都是如此。三个人"彻旦休云倦"的栊翠庵茶局，一直到快天亮。只恐夜深花睡去，而花们都不想睡去，而最终也只能睡去。

妙玉式生命的判词是"欲洁何曾洁，云空未必空。可怜金玉质，终陷淖泥中"。在纠结、牵连、犹豫之中，最终还是陷入到污泥里。一方面是对权力和世俗世界的鄙视，另一方面是对来自权力和世俗世界更多认可的渴望。她对红尘的分别心甚至于比红尘之内的人物更加明显。湘云是透亮的，妙玉则是影影绰绰的。湘云从不躲躲藏藏，妙玉却是犹抱琵琶半遮面。妙玉让理学家厌恶，让湘云讽刺为假清高，她对于世界的傲慢和不屑甚至让冰清玉洁的黛玉都退避三分，连邢岫烟和贾宝玉都说她不合时宜。妙玉成功地让自己和世界对立起来，甚至连和解的空间都没有。因此，如邢岫烟所说"权势不容"就是必然的结果。《红楼梦》曲子中的"世难容"是关于妙玉的：

> 气质美如兰，才华馥比仙。天生成孤僻人皆罕。你道是啖肉食腥膻，视绮罗俗厌；却不知好高人愈妒，过洁世同嫌。可叹这：青灯古殿人将老；辜负了，红粉朱楼春色阑。到头来，依旧是风尘肮脏违心愿。好一似，无瑕白玉遭泥陷；又何须，王孙公子叹无缘？

无法被这个世界欣赏的妙玉终究无法在这个世界安处，就像最讨厌浊臭逼人的宝玉，偏偏被醉酒后的刘姥姥光顾。过于高洁的妙玉，也会迎来身陷风尘肮脏的结局。妙玉的先天神数之妙，在真正玄妙的世界面前，便显得可笑和无力。

宝钗

任是无情也动人。

在金陵十二钗中，宝钗是唯一可以与黛玉分庭抗礼的人物。"双峰对峙，二水分流"的文学结构，在宝钗和黛玉形象的塑造中得到了最集中的体现。宝钗出身于四大家族之一"丰年好大雪，珍珠如土金如铁"的薛家，这个家族与贾、史和王家有着"一损俱损，一荣俱荣"的关系。作者于第四回正面描述薛家，并带出了宝钗：

（薛公子）亦系金陵人氏，本是书香继世之家。只是如今这薛公子幼年丧父，寡母又怜他是个独根孤种，未免溺爱纵容，遂至老大无成，且家中有百万之富，现领着内帑钱粮，采办杂料。这薛公子学名薛蟠，表字文起，五岁上就性情奢侈，言语傲慢。虽也上过学，不过略识几字，终日惟有斗鸡走马，游山玩水而已。虽是皇商，一应经济世事，全然不知，不过赖祖父之旧情分，户部挂虚名，支领钱粮，其余事体，自有伙计老家人等措办。寡母王氏，乃现任京营节度使王子腾之妹，与荣国府贾政的夫人王氏，是一母所生的姊妹，今年方四十上下年纪，只有薛蟠一子。还有一女，比薛蟠小两岁，乳名宝钗，生得肌骨莹润，举止娴雅。[甲戌侧批：写宝钗只如此，更妙！]当日有他父亲在日，酷爱此女，令其读书识字，较之乃兄竟高过十倍。[甲戌侧批：又只如此写来，更妙！]自父亲死后，见哥哥不能依贴母怀，他便不以书字为事，只留心针黹家计等事，好为母亲分忧解劳。近因今上崇诗尚礼，征采才能，降不世出之隆恩，除聘选妃嫔外，凡仕宦名家之女，皆亲名达部，以备选为公主、郡主入学陪侍，充为才人、赞善之职。[甲戌侧批：一段称功颂德，千古小说中所无。]

作为金玉世界中人，宝钗的最大背景是财富，以及良好的教育。她的两个丫鬟一个叫黄金莺，一个叫文杏，似乎正对应着这两个背景。宝钗知书达理，德才兼备，绝非凤姐，特别是后来薛蟠所娶的暴发户金桂之类可比。宝钗随母兄进京，一来待选，二来望亲，三来处理家族生意，销算旧账，再计新支。因舅父王子腾又升任九省统制，奉旨出都查边，所以便奔姨娘王夫人处。得贾母、贾政极意挽留，便在东南角上荣公暮年养静之所梨香院住下。对于贾府来说，不过是多了一家亲戚。但对于黛玉来说，却多了一腔愁绪：

> 不想如今忽然来了一个薛宝钗，年岁虽大不多，然品格端方，容貌丰美，人多谓黛玉所不及。而且宝钗行为豁达，随分从时，不比黛玉孤高自许，目无下尘，故比黛玉大得下人之心。便是那些小丫头们，亦多与宝钗去顽。因此，黛玉心中便有些恓郁不忿之意。

黛玉遇到了一个对手、一个高手。她一出场就赢得了世界，让黛玉感受到了一些不安。但是，只要没有赢得宝玉，这种不安就只是有限的。随着"金玉良缘"说法的出现，黛玉的不安感日益增加，且刻骨铭心。第八回宝玉至梨香院探望宝钗，第一次把宝玉眼中的宝钗呈现给读者：

> 来至里间门前，只见吊着半旧的红绸软帘。宝玉掀帘一迈步进去，先就看见薛宝钗坐在炕上作针线，头上挽着漆黑油光的髻儿，蜜合色棉袄，玫瑰紫二色金银鼠比肩褂，葱黄绫棉裙，一色半新不旧，看去不觉奢华。唇不点而红，眉不画而翠，脸若银盆，眼如水杏。罕言寡语，人谓藏愚；安分随时，自云守拙。

一个活脱脱的贤惠淑女形象。从半旧、半新不旧、做针线这些描述可以看出，宝钗虽生在巨富之家，却不尚奢华，无骄娇之气。尤其是"罕言寡语"句，更值得留意，令读者进一步加深了对宝钗的印象。脂丁云："十六字乃宝卿正传，参看前写黛玉传，各不相犯，令人左右难其于毫末。"紧接着便是宝钗眼中的宝玉：

> 头上戴着累丝嵌宝紫金冠，额上勒着二龙抢珠金抹额，身上穿着秋香色立蟒白狐腋箭袖，系着五色蝴蝶鸾绦，项上挂着长命锁、记名符，另外有一块落草时衔下来的"宝玉"。宝钗因笑说道："成日家说你的这玉，究竟未曾细细的赏鉴，我今儿倒要瞧瞧。"说着便挪近前来，宝玉亦凑了上去，从项上摘了下来，递在宝钗手内。宝钗托于掌上，只见大如雀卵，灿若明霞，莹润如酥，五色花纹缠护。

宝
钗

桐批云：“通灵宝玉在宝钗眼中方实现真相，运笔巧绝。”如果说前面关于宝玉装饰的描写是画龙，那么“宝玉”则是点睛。而通灵宝玉不出幼时同卧同起的黛玉，反出在宝钗的眼中，最能见作者深意。宝钗的“挪近”和宝玉的“凑去”，亦不容忽视。同样不容忽视的是，形容宝钗的“莹润”一词，这里也用来形容了“宝玉”。事实上，我们不断地可以看到，“宝玉”正是宝钗和宝玉联系的最重要纽带：

入世与离尘：一块石头的游记

> 宝钗看毕，又从新翻过正面来细看，口内念道：“莫失莫忘，仙寿恒昌。”念了两遍，乃回头向莺儿笑道：“你不去倒茶，也在这里发呆作甚么？”莺儿嘻嘻笑道：“我听这两句话，倒像和姑娘的项圈上的两句话是一对儿。”宝玉听了，忙笑道：“原来姐姐那项圈上也有八个字，我也赏鉴赏鉴。”宝钗道：“你别听他的话，没有什么字。”宝玉笑央：“好姐姐，你怎么瞧我的了呢？”宝钗被缠不过，因说道：“也是个人给了两句吉利话，所以錾上了，叫天天带着，不然，沉甸甸的有什么趣儿。”一面说，一面解了排扣，从里面大红袄上，将那珠宝晶莹、黄金灿烂的璎珞掏将出来。宝玉忙托了锁看时，果然一面有四个篆字，两面八字，共成两句吉谶。

在半旧、半新不旧的外表之下，掩藏着大红袄和“珠宝晶莹、黄金灿烂的璎珞”，“藏”和“守”的功夫在这里得到了初步的体现。而“念了两遍”、“你也在这里发呆”的笔法，正从侧面勾勒出宝钗的出神和发呆。很显然，通灵宝玉上的八个字触动了宝钗的芳心。这种触动，一方面是来自通灵宝玉和金项圈的“八字相合”，另一方面则让她想起了和尚的交代。原来这金项圈是个癞头和尚送的，说必须錾在金器上，“要拣有玉的才可配”。金锁正面的四个字是"不离不弃"，反面则是"芳龄永继"。莺儿的说法在宝玉这里得到了呼应："姐姐这八个字，倒与我的是一对儿。"如果说"金玉良缘"此前只是和尚与薛姨妈口中的言语，那么从此时开始，一定会沉甸甸地落在宝钗的心中，当然更落在了黛玉的心中。宝玉"一对儿"的说法也许出自无心，但在宝钗听来或许是有意。它成为黛玉的心结，也成为宝钗的心事。宝钗和黛玉注定成为情感世界的对手。

宝钗和她的哥哥显然不能同日而语，一个贤淑，而另一个粗鲁。但流淌在身体里面的皇商血液也让兄妹二人分享一些共同的东西，譬如伴随着热爱这个世界而来的强烈的入世渴望。我们已经看到一个"岂肯让人"的呆霸王薛蟠，为了得到香菱，无所不用其极；那么，我们能够看到一个"成人之美"的宝钗吗？不要忘记，宝钗患有一种无名之病，据癞头和尚说，是"从胎里带来的一股热毒"。该病无凡药可治，病发之时，须服和尚说的海上方——冷香丸——才好。冷香丸的制作异常琐碎，"要春天开的牡丹花蕊十二两，夏天开的白荷花蕊十二两，秋天的白芙蓉蕊十二两，冬天的梅花蕊十二两。将这四样花蕊于次年春分这日晒干，和在末药一处，一齐研好；又要雨水这日的天落水十二钱……白露这日的露水十二钱，霜降这日的霜十二钱，小雪这日的雪十二钱。把这四样水调匀，和了龙眼大的丸子，盛在旧瓷罐内，埋在花根底下。若发了病时，拿出来吃一丸，用十二分黄柏，煎汤送下"。随本总批云："冷香丸以医宝钗之热毒，此作者调侃宝钗之笔也。"但调侃之中，深意在焉。作者借热毒症和冷香丸的生花妙笔，用来刻画宝钗面冷心热的生命。正如脂甲夹批所说，热毒症是指"凡心偶炽，是以孽火齐攻"。凡心偶炽，则凡药自然无法医治，好在有了世上所无的仙方冷香丸可以医治。看其名字及制作方法，不仅周瑞家的要感叹，读者也会为之一赞！张本夹批："名字新艳，何等心思，何等结构，括宝钗于二字中矣。"我们不必相信真有这样一种药，如果有，也不过是指宝钗一生抑制其热毒的不懈努力。解盦居士解得好："冷香丸而以一年二十四节气之花蕊雨露为之者，谓薛氏谋宝玉姻事，一年四季无所不用其心，终成露水而已。须以十二分黄柏煎汤作引者，谓薛氏亦吃尽十二分苦也。不然，何不云用黄柏一钱二分耶？语云：'不是一番寒彻骨，怎得梅花扑鼻香。'故名冷香丸云。"王本总批亦云："薛宝钗冷香丸经历春夏秋冬、雨露霜雪，临服用黄柏煎汤，备尝盛衰滋味，终于一苦……不免于先合终离矣。""热"是宝钗的底色，始终不改对于金玉世界的执着；而"冷"是宝钗的面具，把炽热的欲望掩藏了起来，让其在复杂的世界之中游刃有余。张本总批："写宝钗热是骨，冷是面，巧是本领。"与宝钗相比，凤姐也有热的骨，也有巧的本领，但她没有冷香丸，也就没有在刻意的雕琢之下，所产生的凉森森甜丝丝的幽香。

冷和热，是《红楼梦》的一大线索，也是理解宝钗生命的一大关键。第一回的一场大火，让甄士隐体会到了世态炎凉、人情冷暖，也让他觉悟到热终要归于冷，终于出热场而归空门。无独有偶，《金瓶梅》第一回"西门庆热结十兄弟，武二郎冷遇亲哥嫂"，以冷热二字开讲，乃一部之金钥，张竹坡谓之"冷热金针"，并指出其点睛处在温秀才和韩伙计，"韩者冷之别名，温者热之余气"。由此而观《红楼梦》，第二回之冷子兴和贾雨村，正可与之比肩。冷冷而贾热，宝钗则因有和尚加持，所以冷面热底，冷热兼具，此宝钗不同于凤姐处，也是宝钗之不同于雨村处。雨村、凤姐，皆知热不知冷，而宝钗则知冷知热，进退自如。故世人看宝钗，皆云圆融浑厚，而雨村、凤姐终失于刻薄寡恩。《金瓶梅》寓真假于冷热之中，《红楼梦》则寓冷热于真假之中。然假作真时真亦假，热为冷处冷还热。宝钗的冷和热一体不分，造就了一个冷中热、热中冷的复杂生命。

这个复杂的生命，表现为冷与热、藏与露、德与才、大与小、无和有的平衡，而其要则归于贤、识和时的结合。宝钗之藏，在前述十六字评语"藏愚""守拙"中已经和盘托出。按照凤姐的说法，宝钗"不干己事不开口，一问摇头三不知"，当然不是不知，而是慎闭不出，"真是有城府人"（王姚本夹批）。她一定记住了老子"鱼不可脱于渊，国之利器不可以示人"的教诲，所以在大部分时候都是"深藏若虚""容貌若愚"。但她也清楚地知道自己内心的渴望，并努力实现。这种渴望在某些时候会情不自禁地流露出来，或者精心雕琢地呈现出来。宝钗和宝玉的关系无疑是最好的一个观察角度。自第八回金玉缘微露，这已经是无法逃避的关系。二十八回写道："宝钗因往日母亲对王夫人等曾提过'金锁是个和尚给的，等日后有玉的方可结为婚姻'等语，所以总远着宝玉。昨日见元春所赐的东西，独她与宝玉一样，心里越发没意思起来。"这"没意思"却是"有意思"，而"远着"恰恰是因为心里惦记着。薛姨妈对王夫人等所说的话已经表现出薛家极强的结亲意愿，如张本夹批所说："钗玉之婚乃薛姨自献也，一用没来历人工制造之金锁而借为和尚之言。"宝钗对此当然心知肚明。在这种情况之下，宝钗对于宝玉的态度就更值得留意。三十四回宝玉被笞挞之后，宝钗第一个来到怡红院探望：

> 只见宝钗手里托着一丸药走进来，向袭人说道："晚上把这

药用酒研开，替他敷上，把那淤血的热毒散开，可以就好了。"说毕，递与袭人。又问道："这会子可好些？"宝玉一面道谢说："好些了。"又让坐。宝钗见他睁开眼说话，不像先时，心中也宽慰了好些，便点头叹道："早听人一句话，也不至今日。别说老太太、太太心疼，就是我们看着，心里也疼。"刚说了半句，又忙咽住，自悔说的话太急了，不觉的就红了脸，低下头来。

欲语还休，娇羞怯怯，煞是可爱。宝钗对克制热毒当然有充分的经验，但终究还是没能完全克制住自己的心事。她的自悔、红脸、低头，显然是由于情急之下暴露了自己的所思所想。而薛蟠在气头上更把宝钗心事说破：

> 好妹妹，你不用和我闹，我早知道你的心了。从先妈和我说，你这金要拣有玉的才可正配，你留了心，见宝玉有那劳什骨子，你自然如今行动护着他。

桐批云："快哉快哉，当为之浮一大白。宝钗之心，薛蟠且知之，况他人乎？""薛蟠数语与焦大醉骂一段，文法一样。"桐总："书中不见宝钗之迹，而写袭人处，自令人知宝钗一面。犹恐读者疏忽，故借薛蟠数语，大声疾呼，以喝破之。"而喝破之后，宝钗的态度似乎更加坚定。先是"黄金莺巧结梅花络"，然后是"绣鸳鸯梦兆绛云轩"。三十五回莺儿随袭人来至怡红院，帮宝玉打几根络子，稍后宝钗加入，提议"倒不如打个络子，把玉络上呢。"桐批："一口就说到玉，见她心心念念在玉上……遥射黛玉所铰之穗子。"从看玉到络玉，宝钗对于宝玉之玉确是情有独钟，念兹在兹。而配色之说，更是妙绝：

入世与离尘：一块石头的游记

若用杂色，断然使不得，大红又犯了色，黄的又不起眼，黑的又过暗。等我想个法儿，把那金线拿来，配着黑珠儿线，一根一根的捻上，打成络子，这才好看。

其中寓意，一经批书人点出，果然好看。王本总评："宝钗忽叫打玉络，又用金线配搭，金与玉已相贴不离。"随本总评："宝钗既拟定以金络玉，宝玉既叫袭人来取金线，关笋紧绝。"再联想到此前黛玉的误剪香囊，前后关照，"黛玉线穗已经剪断，宝钗线络从此结成"之说自有一定道理。

不过，更引人注目的还是绛云轩案。在王夫人决定给袭人与赵姨娘、周姨娘同样的待遇，事实上确定了她的名分之后，宝钗于午倦时刻独自行来，顺路进了怡红院，"宝玉在床上睡着了，袭人坐在身旁，手里做针线，旁边放着一柄白犀麈……原来是个白绫红里的兜肚，上面扎着鸳鸯戏莲的花样，红莲绿叶，五色鸳鸯……宝钗只顾看着活计，便不留心，一蹲身，刚刚的也坐在袭人方才坐的那个所在。因又见那个活计实在可爱，不由得拿起针来替她代刺。不想林黛玉因遇见史湘云，约她来与袭人道喜，二人来至院中，见静悄悄的，湘云便转身先到厢房里去找袭人。林黛玉却来至窗外，隔着窗纱往里一看，只见宝玉穿着银红纱衫子，随便睡着在床上，宝钗坐在身旁，做针线，旁边放着蝇帚子"。有意无意之间，宝钗对于宝玉的情意泄露无余。这段绣鸳鸯的情节，以及白犀麈、蝇帚子的寓意等，引起了批书人的特别关注。随本总评："宝钗一生精细，步步留心……筹度行走，以避嫌疑，而况孤男旷女之间，枕席床帏之际，反漫不经心耶？是必不然。"桐批："是何意也……何以如此？……袭人坐的所在，乃即做警幻所训之事的所在也，岂可忘情坐下乎？"的确，这绝对不符合宝钗自己一直苦心经营的庄重形象。但是，一个青春女性在凡心驱动之下偶然的忘情，不也是合乎情理之事吗？

宝钗的心事一直延续着，延续到宝玉生日的那一刻。六十二回众人射覆取乐，宝玉可巧和宝钗对了点子，于是：

> 宝钗覆了一个"宝"字，宝玉想了一想，便知是宝钗作戏指自己所佩通灵玉而言，便笑道："姐姐拿我作雅谑，我却射着了。说出来姐姐别恼，就是姐姐的讳'钗'字就是了。"众人道："怎么解？"宝玉道："他说'宝'，底下自然是'玉'了。我射'钗'字，旧诗曾有'敲断玉钗红烛冷'，岂不射着了。"湘云说道："这用时事却使不得，两个人都该罚。"香菱忙道："不止时事，这也有出处。"湘云道："'宝玉'二字并无出处，不过是春联上或有之，诗书纪载并无，算不得。"香菱道："前日我读岑嘉州五言律，现有一句说'此乡多宝玉'，怎么你倒忘了？后来又读李义山七言绝句，又有一句'宝钗无日不生尘'，我还笑说他两个名字都原来在唐诗上呢。"众人笑说："这可问住了，快罚一杯。"湘云无语，只得饮了。

如桐批所说："宝钗心心念念在玉。"此前有看玉、络玉，现在则是射玉。如果结合薛家主动释放的金玉良缘之说，宝钗对于与宝玉结合的渴望完全不亚于黛玉。在入京待选的名义之下，入府待聘似乎更显真实。和黛玉不同的是，她对这个世界的渴望被恰当地表现出来，然后又被恰当地隐藏起来。良好的分寸感让宝钗收放自如，她更了解与宝玉结合的关键所在。如"玉带林中挂，金簪雪里埋"所示，黛玉和宝钗是一挂一埋，一露一藏。当黛玉把全部的眼神和心思都集中在宝玉身上的时候，宝钗则把目光投向了宝玉的周围：贾母、王夫人、元春、王熙凤，还有众姐妹，甚至下人们。她知道，决定宝玉婚姻的不是宝玉，而是贾府权力的拥有者。她们的价值观、她们的选择才是关键。作为世家大族，在儿女的婚姻问题上，贾府的主人们一直秉承着"父母之命、媒妁之言"的传统，迎春、探春的婚姻都是如此。五十四回，贾母借看戏之机，表达了她对于才子佳人私订终身的否定态度。王夫人也一直提防着女孩子们对于宝玉的引诱。宝钗对此当然了然于胸，她虽然偶尔地表现了对于宝玉的热情，但绝不像黛玉那般露骨。与黛玉相比，宝钗对于宝玉的热情整体上处在掩藏的状态。宝钗的《咏白海棠》诗当然是夫子自道：

> 珍重芳姿昼掩门，自携手瓮灌苔盆。胭脂洗出秋阶影，冰雪招来露砌魂。淡极始知花更艳，愁多焉得玉无痕？欲偿白帝宜清洁，不语婷婷日又昏。

李纨评价"这诗有身份"、"含蓄浑厚"。其实不止这首诗，其他诗作也是如此。元春省亲之时，宝钗题的匾额是"凝晖钟瑞"，庚辰本夹批云："便有含蓄。"她的诗是"芳园筑向帝城西，华日祥云笼罩奇。高柳喜迁莺出谷，修篁时待凤来仪。文风已著宸游夕，孝化应隆归省时。睿藻仙才盈彩笔，自惭何敢再为辞。"虽是"颂圣应酬"之作，却也恰当之极，在众姐妹之中属于上品。《咏白海棠》中的"珍重芳姿昼掩门"、"淡极始知花更艳"，这便是身份。愁不必多，语不必露，这便是含蓄浑厚。庚辰本双行夹批："宝钗诗全是自写身份，讽刺时事。只以品行为先，才技为末。纤巧流荡之词，绮靡秾艳之语，一洗皆尽。非不能也，屑而不为也。最恨近日小说中一百美人诗词语气只得一个艳稿。""看他清洁自厉，终不肯作一轻浮语。"如《牡丹亭》《西厢记》等巧辞艳语，宝钗也曾经历过，但她很早就完成了一个转变。四十二回宝钗对黛玉说：

> 你当我是谁，我也是个淘气的，从小七八岁上也够个人缠的。我们家也算是个读书人家，祖父手里也爱藏书。先时人口多，姊妹兄弟都在一处，都怕看正经书。弟兄们也有爱诗的，也有爱词的，诸如这些西厢、琵琶以及元人百种，无所不有。他们是偷背着我们看，我们却也偷背着他们看。后来大人知道了，打的打，骂的骂，烧的烧，才丢开了。所以咱们女孩儿家不认得字的倒好。男人们读书不明理，尚且不如不读书的好，何况你我。就连作诗写字等事，原不是你我分内之事，究竟也不是男人分内之事。男人们读书明理，辅国治民，这便好了。只是如今并不听见有这样的人，读了书倒更坏了。这是书误了他，可惜他也把书糟踏了，所以竟不如耕种买卖，倒没有什么大害处。你我只该做些针黹纺织的事才是，偏又认得了字，既认得了字，不过拣那正经的看也罢了，最怕见了些杂书，移了性情，就不可救了。

正是这种转变，造就了一个"珍重芳姿昼掩门"的生命。女孩子的本分是"针黹纺织"，男人的本分是读书明理、辅国治民。这是宝钗的信念，她始终把德放在第一位，才则是次要的。依此信念，其生命必定是节制的、合秩序的。我们看其被称为食蟹绝唱的《螃蟹咏》：

> 桂霭桐阴坐举觞，长安涎口盼重阳。眼前道路无经纬，皮里春秋空黑黄。酒未敌腥还用菊，性防积冷定须姜。于今落釜成何

益，月浦空余禾黍香。

虽然讽刺世人太毒了些，但借螃蟹之横行无状来阐明人生道路须有经纬、胸中应有是非之义非常显豁。在宝钗之前，宝玉和黛玉也都作了诗，但很显然，他们都缺乏像宝钗一样的对于世界的认知。宝钗是这个世界的产物，她熟悉这个世界的法则，也了解这个世界的无常。她知道，在这个复杂热闹的世界之中，要想避免螃蟹的命运，就必须有着清晰的原则和方向，并把它们转化为生活的定力。"世事洞明皆学问，人情练达即文章"用来形容宝钗是合适的。作为皇商家族的千金，宝钗当然有任性霸道的资本，但她从来不是一个张扬任性的人。相反，我们处处可以感受到她的节制和收敛，其居室"雪洞一般，一色玩器全无，案上只有一个土定瓶中供着数枝菊花，并两部书，茶奁茶杯而已。床上只吊着青纱帐幔，衾褥也十分朴素"，以至于贾母也觉得太素净了。她居住的蘅芜苑是"一所清凉瓦舍，一色水磨砖墙，清瓦花堵"：

　　贾政道："此处这所房子，无味的很。"因而步入门时，忽迎面突出插天的大玲珑山石来，四面群绕各式石块，竟把里面所有房屋悉皆遮住，而且一株花木也无，只见许多异草：或有牵藤的，或有引蔓的，或垂山巅，或穿石隙，甚至垂檐绕柱，萦砌盘阶，或如翠带飘摇，或如金绳盘屈，或实若丹砂，或花如金桂，味香气馥，非花香之可比。贾政不禁笑道："有趣！只是不大认识。"有的说："是薜荔藤萝。"贾政道："薜荔藤萝不得如此异香。"宝玉道："果然不是。这些之中也有藤萝薜荔，那香的是杜若蘅芜，那一种大约是茝兰，这一种大约是清葛，那一种是金䔲草，这一种是玉蕗藤，红的自然是紫芸，绿的定是青芷。想来《离骚》《文选》等书上所有的那些异草，也有叫作什么藿蒳姜荨的，也有叫什么纶组紫绛的，还有石帆、水松、扶留等样，又有叫作什么绿荑的，还有什么丹椒、蘼芜、风连。如今年深岁改，人不能识，故皆象形夺名，渐渐的唤差了，也是有的。"未及说完，贾政喝道："谁问你来！"唬的宝玉倒退，不敢再说。

庚辰夹批："前有无味二字，及云有趣二字，更觉生色，更觉重大。""无味"则不容易成为舌尖上的美食，"有趣"则能赢得他人的欣赏。宝钗的有趣是掩藏在无味中的，正如所有房屋都被各式石块遮住。她"从来不爱这些花儿粉儿的"，所以这个院子没有花木，她一定知道花儿粉儿的脆弱，"原来姹紫嫣红开遍，似这般都付与断壁颓垣"。但院子里却充满着异草，以及随之而来的异香，竟然打动了同样无味的贾政。这让我们想到梨香院，以及梨香院主人打动宝玉的冷香。看那些草的名字，特别是金蓥草和玉蕗藤，作者仍然在有意无意地提示着宝钗所属的金玉世界。还有一个清客写就的一副对联："三径香风飘玉蕙，一庭明月照金兰。"张本夹批："此一联点金玉之合。"这个世界最容易造就如王夫人或凤姐般的俗人，但由于德的升华，宝钗却在俗中活出了雅的趣味。

这种雅来自"无"和"有"之间奇妙的均衡。无味和有趣，然后是无情和温情。宝钗的无情更像是冷静，其中包含着冷酷，但不等于冷酷。在宝钗的生命中，我们看不到那些极端情绪化的东西。她有自己的喜怒哀乐，但一定可以做到乐而不淫、哀而不伤。宝钗把自己的情绪安放在自己的信念和追求之中，安放在这个世界的法则之中，安放在和他人的关系之中。和凤姐戕害生命不同，宝钗对于生命的逝去表现出来的是冷漠。尤三姐自杀，柳湘莲截发出家，甚至让薛蟠感伤不已，宝钗却不以为意。金钏儿之死难免不让驱逐她的王夫人有某种负罪感，宝钗看起来并不怎么关心死者，却在乎如何以最恰当的方式让王夫人释怀。她对母亲的温存，对邢岫烟的体贴，处处为湘云着想，甚至于开导关心黛玉……她的动人处比比皆是，显示出无法抗拒的力量。这种力量来自宝钗对于人性的深刻洞察，她太熟悉、太适应这个世界了，她似乎了解每个人，她能揣摩到每一个人的心思，赢得整个世界就显得顺理成章。

宝钗和贾母之间的互动是值得观察的，作为史家曾经的小姐，贾府历史的直接见证者，以及最高权力的象征，贾母在平常的说笑之中处处表现着她的品位和睿智。二十二回记载，老太太因喜欢宝钗稳重和平，所以要特别给她过生日。"贾母因问宝钗爱听何戏，爱吃何物。宝钗深知贾母年老之人，喜热闹戏文，爱吃甜烂之物，便总依贾母素喜者说了一遍。贾母更加欢喜。"贾母对于宝钗当然没有黛玉一般的怜爱，但两个人之间的默契，却表明她们对于金玉世界法则的熟悉和遵循。黛玉让贾母牵挂，甚至揪心，宝钗给她的感觉则是舒服。我相信，当贾母对着薛姨妈说："千真万真，从我们家四个女孩儿算起，都不如宝丫头。"一定不只是场面话，而代表着一种发自内心的肯定。

但是，看似赢得了整个世界的宝钗，却始终无法赢得宝玉的心。宝钗知道宝玉早已心有所属，绛云轩里宝玉的梦话"和尚道士的话如何信得！什么是金玉良缘？我偏说是木石姻缘"让她发怔，也让她更了解黛玉是横亘在自己和宝玉之间的唯一障碍。王希廉说："黛玉处处不放宝钗，宝钗处处留心黛玉，二人一般心事，两样做人。"（《红楼梦回评》）当黛玉在心里把宝钗视为对手的时候，宝钗也把黛玉当作了情敌。二十七回"滴翠亭杨妃戏彩蝶",宝钗扑蝶兴起,无意之中听到了小红和坠儿的悄悄话,为了自保,使出了金蝉脱壳之计,一句"颦儿,我看你往那里藏!",自己固然是遮过去了,却让黛玉成为他人疑心的对象。桐本批云:"恶极。何以必叫黛玉,岂非有心倾陷。"张本夹批:"暗算无常死不知,这方正点宝钗。此时心事,宋祖下南唐定矣!"王姚本眉批:"吾服宝钗,吾畏宝钗矣!"不仅批书人服之畏之,读书人想必也是如此。宝钗情急之下的反应正表现出她对于黛玉的在意。随本本回总评:"黛玉口头虽好讥讽,而方寸中不稍存害人之心。"比较起来,宝钗比黛玉确实要世故得多。

不仅如此,宝钗还有另外的手段,她要让黛玉对自己放下戒备之心。从四十二回借黛玉行酒令时随口说出几句《牡丹亭》和《西厢记》的句子,教导黛玉看些正经书,做些针线纺绩的事,让黛玉心下暗服;到四十五回"金兰契互剖金兰语",黛玉已经是彻底地折服:

> 黛玉叹道:"你素日待人,固然是极好的,然我最是个多心的人,只当你心里藏奸。从前日你说看杂书不好,又劝我那些好话,竟大感激你。往日竟是我错了,实在误到如今。细细算来,我母亲去世的早,又无姊妹兄弟,我长了今年十五岁,竟没一个人像你前日的话教导我。怨不得云丫头说你好,我往日见他赞你,我还不受用,昨儿我亲自经过,才知道了。比如若是你说了那个,我再不轻放过你的,你竟不介意,反劝我那些话,可知我竟自误了。若不是从前日看出来,今日这话,再不对你说。你方才说叫我吃燕窝粥的话,虽然燕窝易得,但只我因身上不好了,每年犯这个病,也没什么要紧的去处。请大夫,熬药,人参肉桂,已经

闹了个天翻地覆，这会子我又兴出新文来熬什么燕窝粥，老太太、太太、凤姐姐这三个人便没话说，那些底下的婆子丫头们，未免不嫌我太多事了。你看这里这些人，因见老太太多疼了宝玉和凤丫头两个，他们尚虎视眈眈，背地里言三语四的，何况于我？况我又不是他们这里正经主子，原是无依无靠投奔了来的，他们已经多嫌着我了。如今我还不知进退，何苦叫他们咒我？"宝钗道："这样说，我也是和你一样。"黛玉道："你如何比我？你又有母亲，又有哥哥，这里又有买卖地土，家里又仍旧有房有地。你不过是亲戚的情分，白住了这里，一应大小事情，又不沾他们一文半个，要走就走了。我是一无所有，吃穿用度，一草一纸，皆是和他们家的姑娘一样，那起小人岂有不多嫌的。"宝钗笑道："将来也不过多费得一副嫁妆罢了，如今也愁不到这里。"黛玉听了，不觉红了脸，笑道："人家才拿你当个正经人，把心里的烦难告诉你听，你反拿我取笑儿。"宝钗笑道："虽是取笑儿，却也是真话。你放心，我在这里一日，我与你消遣一日。你有什么委屈烦难，只管告诉我，我能解的，自然替你解一日。我虽有个哥哥，你也是知道的，只有个母亲比你略强些。咱们也算同病相怜。你也是个明白人，何必作'司马牛之叹'？你才说的也是，多一事不如省一事。我明日家去和妈妈说了，只怕我们家里还有，与你送几两，每日叫丫头们就熬了，又便宜，又不惊师动众的。"黛玉忙笑道："东西事小，难得你多情如此。"宝钗道："这有什么放在口里的！只愁我人人跟前失于应候罢了。只怕你烦了，我且去了。"黛玉道："晚上再来和我说句话儿。"宝钗答应着便去了，不在话下。

宝
钗

这一段话，黛玉自然是推心置腹，毫无遮掩。宝钗则是对症下药，体贴有加。脂乙夹批："细心！二人此时好看之极。真是儿女小窗中喁喁也。"宝钗"一副嫁妆"之戏语，直捣黛玉之命门，"宝钗此一戏，直抵过通部黛玉之戏宝钗矣。又恳切、又真情、又平和、又雅致、又不穿凿、又不牵强。黛玉因识得宝钗后方吐真情。宝钗亦识得黛玉后方肯戏也"。看书至此，读者一定更服宝钗，更畏宝钗矣。如桐批所说："宝钗明明倾陷黛玉，而能使黛玉倾心至此，其权术自不可及。"随本总评："宝钗笼络之法捷如应响，即黛玉亦入其玄中。"

在宝钗和黛玉的关系中，薛姨妈也很好地扮演了自己的角色。五十七回记载，宝钗去看望黛玉，正巧薛姨妈也来瞧黛玉，于是有姨妈对宝钗和黛玉解说姻缘的一段话：

> 我的儿，你们女孩家那里知道，自古道"千里姻缘一线牵"。管姻缘的有一位月下老人，预先注定，暗里只用一根红丝把这两个人的脚绊住，凭你两家隔着海，隔着国，有世仇的，也终久有机会作了夫妇。这一件事都是出人意料之外，凭父母本人都愿意了，或是年年在一处的，以为是定了的亲事，若月下老人不用红线拴的，再不能到一处。比如你姐妹两个的婚姻，此刻也不知在眼前，也不知在山南海北呢。

这段话当然更让黛玉句句惊心。年年在一处，以为是定了的亲事，说的不正是宝玉和黛玉吗？薛姨妈虽然和凤姐、宝钗一样，也打趣宝玉和黛玉的亲事，说出黛玉的心事，却不愿意做那个牵红线的月下老人。和宝钗一样，她的心中自有盘算。到五十八回，薛姨妈受托在园内照管众姐妹丫鬟，搬进大观园与黛玉同住，精心照料，让黛玉感戴不尽，因此与宝钗更加亲密，和宝钗、宝琴姐妹相称，俨似同胞共出。

至此，黛玉完全被宝钗征服了，孟光早已经接了梁鸿案。宝钗收拾人心的功夫，恰如关云长过五关斩六将一般，无人可挡。除了老太太、王夫人外，结袭人、亲湘云、敬探春、交赵姨娘……众人一一入其彀中。有很多人说黛玉的坏话，却没有人说宝钗的闲话。宝钗清楚爱情和婚姻的界限。爱情是两个人的事情，婚姻则关系到整个世界。赢得了世界，就奠定了赢得婚姻的坚实基础。而要赢得世界，必须靠自己的努力。从冷香丸到金锁，我们都可以看到宝钗对于人的力量的相信。随着时间的推移，宝钗的信心与日俱增。七十回林黛玉重建桃花社，受湘云的鼓动，众人以柳絮为题填词。面对飘飞的柳絮，探春、黛玉和宝琴看到的更多是无奈，心情更多是悲壮，宝钗则"偏要把他说好了，才不落套"。她的《临江仙》一扫姐妹们的丧败，显示出"艳冠群芳"的气魄：

> 白玉堂前春解舞，东风卷得均匀。蜂团蝶阵乱纷纷，几曾随逝水，岂必委芳尘。　　万缕千丝终不改，任他随聚随分。韶华休笑本无根，好风凭借力，送我上青云！

王姚眉批："翻案的好！"不仅众人拍案叫绝，读者恐怕也是如此，宝钗的夺魁也就是自然之事。宝钗从漫天飞动的柳絮中看到的是春天的舞蹈，看到了均匀和不改、秩序和永恒，看到了帮助自己实现心愿的动力。她不甘心于接受世界的安排和摆布，她要在看似混乱的世界中理出头绪来，奔向正确的方向。宝钗确实拥有一个不同的灵魂，如解牛之庖丁。当族庖们和牛相刃相靡的时候，庖丁却"恢恢乎其于游刃必有余地焉"，享受着解牛的乐趣。

宝钗

对于纹理和结构的把握，让庖丁把杀牛的活动转化成艺术，"合于桑林之舞，乃中经首之会"。艺术不是技术，它是对于道的觉悟，对于世界的整体把握。王熙凤的生活是技术，薛宝钗的生活则是艺术。黛玉的生活是一个等待终点的痛苦旅行，宝钗则是创造。在变化的世界中发现不变的东西，并寻觅其中的节奏，让宝钗成为生活世界中的舞蹈艺术家。她能够伴随着不同的音乐，与不同的舞伴，跳出同样精彩的舞蹈。"钗于奁内待时飞"，宝钗一直在等待飞翔的机会，也在创造着这个机会，她把整个世界都转化为好风，凭借着这股绝大的力量，直上青云。

宝钗对于艺术的确有着独特而深刻的理解。三十七回大观园初立海棠社，以白海棠为题，限门、盆、魂、痕、昏之韵，蘅芜君夺开得胜。湘云次日才到，欲做东道邀一社，与宝钗商议：

> 宝钗又向湘云道："诗题也不要过于新巧了。你看古人诗中那些刁钻古怪的题目和那极险的韵了，若题过于新巧，韵过于险，再不得有好诗，终是小家气。诗固然怕说熟话，更不可过于求生，只要头一件立意清新，自然措词就不俗了。究竟这也算不得什么，还是纺绩针黹是你我的本等。一时闲了，倒是于你我深有益的书看几章是正经。"湘云只答应着，因笑道："我如今心里想着，昨日作了海棠诗，我如今要作个菊花诗如何？"宝钗道："菊花倒也合景，只是前人太多了。"湘云道："我也是如此想着，恐怕落套。"宝钗想了一想，说道："有了，如今以菊花为宾，以人为主，竟拟出几个题目来，都是两个字：一个虚字，一个实字，实字便用'菊'字，虚字就用通用门的。如此又是咏菊，又是赋事，前人也没作过，也不能落套。赋景咏物两关着，又新鲜，又大方。"……湘云依说将题录出，又看了一回，又问："该限何韵？"

宝钗道："我平生最不喜限韵的，分明有好诗，何苦为韵所缚。咱们别学那小家派，只出题不拘韵。原为大家偶得了好句取乐，并不为此而难人。"

文中两次出现了"小家气""小家派"的话，正是要突出宝钗的大气。而所谓大气，不是体现在因为怕说熟话而标新立异，如寻找些刁钻古怪的题目或者极险的韵，那样只会拒人于千里之外，渐成孤家寡人。大气体现在生词熟话之间的立意清新上面。这与其说是论作诗，还不如说是论做人。艺术和生活是相通的，它们的关键都在立意。意之高低，决定了艺术的高低，也决定了生命的高低。所谓"意"，就是对于生命和世界的理解。其论作画也是如此，四十二回写道：

宝钗道："我有一句公道话，你们听听。藕丫头虽会画，不过是几笔写意。如今画这园子，非离了肚子里头有几幅丘壑的才能成画。这园子却是像画儿一般，山石树木，楼阁房屋，远近疏密，也不多，也不少，恰恰的是这样。你就照样儿往纸上一画，是必不能讨好的。这要看纸的地步远近，该多该少，分主分宾，该添的要添，该减的要减，该藏的要藏，该露的要露。这一起了稿子，再端详斟酌，方成一幅图样。第二件，这些楼台房舍，是必要用界划的。一点不留神，栏杆也歪了，柱子也塌了，门窗也倒竖过来，阶矶也离了缝，甚至于桌子挤到墙里去，花盆放在帘子上来，岂不倒成了一张笑'话'儿了。第三，要插人物，也要有疏密，有高低。衣折裙带，手指足步，最是要紧；一笔不细，不是肿了手就是跏了腿，染脸撕发倒是小事。依我看来竟难的很。如今一年的假也太多，一月的假也太少，竟给他半年的假，再派了宝兄弟帮着他。并不是为宝兄弟知道教着他画，那就更误了事；为的是有不知道的，或难安插的，宝兄弟好拿出去问问那会画的相公，就容易了。"

有一个自然、自在的世界，有一个人为、意义的世界。就如同有一个实际的大观园，有一个要画出来的大观园。这两个园子、两个世界是不同的。就作画来说，前者就是要画的对象，山石树木、楼阁房屋、远近疏密，有其自在自然的分布；后者就是你要把这园子画成什么样子，这取决于如何理解这园子的结构、秩序，这园子里的人物关系。画家是要把园子搬到纸上，但在搬到纸上之前，先要存放在心里，先要在心里把它秩序化。宝钗特别强调肚子里头的几幅丘壑，道理便在于此。关于作画，唐代画师张璪曾经有"外师造化，中得心源"之妙论，宝钗之言可以看作是这八个字的注脚。造化是造化，心源是造化的秩序化。读者试看宝钗所说"你就照样儿往纸上一画，是必不能讨好的。这要看纸的地步远近，该多该少，分主分宾，该添的要添，该减的要减，该藏的要藏，该露的要露"。仅仅师法造化是不够的，关键是秩序化，分清远近、多少、主宾，明确添减、藏露。孔夫子之于《春秋》，笔则笔，削则削，也不过如此。其他如空间的划界、人物的疏密高低等见解，都体现着宝钗运筹帷幄的匠心独运。既有大格局在心，则小处皆得安顿。这的确不是简单地论作画，这是世界观和人生观。我们看宝钗的行止藏露、高低远近，轻重缓急，莫不错落有致，尽显其胸中丘壑，漫延至每一个细节，让其生命在不离规矩的同时，又摆脱了拘谨和呆板，透出大气和从容。

《红楼梦》五十六回的回目，各本有"时宝钗"、"识宝钗"

入世与离尘：一块石头的游记

和"贤宝钗"的不同，贤、时和识这几个字用来形容宝钗，都很恰当。贤偏重在德，时和识则偏重在见识和变通。研究者几乎都认为袭人是宝钗的影身，曾被雪芹赠以"贤"名，见二十一回回题"贤袭人娇嗔箴宝玉"。而作者写袭人之处，也可以看作是宝钗形象的补充。这个怡红院的大丫鬟，拥有实际上的姨娘地位，深得王夫人的信任。她规劝宝玉读书上进，不可谤僧毁道、调脂弄粉，与宝钗如出一辙。以作者行文之法，回题中从不把同一个字用于二人，但宝钗之贤无疑更胜袭人几分，这当然是因为有了识和时的加持。五十六回述宝钗协助李纨和探春管理家务，予下人以小惠，全贾府之大体，获得众口称赞。庚辰本批云："宝钗此等非与凤姐一样，此时随时俯仰，彼则逸才逾蹈也。"安分随时，本就是宝钗的风格。故可以随机应变，时进则进，时退则退；时藏则藏，时露则露。而这又取决于她的见识，有学问提着，故可以上达于大道，不流入世俗。脂砚斋批云："宝钗认的真，用的当，责的专，待的厚，是善知人者，故赠以识字。"知人，自然可以任事、用世。

涂瀛《红楼梦闲谈》："何以处宝钗？曰：妻之。"宝钗是很多人欲婚配的对象，这也符合贾府的逻辑。四大家族之间皆联络有亲，贾母是史家，王夫人出自王家，那么宝玉的妻子来自薛家就是极自然之事。书中说贾母极喜欢宝琴，欲问她的八字以求为宝玉婚配，是最明显的信号。但这显然不是宝玉的意愿。宝玉最大的特点是痴迷，痴迷到似傻若狂。他的生命与宝钗最看重的秩序格格不入，他不喜欢四书，不喜欢会宾接客，不喜欢仕途经济之路，这就决定了宝玉和宝钗遥远的心理距离。宝钗和湘云等的规劝让宝玉厌恶，称她们为禄蠹，也让他更喜欢同样痴狂的黛玉。不过，宝钗仍然有让宝玉心动之处。"宝玉在旁边看着雪白的臂膀，不觉动了羡慕之心……不觉就呆了。"宝玉的欲望已经被警幻唤醒，这种基于身体的欲望成为宝玉和宝钗可能的连接处。作为宝钗影身的袭人成为宝玉初试云雨情的对象，无疑具有暗示二宝身体结合的意味，成为他们终于走上婚姻之路的基础。但缺乏"心有灵犀一点通"的宝玉和宝钗的结合只能是身体意义上的，与心灵无关。随着黛玉的逝去，宝玉的心灵在这个世界上再也找不到安放处。宝钗成为下一个李纨，也就成为无法避免的命运。

在菊花诗中，宝钗选择了《忆菊》和《画菊》，这是她自拟的诗题。宝玉离开之后，她的生命只剩下回忆。《忆菊》诗写道：

> 怅望西风抱闷思，蓼红苇白断肠时。空篱旧圃秋无迹，瘦月清霜梦有知。念念心随归雁远，寥寥坐听晚砧痴。谁怜为我黄花病，慰语重阳会有期。

与李纨不同，李纨是死别，宝钗面对的则是生离。在这个意义上，宝钗要承受更大的痛苦。生命中少见的郁闷和断肠此时却常常和她相伴，宝钗似乎还存着期盼，期盼有一天宝玉可以归来，但这种期盼总是落空。她只能用梦、用缥缈的未来安慰自己。《画菊》体现着同样的心情：

> 诗余戏笔不知狂，岂是丹青费较量。聚叶泼成千点墨，攒花染出几痕霜。淡淡神会风前影，跳脱秋生腕底香。莫认东篱闲采掇，粘屏聊以慰重阳。

画是另一种回忆，把过去鲜活的生活记录下来，成为永恒。安

入世与离尘：一块石头的游记

180

慰她的在这里不是未来，而是过去。值得留意的是，《忆菊》和《画菊》中都出现了"重阳"的字样，包含这个字样的还有她的《螃蟹咏》，这也许不是偶然。固然是重阳的季节，但其他人的诗句中却不见它的踪影。重阳意味着阳到了尽头，也是青春的尽头，所以这个节日有着"辞青"的意义。我很怀疑在曹雪芹的设计中，九月九日正是宝玉悬崖撒手之日，从此，宝钗依然青春的生命便被大雪掩埋。薛小妹怀古十首中的《马嵬怀古》是关于宝钗的，《红楼梦》中不止一次把宝钗和杨贵妃相提并论。诗云：

> 寂寞脂痕渍汗光，温柔一旦付东洋。只因遗得风流迹，此日衣衾尚有香。

宝钗

和杨贵妃不同的是，宝钗不是死亡，而是独守。斯人已去，余香犹存。但先合终离也不会击垮这个坚定的女子，"任他随聚随分"的豁达在此前宝钗所作的灯谜中已经有所体现：

> 朝罢谁携两袖烟，琴边衾里总无缘。晓筹不用鸡人报，午夜无烦侍女添。焦首朝朝还暮暮，煎心日日复年年。光阴荏苒须当惜，风雨阴晴任变迁。

谜底是用来计时的更香。宝钗已经尽了人事，其他的都是天命。金玉缘终归于无缘，而无缘就是无缘。有孤独，有寂寞，有焦首，有煎心，但宝钗不会困在这些情绪里面，她怀念过去的时光，也会珍惜当下的光阴，"虽离别亦能自安"，这或许是冷香丸的另一层含义。"风雨阴晴任变迁"，让我们想到苏东坡的"回首向来萧瑟处，也无风雨也无晴"。没有错，"无情"正是曹雪芹给宝钗的终极定评。六十三回"寿怡红群芳开夜宴"，酒令别开生面，大家抽花签助兴：

> 宝钗便笑道："我先抓，不知抓出个什么来。"说着，将筒摇了一摇，伸手掣出一根，大家一看，只见签上画着一只牡丹，题着"艳冠群芳"四字，下面又有镌的小字一句唐诗，道是"任是无情也动人"。又注着："在席共贺一杯，此为群芳之冠，随意命人。"

诗句出自唐罗隐的《牡丹花》："似共东风别有因，绛罗高卷不胜春。若教解语当倾国，任是无情也动人。芍药与君为近侍，芙蓉何处避芳尘？可怜韩令成功后，辜负秾华过此身。"此诗至少一击三鸣，芍药影湘云，而芙蓉指黛玉，牡丹当然是宝钗。与罗隐所说的韩愈一样，宝钗一度也功成名就，艳冠群芳，赢得了在席者的共贺，且操随意命人之权，但还是辜负了大好青春。所谓无情，并非真的没有情感，只是不会像黛玉一样无法从情感中走出。情感当然美好，但情感之外，还有其他的存在，甚至是更重要的存在，如法则和秩序、使命与责任。这正是宝钗的动人处，也是宝钗艳冠群芳的理由。

第五回关于宝钗的判词是和黛玉写在一起的：

> 只见头一页上，便画着两株枯木，木上悬着一围玉带；又有一堆雪，雪下一股金簪。也有四句诗道：可叹停机德，堪怜咏絮才。玉带林中挂，金簪雪里埋。

其中的首句和末句是关于宝钗的。"停机德"取自东汉时期乐羊子妻的典故，以停机断织比喻求学中道而辍，勉励夫君走上仕途经济之路。这正是宝钗希望宝玉走的路，也是第五回警幻仙子所说"留意于孔孟之间，委身于经济之道"的路。可惜宝玉不是乐羊子，他的出家做和尚让宝钗的生命笼罩在寒冷之中，如同金簪被埋在了雪里。在《红楼梦》中，"雪"和"薛"经常互文错用，如"丰年好大雪"之类。六十五回兴儿向尤二姐介绍贾府，说我们连气儿也不敢出，"怕这气儿大了，吹倒了林姑娘；气儿暖了，又吹化了薛姑娘"。宝钗倒是希望被融化，但错配的姻缘使宝钗终究不能在宝玉那里得到她希望的温暖。《红楼梦》曲子"终身误"是写给宝钗的：

> 都道是金玉良缘，俺只念木石前盟。空对着，山中高士晶莹雪；终不忘，世外仙姝寂寞林。叹人间，美中不足今方信。纵然是举案齐眉，到底意难平。

整个曲子都是宝玉的口气，宝钗被冠以"山中高士"之名，与黛玉的"世外仙姝"相对。山中高士的说法倒是很契合宝钗，她所居的蘅芜苑，"四面群绕各式石块，竟把里面所有房屋悉皆遮住"，宛若山中，宝钗当然是那个高士。研究者们早已经注意到明朝诗人高启的《梅花九首》组诗之一：

> 琼姿只合在瑶台，谁向江南处处栽？雪满山中高士卧，月明林下美人来。寒依疏影萧萧竹，春掩残香漠漠苔。自去何郎无好咏，东风愁寂几回开。

曹雪芹显然是化用了"雪满山中高士卧，月明林下美人来"两句，分别指称宝钗和黛玉。在原诗中，它们指的同是梅花。雪

宝钗

芹则以花开两朵、各表一枝的手法，提炼出宝钗和黛玉两种完全不同的生命。甲戌本第五回批："按黛玉、宝钗二人，一如姣花，一如纤柳，各极其妙者。"涂瀛："或问：宝钗与黛玉，孰为优劣？曰：宝钗善柔，黛玉善刚；宝钗用屈，黛玉用直；宝钗徇情，黛玉任性；宝钗做面子，黛玉绝尘埃；宝钗收人心，黛玉信天命。不知其他。"我无意于讨论钗黛优劣，这取决于坐标系。但钗黛合一的说法值得深思。庚辰本批注："钗、玉名虽二个，人却一身，此幻笔也。今书至三十八回时已过三分之一有余，故写是回，使二人合而为一。请看黛玉逝后宝钗之文字，便知余言不谬矣。"此处合一的意义，直接地说来，是宝钗和黛玉坦诚相见，促成了彼此的理解。而更进一步，她们都关联着宝玉的生命。这个世界是属于宝钗的，没有人是她的对手。但另一个世界属于黛玉，也不可能有人能够与之争锋。第五回中，作者借警幻之口，提到了兼美的生命，"鲜艳妩媚，有似宝钗；风流袅娜，则又如黛玉"。这是作者的理想，也是宝玉和读者的理想。依兼美的说法，我不认为雪芹对于钗黛有明显的扬此抑彼。他欣赏着各自的美，却也目送着她们分别走向悲剧的命运。而宝玉的弃世，更显示出兼美在这个世界的无法实现。

黛玉

莫怨东风当自嗟。

天上掉下个林妹妹，是越剧《红楼梦》的著名唱段。黛玉的确是天上掉下来的，她的前身是绛珠草，使命则是随同神瑛侍者下凡历劫。第一回云：

> 只因西方灵河岸上三生石畔，有绛珠草一株，时有赤瑕宫神瑛侍者，日以甘露灌溉，这绛珠草始得久延岁月。后来既受天地精华，复得雨露滋养，遂得脱却草胎木质，得换人形，仅修成个女体，终日游于离恨天外，饥则食蜜青果为膳，渴则饮灌愁海水为汤。只因尚未酬报灌溉之德，故其五内便郁结着一段缠绵不尽之意。恰近日这神瑛侍者凡心偶炽，乘此昌明太平朝世，意欲下凡造历幻缘，已在警幻仙子案前挂了号。警幻亦曾问及，灌溉之情未偿，趁此倒可了结的。那绛珠仙子道："他是甘露之惠，我并无此水可还。他既下世为人，我也去下世为人，但把我一生所有

的眼泪还他，也偿还得过他了。"因此一事，就勾出多少风流冤家来，陪他们去了结此案。

神瑛侍者是宝玉的前身，他的凡心偶炽，也带动了绛珠仙子欲报偿灌溉之恩，和宝玉一起下世为人。神瑛和绛珠无疑是一部红楼大戏的主角，其他的人都不过是陪客。桐批："可见除却宝玉、黛玉都非正传，宝钗不得与黛玉并论也。"《红楼梦》叙述宝玉和黛玉来历，甚为新奇，甲戌脂批云："观者至此，请掩卷思想，历来小说，可曾有此句千古未闻之奇文。"此前的小说，如《水浒传》，虽然也提及一百单八将和天罡地煞的联系，意境却完全不同。雪芹如此写法的用意，是借宝玉和黛玉的非凡来历以显示他们的与众不同。他们从根子上就不属于这个世界，对宝玉来说，来到这个世界是出于顽石的好奇心，就像是一场一时兴起的旅行；而对黛玉来说，不过就是以旅伴的形式来偿还神瑛侍者前世的恩情。

作为绛珠仙子的幻身，黛玉降生在姑苏林家，其父林海，母亲则是贾母的女儿贾敏，第二回写道：

> 这林如海姓林名海，表字如海，乃是前科的探花，今已升至兰台寺大夫，本贯姑苏人氏，今钦点出为巡盐御史，到任方一月有余。原来这林如海之祖，曾袭过列侯，今到如海，业经五世。起初时，只封袭三世，因当今隆恩盛德，远迈前代，额外加恩，至如海之父，又袭了一代；至如海，便从科第出身。虽系钟鼎之家，却亦是书香之族。只可惜这林家支庶不盛，子孙有限，虽有几门，却与如海俱是堂族而已，没甚亲支嫡派的。今如海年已四十，只有一个三岁之子，偏又于去岁死了。虽有几房姬妾，奈

他命中无子，亦无可如何之事。今只有嫡妻贾氏，生得一女，乳名黛玉，年方五岁。夫妻无子，故爱如珍宝，且又见他聪明清秀，便也欲使他读书识得几个字，不过假充养子之意，聊解膝下荒凉之叹。

"林"姓显然对应着草胎木质，"海"则关联着对于黛玉而言性命攸关的水：无论是灌溉之水，还是泪水。林家是典型的钟鸣鼎盛之家、诗礼簪缨之族，只是不如贾家等人丁兴旺。林海和贾敏有子早夭，仅存一女，即林黛玉，聪明清秀。父母延请贾雨村为西宾，教其读书识字。无奈母亲贾敏一疾而终，林如海便送黛玉至贾府依傍外祖母及舅氏姊妹。不久如海亦一命呜呼，黛玉彻底成为孤苦伶仃之人。

关于黛玉，曹雪芹从一开始便刻意着墨者，乃是她多愁多病的生命。"极怯弱"、"怯弱多病"、"多病"等字眼已经做了铺垫，而初进贾府，就予以说明：

众人见黛玉年貌虽小，其举止言谈不俗，身体面庞虽怯弱不胜，却有一段自然的风流态度，[甲戌侧批：为黛玉写照。众人目中，只此一句足矣。甲戌眉批：从众人目中写黛玉。草胎卉质，岂能胜物耶？想其衣裙皆不得不勉强支持者也。]便知他有不足之症。因问："常服何药，如何不急为疗治？"黛玉道："我自来是如此，从会吃饮食时便吃药，到今日未断，请了多少名医修方配药，皆不见效。那一年我三岁时，听得说来了一个癞头和尚，[甲戌眉批：奇奇怪怪一至于此。通部中假借癞僧、跛道二人点明迷情幻海中有数之人也。非袭《西游》中一味无稽、至不能处便用观世音可比。]说要化我去出家，我父母固是不从。他又说：'既

黛
玉

舍不得他，只怕他的病一生也不能好的了。若要好时，除非从此以后总不许见哭声，除父母之外，凡有外姓亲友之人，一概不见，方可平安了此一世。'疯疯癫癫，说了这些不经之谈，也没人理他。如今还是吃人参养荣丸。"［甲戌侧批：人生自当自养荣卫。甲戌眉批：甄英莲乃副十二钗之首，却明写癞僧一点。今黛玉为正十二钗之冠，反用暗笔。盖正十二钗人或洞悉可知，副十二钗或恐观者忽略，故须极力一提，使观者万勿稍加玩忽之意耳。］贾母道："正好，我这里正配丸药呢。叫他们多配一料就是了。"

黛玉从一开始就不属于这个世界，她来到这个世界不过是要了结一段公案。不属于这个世界的人也就不适合于这个世界，怯弱不胜的身体是直接的证明。药物是没有意义的，如癞头和尚所说，唯一的方式是出家；其次是"总不许见哭声，除父母之外，凡有外姓亲友之人，一概不见，方可平安了此一世"。出家父母不舍，一概不见外人又不能。不仅不能，命运注定了她必须进入陌生的贾府，去了结那段公案所关联的那个存在：宝玉。黛玉来到这个世界只为了一个人，所以她的生命就显得特别，雨村说："我这女学生言语举止另是一样，不与近日女子相同。"既然如此，黛玉和宝玉的初见，就被作者浓墨重彩加以渲染：

丫鬟进来笑道："宝玉来了！"黛玉心中正疑惑着："这个宝玉，不知是怎生个惫懒人物，懵懵顽劣之童，倒不见那蠢物也罢了！"心中正想着，忽见丫鬟话未报完，已进来了一个年轻公子。头上戴着束发嵌宝紫金冠，齐眉勒着二龙抢珠金抹额，穿一件二色金百蝶穿花大红箭袖，束着五彩丝攒花结长穗宫绦，外罩石青起花八团倭缎排穗褂，登着青缎粉底小朝靴。面若中秋之月，色如春晓之花，鬓若刀裁，眉如墨画，面如桃瓣，目若秋波。虽怒时而若笑，即瞋视而有情。项上金螭璎珞，又有一根五色丝绦系着一块美玉。黛玉一见，便吃一大惊，心下想道："好生奇怪，倒像在那里见过一般，何等眼熟到如此！"

不仅黛玉眼熟，宝玉也是如此：

  （宝玉）厮见毕归座，细看形容，与众各别：两弯似蹙非蹙罥烟眉，一双似泣非泣含露目，态生两靥之愁，娇袭一身之病，泪光点点，娇喘微微，闲静时如姣花照水，行动时似弱柳扶风，心较比干多一窍，病如西子胜三分。宝玉看罢，因笑道："这个妹妹我曾见过的。"贾母笑道："可又是胡说，你又何曾见过他。"宝玉笑道："虽然未曾见过他，然我看着面善，心里就算是旧相识，今日只作远别重逢，亦未为不可。"

张本夹批："从黛玉眼中写一宝玉，又从宝玉眼中写一黛玉，方用实笔、重笔，聚精会神。在此两大扇文字内，极吃紧主脑处也。"刘本眉批亦云："描绘宝玉从黛玉眼中看出，描绘黛玉从宝玉眼中看出……心心相印矣。"两个灵河畔三生石边的旧精灵，在贾府中的相遇，开启了一段既充满期待又注定无果的历程。宝玉的出现让黛玉眼前一亮，黛玉的出现则让宝玉灵光一现。前世的缘分让他们心动，两个灵魂之间的亲近，也让各自的目光在彼此的身体上有了更多的停留，并捕捉到了生命中一些本质性的东西。透过眉目，宝玉的多情和黛玉的泪光、愁绪已经留在读者的眼中心中。

  《红楼梦》大旨言情，宝玉情不情，黛玉情情，是演绎情世

黛玉

界的主角。"非非子曰:《红楼梦》悟书也,非也,而实情书。其悟也,乃情之穷极而无所复之,至于死而犹不可已,无可奈何而姑托于悟,而愈见其情之真而至。故其言情,乃妙绝古今。彼其所言之情之人,宝玉、黛玉而已,余不得与焉。两人者,情之实也,而他人皆情之虚。两人者,情之正也,而他人皆情之变。故两人为情之主,而他人皆为情之宾。"(《耳食录》)十二钗之中,秦可卿表现情之欲的一面,而黛玉则演绎纯之又纯的情感,"情榜"谓之情情。情情者,发乎情,入乎情,不杂乎欲,不止于理,故能达到极致。宝玉当然也是一个情种,与黛玉心有灵犀,但其情无心而发,遍及万物。不似黛玉之情,只钟于宝玉一身。故黛玉处处不离宝玉,其他人皆若有若无。如果这个世界之上只有两个人,黛玉之情可以无所顾忌地发泄而出。但置身于贾府,这种刻骨铭心的情感只能被困在人伦的秩序之中,五内郁结,形于体,便是"两弯似蹙非蹙罥烟眉,一双似泣非泣含露目";见于身,则是无所不在的愁绪和无法止住的泪水。愁绪和泪水是黛玉活在这个世界的证明,也是黛玉和宝玉爱情的证明。在宝玉因黛玉无玉而摔玉、满面泪痕哭泣之后,黛玉迎来了她的第一次"淌眼抹泪",拉开了还泪的序幕。

黛玉所有的喜怒哀乐都和宝玉相关。得益于贾母的安排,她最初在贾府的生活显得非常安定,"便是宝玉和黛玉二人之亲密友爱,亦自较别个不同:日则同行同坐,夜则同息同止,真是言和意顺,略无参商"。但宝钗的出现改变了一切。相比起黛玉的孤高自许、目无下尘,行为豁达、随分从时的宝钗显然更受这个世界的欢迎,这个与黛玉完全不同的女子成为宝玉和黛玉之间无法绕开的结。黛玉明显地感觉到了威胁,宝玉一视同仁的天性更加重了她的不安,"黛玉心中便有些悒郁不忿之意",也让她和宝玉之间横生出不少枝节。黛玉的不放心让她平添了无限泪水，宝玉也付出了无限体贴。本来多心的她自然更加多心，留意宝玉的黛玉，当然也留意起宝钗，留意起周围人的态度。第七回周瑞家的奉薛姨妈之命送来宫花，黛玉问道："是单送我一个人的，还是别的姑娘们都有？"甲戌本朱夹批："在黛玉心中，不知有何丘壑？"对待宫花的第一反应不是道谢，而是确认是否单送自己，如此叙述，表现的并不是黛玉的贪婪，而是她的敏感。她太想印证自己的特殊了，不是在这个世界的特殊，是在宝玉心中的特殊。而宝玉确实是一个难得的知己，一句"就说我和林姑娘打发来问姨娘、姐姐安"，把自己和黛玉紧密地捆绑在一起。甲戌本朱旁批："'和林姑娘'四字着眼！"宝玉知道黛玉的不安，更知道黛玉不安的缘故。体贴的他能够做的，便是以他的体贴缓解黛玉的不安。

　　但是，黛玉的生存状态就是不安。即便赢得全世界，如果宝钗没有赢得宝玉，对黛玉来说也是无所谓的事情。因此，宝玉和宝钗的每一次接近都让她揪心。第八回宝玉去梨香院探视宝钗，二宝正谈笑之际，"忽听外面人说：'林姑娘来了！'话犹未了，林黛玉已摇摇的走了进来。一见了宝玉，便笑道：'嗳哟，我来的不巧了！'宝玉等忙起身笑让坐。宝钗因笑道：'这话怎么说？'黛玉笑道：'早知他来，我就不来了。'宝钗道：'我更不解这意。'黛玉笑道：'要来时一群都来，要不来一个也不来。今儿他来了，明儿我再来，如此间错开了来着，岂不天天有人来了？也不至于太冷落，也不至于太热闹了，姐姐如何反不解这意思？'"甲戌本朱旁批："吾不知颦儿以何物为心、为齿、为口、为舌？实不知胸中有何丘壑？"其实颦儿之丘壑，批书人知，读书人知，然皆不能尽知。宝玉之来，方引来颦儿，仅此一端，便知黛玉对宝玉与宝钗关系之留心。而宝玉因听了宝钗的话放下冷酒，命人暖来方饮，招来黛玉的奚落：

"也亏你倒听他的话，我平日和你说的全当耳旁风，怎么他说了你就依，比圣旨还快呢？"满满的醋味更强化了这一点。在宝钗面前，黛玉绝不放过显示自己更加亲密和默契的机会，黛玉的一问"你走不走？"和宝玉的一答"你要走我和你一起走。"，确如批书人所指出的，问是妙问，答是妙答。"此等话，阿颦心中最乐。"宝玉之来，方引来颦儿；颦儿之去，当然要带走宝玉。而走之前帮助宝玉整理斗笠，更像是在宣示对于宝玉的主权。

与宝玉和宝钗的金玉良缘不同，黛玉和宝玉之间的情缘是木石姻缘，或称木石前盟。黛玉是草木之人，宝玉则是玉面石底。前人早就注意到，宝钗和黛玉各自分得了宝玉名字中的一个字，但宝钗将分得的"宝"字落实为金钗，宝为真宝；黛玉则将分得的"玉"字用"林"字来取代，玉而非玉。和宝钗不同，对于宝玉的玉，黛玉并没有特别的留意，她钟情的是那块顽石。黛玉在早期的抄本中写作"代玉"，恐怕正体现作者最初的想法，寓以林代玉之意。在这个世界之中，金玉的统治地位是毋庸置疑的。而林所代表的木石则"支庶不盛，子孙有限"。敏感的黛玉处处感受到金玉世界的压力，尤其是金玉良缘的说法，更让她如鲠在喉。黛玉不断地向宝玉倾诉她内心的焦虑，十九回"情切切良宵花解语，意绵绵静日玉生香"，一般认为是真正的言情之始，也是大观园戏剧的开场，其中述宝玉"只闻得一股幽香，却是从黛玉袖中发出，闻之令人醉魂酥骨"，便问香从何来，"黛玉冷笑道：难道我也有什么罗汉、真人给我些奇香不成？便是得了奇香，也没有亲哥哥、亲兄弟弄了花儿、朵儿、霜儿、雪儿替我炮制。我有的是那些俗香罢了。"一番拉扯之后，黛玉"笑道：'我有奇香，你有暖香没有？'宝玉见问，一时解不来，因问：'什么暖香？'黛玉点头笑叹道：'蠢才，蠢才！你有玉，人家

入世与离尘：一块石头的游记

入世与离尘：一块石头的游记

入世与离尘：一块石头的游记

就有金来配你；人家有冷香，你就没有暖香去配？'"恰似"一对小夫妻顽皮光景"（王姚眉），如桐本总批所说："金玉姻缘之说，贾府人人传播……黛玉欲试宝玉之心，故每于戏语中点逗。"到二十八回，元春从宫里送出的端午节礼物，只有宝玉和宝钗一样，连宝玉都感到不解，黛玉心思可知，"因说道：'我没这么大福禁受，比不得宝姑娘，什么金什么玉的，我们不过是个草木之人罢了！'宝玉听她提出'金玉'二字来，不觉心动疑猜，便说道：'除了别人说什么金什么玉，我心里要有这个想头，天诛地灭，万事不得人身！'"但宝玉的困境、黛玉的不安，恰恰是因为他们的人身。下世为人，就不得不面对人的世界，面对这个世界的烦恼。

金玉缘的存在，让黛玉不仅处处不放宝钗，连带着也旁及湘云。清虚观打醮，在小道士们给宝玉的贺礼中，贾母注意到有个赤金点翠的麒麟，宝玉因听宝钗说湘云也有一个，便揣在怀里。后来不小心遗失，恰巧又被湘云拾到。这自然也触动了黛玉脆弱的心。但无意中听到的宝玉的心声却让黛玉感动不已：

> 原来林黛玉知道史湘云在这里，宝玉一定又赶来说麒麟的缘故，因心下忖度着，近日宝玉弄来的外传野史，多半才子佳人，都因小巧玩物上撮合，或有鸳鸯，或有凤凰，或玉环金佩，或鲛帕鸾绦，皆由小物而遂终身之愿。今忽见宝玉亦有麒麟，便恐借此生隙，同史湘云也做出那些风流佳事来。因而悄悄走来，见机行事，以察二人之意。不想刚走来，正听见史湘云说"经济"一事，宝玉又说："林妹妹不说这样混账话，若说这话，我也同他生分了。"林黛玉听了这话，不觉又喜又惊，又悲又叹。所喜者，果然自己眼力不错，素日认他是个知己，果然是个知己。所惊者，他在人前一片私心称

扬于我，其亲热厚密，竟不避嫌疑。所叹者，你既为我之知己，自然我亦可为你知己，既你我为知己，则又何必有"金玉"之论呢？既有"金玉"之论，也该你我有之，又何必来一宝钗呢？所悲者，父母早逝，虽有铭心刻骨之言，无人为我主张。况近日每觉神思恍惚，病已渐成，医者更云气弱血亏，恐致劳怯之症。我虽为知己，但恐不能久待。你纵为我知己，奈我薄命何！想到此间，不禁滚下泪来，待进去相见，自觉无味。便一面拭泪，一面抽身回去了。

宝玉和黛玉所以为知己，是因为"志趣相合"，即心灵契合。但这个世界不仅有志趣，其他因素的存在让知己之间也伴随着"求全之毁，不虞之誉"，无法坦诚相见。从十九回到三十二回，作者毫不吝惜笔墨，极细腻地演绎宝黛之间的情感纠葛。甜蜜的相处、风雅的调情、假意的试探、误解而来的怄气、伤心之后的劝慰、凤姐和宝钗的调侃、贾母"不是冤家不聚头"的感伤，把黛玉和宝玉之间的感情一步步推向高潮，所有的波澜到这里得到一大收束，而收束的一大关键则是"你放心"三个字：

> 这里宝玉忙忙的穿了衣裳出来，忽见林黛玉在前面慢慢的走着，似有拭泪之状，便忙赶上来，笑道："妹妹往那里去？怎么又哭了？又是谁得罪了你？"林黛玉回头见是宝玉，便勉强笑道："好好的，我何曾哭了。"宝玉笑道："你瞧瞧，眼睛上的泪珠儿未干，还撒谎呢。"一面说，一面禁不住抬起手来替他拭泪。林黛玉忙向后退了几步，说道："你又要死了！作什么这么动手动脚的！"宝玉笑道："说话忘了情，不觉的动了手，也就顾不的死活。"林黛玉道："你死了倒不值什么，只是丢下了什么金，又是什么麒麟，可怎么样呢？"一句话又把宝玉说急

了，赶上来问道："你还说这话，到底是咒我还是气我呢？"林黛玉见问，方想起前日的事来，遂自悔自己又说造次了，忙笑道："你别着急，我原说错了。这有什么的，筋都暴起来，急的一脸汗。"一面说，一面禁不住近前伸手替他拭面上的汗。宝玉瞅了半天，方说道"你放心"三个字。林黛玉听了，怔了半天，方说道："我有什么不放心的？我不明白这话。你倒说说怎么放心不放心？"宝玉叹了一口气，问道："你果不明白这话？难道我素日在你身上的心都用错了？连你的意思若体贴不着，就难怪你天天为我生气了。"林黛玉道："果然我不明白放心不放心的话。"宝玉点头叹道："好妹妹，你别哄我。果然不明白这话，不但我素日之意白用了，且连你素日待我之意也都辜负了。你皆因总是不放心的原故，才弄了一身病。但凡宽慰些，这病也不得一日重似一日。"林黛玉听了这话，如轰雷掣电，细细思之，竟比自己肺腑中掏出来的还觉恳切，竟有万句言语，满心要说，只是半个字也不能吐，却怔怔的望着他。此时宝玉心中也有万句言语，不知从那一句上说起，却也怔怔的望着黛玉。两个人怔了半天，林黛玉只咳了一声，两眼不觉滚下泪来，回身便要走。宝玉忙上前拉住，说道："好妹妹，且略站住，我说一句话再走。"林黛玉一面拭泪，一面将手推开，说道："有什么可说的。你的话我早知道了！"口里说着，却头也不回，竟自去了。

王姚眉批："瞪了半天之后只说得'你放心'三字，不知作者如何体会出来。"不仅这三字，整个的一段话也不知作者如何体会出来。"你放心三字一往情深"（东夹），情之极致，痴之极致，不过如此。张本夹批："此处'你放心'三字，方是太虚幻境僧道口中真实指点。"有此三字，黛玉自然可以"头也不回，竟自

黛
玉

去了"。只此"便是情感，便已放心满引而去也"（张本夹批）。
两个情痴五内郁结的愁绪终于尽泄而出，如宝玉所说："好妹妹，
我的这心事从来也不敢说，今日我大胆说出来，死也甘心！我为
你也弄了一身的病在这里，又不敢告诉人，只好挨着。等你的病
好了，只怕我的病才得好呢。睡里梦里也忘不了你！"在此之
前，两个人都为自己的心不能为对方所了解而烦闷，黛玉之哭是
"我为的是我的心"，宝玉之急也是"我也为的是我的心"，两个
人明明是一个心，却弄成了两个心。他们之间所有的冲突不过是
要在彼此那里得到一个确认。一旦确认完成，冲突自然消失，波
澜不惊。经过此番交心，宝黛二人再无猜忌。余下之事，全交由
天命。脂乙本总评云："前明显祖汤先生有《怀人诗》一截：读
之堪合此回，故录之以待知音：无情无尽却情多，情到无多得尽
么，解到多情情尽处，月中无树影无波。"陈其泰《红楼梦回评》
也有很好的剖析：

> 二人本是同心，却难剖心相示。黛玉之心，宝玉已深知之；
> 而宝玉之心，黛玉尚未能深知。总之因有金玉之说，而黛玉之忧
> 疑起，亦因黛玉口中有金玉之说，而宝玉之烦恼生。夫以宝玉之
> 天真烂漫，而欲其恝置宝钗，势所不能也。在宝玉意中，以为但
> 论姐妹，则黛玉固好，宝钗亦未尝不好。若论婚姻，则既有黛玉，
> 我自然不再想宝钗，然正为心中只有黛玉却不肯昧其爱姐妹之本
> 心。只要黛玉看得透，识得真，与我一心一意，知我心必无游移，
> 而坦然以处于众姐妹之中，凭我形迹之间，亲厚他人，绝不介意，
> 方谓之真知我耳。殊不知黛玉此时，何能信到如此地位，故越说
> 真心话，越增其疑抱也。直至后来宝玉说到你皆因不放心之故，
> 终弄了一身的病云云，黛玉方得彻底明白。从此任宝玉与宝钗如

何亲厚，总深信其不为金玉之说所惑矣。①

此后即便有绛云轩案等，黛玉也并不如前一般小性儿和爱恼人，全是由于放心之故。亦如季新所说："及至'诉肺腑心迷活宝玉'一回之后，黛知宝心，宝知黛心，黛之情已定，自此心平气和，以后对于宝玉没有一点疑心，而对于宝钗诸人亦忠厚和平，无一些从前刻薄尖酸之态。"②她认定了宝玉是自己的知己，也认定了宝玉把自己当作知己。此后，她所要做的只是和自己的命运抗争。

黛玉和宝玉一样具有痴的品格。脂砚斋开始便指出"奇之至，怪之至，又忽将黛玉亦写成一极痴女子"，"写黛玉又胜宝玉十倍痴情。"王希廉也说："黛玉一味痴情。"前人评二玉之痴，有"宝玉之痴，痴得正；黛玉之痴，痴得偏。宝玉之痴，痴得真；黛玉之痴，痴得诈。宝玉之痴，痴得浑厚；黛玉之痴，痴得乖张。同一痴也，大有天渊之隔"之说。黛玉痴的表现，是只钟于情，且只钟情于一人，死不改悔。她的眼泪只为一人而流，这是黛玉的命运。在究竟的意义上，这和宝玉无关，更与他人无关，只关乎自己的心。她当然想和宝玉厮守，希冀着和宝玉的婚姻。金玉姻缘的说法让她焦虑，张道士要给宝玉结亲让她紧张，凤姐和宝钗等关于她和宝玉婚姻有意无意的调侃让她害羞。在贾府之内，"宝黛情事凤姐知之，贾母知之，满屋都笑则众悉知之……"（张夹三十回）脂砚斋亦云："二玉事，在贾府上下诸人，即看书人、批书人，皆信定一段好夫妻，书中常常每每道及，岂其不然？叹叹！"但从来没有一个人把这件婚姻正式地提

①《红楼梦资料汇编》，南开大学出版社，1985年，页716。
②《红楼梦新评》，《红楼梦资料汇编》上册，中华书局，2004年，页304。

出来。五十七回薛姨妈谈到宝玉的亲事，说："不如把你林妹妹定与他，岂不四角俱全？"紫鹃忙跑来笑道："姨太太既有这主意，为什么不和老太太说去？"这当然也是黛玉的心思。可是，除了爱情，黛玉和宝玉的结合缺乏合理的基础。黛玉的多病，黛玉的小性儿，黛玉的促狭，黛玉的傲物，在宝钗圆融浑厚生命的映照之下，都落入众人的眼中。《红楼梦》用对照之法，凡写宝钗处，即写黛玉处。张新之谓之比肩，"是书叙钗、黛为比肩，袭人、晴雯乃二人影子也。凡写宝玉同黛玉事迹，接写者必是宝钗；写宝玉同宝钗事迹，接写者必是黛玉。否则用袭人代钗，用晴雯代黛。间有接以他人者，而仍必不脱本处。乃一丝不走，牢不可破，通体大章法也。写黛玉处处口舌伤人，是极不善处世、极不自爱之一人，致蹈杀机而不觉；写宝钗处处以财帛笼络人，是极有城府、极圆熟之一人，究竟亦是枉了。这两种人都作不得"①。不善处世的黛玉无法赢得这个世界的承认。从初进贾府时贾母疼爱，众人怜爱，到后来微词不断，孤独的黛玉更加孤独。如涂瀛所说："人而不为时辈所推，其人可知矣。林黛玉人品才情，为《石头记》最，物色有在矣。乃不得于姊妹，不得于舅母，并不得于外祖母，所谓曲高和寡者，是耶，非耶？语云：'木秀于林，风必摧之；堆出于岸，流必湍之；行高于人，众必非之。其势然也。'于是乎黛玉死矣。"性情之外，更重要的是，她无法满足贾府的主人们对于宝玉"入于正路"以继业的期待。袭人之得宠，晴雯之见逐，王夫人的态度已经非常明显。由此便知二玉之婚姻，无疑水中月、镜中花，徒有影子而已。

　　《红楼梦》述宝钗，主之以德，而才以辅之；其述黛玉，则

：　①《红楼梦读法》，《红楼梦资料汇编》上册，中华书局，2004年，页155—156。

入世与离尘：一块石头的游记

仙境别红尘

尘土别红 仙境

书圆云

为了显示黛玉之才情，曹雪芹特别设计了一个诗词的世界。这个世界虽然有众人的参与，其实专为颦儿而立。

以情见长，才以成之。德尚含蓄，故宝钗之才或藏而不露；情贵真挚，故黛玉之才尽泄而无遗。为了显示黛玉之才情，曹雪芹特别设计了一个诗词的世界。这个世界虽然有众人的参与，其实专为颦儿而立。宝钗、探春等有另外的舞台，而黛玉只有诗词相伴。她是唯一的诗人，诗人也是她唯一的身份。四十回借刘姥姥之眼，描述黛玉的闺房，"窗下案上设着笔砚，又见书架上磊着满满的书"，不禁说道："这那里像个小姐的绣房，竟比那上等的书房还好。"黛玉把所有的精神都放在宝玉身上，也把所有的精神都放在诗词之上。元妃所命的一匾一咏虽然不能让黛玉一展诗才，将众人压倒，灵气却也初步显露。她的匾额是"世外仙缘"，与宝钗"凝晖钟瑞"相比自是别样，其诗云：

> 宸游增悦豫，仙境别红尘。借得山川秀，添来景物新。香融金谷酒，花媚玉堂人。何幸邀恩宠，宫车过往频。

"金谷酒"和"玉堂人"所象征的金玉世界，是黛玉一生不得不面对的困惑。"仙境"和"红尘"，在她这里自然也是别有意味。不能一展诗才的黛玉正心中不快，因元春喜欢潇湘馆、蘅芜院、怡红院、浣葛山庄四处，命宝玉各赋五言律一首。宝钗提醒宝玉元春不喜"红香绿玉"，故劝他将绿玉改作"绿蜡"，被宝玉称为一字师；黛玉则见宝玉尚缺"杏帘在望"，自己便吟成一律，送与宝玉：

> 杏帘招客饮，在望有山庄。菱行鹅儿水，桑榆燕子梁。一畦春韭绿，十里稻花香。盛世无饥馁，何须耕织忙。

灵巧之余，颂圣也恰到好处，该诗被贾妃评为四首之冠，故将浣葛山庄改为"稻香村"。读者可以想象黛玉的得意。这种得意当然来自元春的肯定，更来自给情郎做足了面子。如王本总评所说："宝钗改绿玉为绿蜡，是聪明，不是怜爱；黛玉代作杏帘诗，是怜爱，不是聪明，各有分别。"

前面说黛玉是唯一的诗人，是因为黛玉内心的纯粹。她的诗都是她的血泪，不掺杂任何的东西。王国维《人间词话》说："尼采谓：一切文学，余爱以血书者。"其论李后主之词，"真所谓以血书者"。叶嘉莹非常认同这个说法，"李后主词最大的特色，就是因为他没有节制没有反省的投注，才最富于感发的力量"。黛玉的诗词也是如此。如果说宝钗是曹操，黛玉就是李后主。读者试看她的《葬花吟》：

　　　　花谢花飞花满天，红消香断有谁怜？游丝软系飘春榭，落絮轻沾扑绣帘。闺中女儿惜春暮，愁绪满怀无释处。手把花锄出绣帘，忍踏落花来复去？柳丝榆荚自芳菲，不管桃飘与李飞。桃李明年能再发，明年闺中知有谁？三月香巢已垒成，梁间燕子太无情！明年花发虽可啄，却不道人去梁空巢也倾。一年三百六十日，风刀霜剑严相逼。明媚鲜妍能几时，一朝飘泊难寻觅。花开易见落难寻，阶前闷杀葬花人。独倚花锄泪暗洒，洒上空枝见血痕。杜鹃无语正黄昏，荷锄归去掩重门。青灯照壁人初睡，冷雨敲窗被未温。怪奴底事倍伤神，半为怜春半恼春。怜春忽至恼忽去，至又无言去不闻。昨宵庭外悲歌发，知是花魂与鸟魂？花魂鸟魂总难留，鸟自无言花自羞。愿奴胁下生双翼，随花飞到天尽头。天尽头，何处有香丘？未若锦囊收艳骨，一抔净土掩风流！质本洁来还洁去，强于污淖陷渠沟。尔今死去侬收葬，未卜侬身何日丧？侬今葬花人笑痴，他年葬侬知有谁？试看春残花渐落，便是红颜老死时。一朝春尽红颜老，花落人亡两不知！

宝玉听了，不觉痴倒。那种无节制的感伤不仅感染了宝玉，也会感染每一个人。脂砚斋云："余读葬花，吟至再至三四，其凄楚感慨令人身世两忘。"富察明义《题红楼梦》："伤心一首葬花词，似谶成真自不知。安得返魂香一缕，起卿沉痼续红丝。"有考证癖的读者固然可以指出该词与前人诗词的关联，如唐代刘希夷《代悲白头翁》："今年花落颜色改，明年花开复谁在？""年年岁岁花相似，岁岁年年人不同"；或者唐寅《一年歌》："一年三百六十日，春夏秋冬各九十。冬寒夏热最叹当，寒则如刀热如炙。春三秋九号温和，天气温和风雨多。一年细算良辰少，况且叹逢美景何。美景良辰淌遭遇，又有赏心并乐事。不烧高烛照芳樽，也是虚生在人世。古人有这达矣哉，劝人秉烛夜游来。"以及《桃花庵歌》："桃花坞里桃花庵，桃花庵下桃花仙；桃花仙人种桃树，又摘桃花卖酒钱。酒醒只在花前坐，酒醉还来花下眠；半醒半醉日复日，花落花开年复年。但愿老死花酒间，不愿鞠躬车马前；车尘马足富者趣，酒盏花枝贫者缘。若将富贵比贫贱，一在平地一在天；若将贫贱比车马，他得驱驰我得闲。"雪芹祖父曹寅也有"百年孤冢葬桃花"句。但黛玉的意境非众人所及。王国维论诗："有有我之境，有无我之境。'泪眼问花花不语，乱红飞过秋千去''可堪孤馆闭春寒，杜鹃声里斜阳暮'，有我之境也。'采菊东篱下，悠然见南山''寒波澹澹起，白鸟悠悠下'，无我之境也。有我之境，以我观物，故物皆着我之色彩。无我之境，以物观物，故不知何者为我，何者为物。古人为词，写有我之境者为多，然未始不能写无我之境，此在豪杰之士能自树立耳。"黛玉显然非豪杰之士，其诗皆属"有我之境"，任何事物，都让黛玉想到自己。从花的飘落，无情的世界，黛玉想到了自己的愁绪，漂泊的命运，易逝的青春，严酷的环境，以及不确定的未来。这不正是李后主"林花谢了春红，太匆匆，无奈朝来寒雨晚来风"，"雕栏玉砌应犹在，只是朱颜改。问君能有几多愁，恰似一江春水向东流"吗？黛玉感伤的不仅是自己，而是普遍的人生。

当心事无法通过语言表达的时候，诗成为最好的倾诉方式。三十四回宝玉挨打之后，黛玉前去探望，两个眼睛肿得桃儿一般，满面泪光。之后宝玉派晴雯送去两条半新不旧的手帕，黛玉体贴出手帕的用意，不觉神魂驰荡。两人之苦心苦意，让黛玉五内沸然，在手帕上写下三首诗：

眼空蓄泪泪空流，暗洒闲抛却为谁；尺幅鲛绡劳慰赠，叫人焉得不伤悲。（其一）

抛珠滚玉只偷潜，镇日无心镇日闲；枕上袖边难拂拭，任他点点与斑斑。（其二）

彩线难收面上珠，湘江旧迹已模糊；窗前亦有千竿竹，不识香痕渍也无。（其三）

黛玉在大观园所居的潇湘馆，"有千百竿翠竹遮映"，后院"有大株梨花兼着芭蕉，又有两间小小退步。后院墙下忽开一缝隙，清泉一派，开沟仅尺许，灌入墙内，绕阶缘屋至前院，盘旋竹下而出"。探春给黛玉起了个别号，说"当日娥皇、女英泪洒在竹上成斑，故今斑竹又名湘妃竹。如今他住的是潇湘馆，他又爱哭，将来他那竹子想来也是要变成斑竹的。以后都叫他作潇湘妃子就完了"。可知竹既象征着黛玉的品格，也和泪水相关。三首手帕诗，一泪贯注，表现着黛玉对于宝玉的痴情。还泪的主题在此又得到呼应，而手帕的用意，正与泪水相关。张本夹批："此三诗总还泪账，帕犹言怕，不放心也，又承泪之物。"随本总批："黛玉降世原为还泪而来，宝玉遗之以手帕只算持卷索负……异日泪尽焚帕，犹之债楚（主）焚券。"

　　大观园内诗社的成立，在黛玉"你们只管起社，可别算我，我是不敢的"背后，却正契合了她的诗心，让黛玉在众人面前获得了尽显诗才的机会。"既然定要起诗社，咱们就是诗翁了"，才是黛玉真实心意的表达。诗社的第一个题目是《咏白海棠》，众人写出之后，"黛玉道：你们都有了？说着，提笔一挥而就，掷与众人。李纨等看他写道：半卷湘帘半掩门，碾冰为土玉为盆。看了这句，宝玉先喝起彩来，只说：从何处想来！又看下面道：偷来梨蕊三分白，借得梅花一缕魂。众人看了，也都不禁叫好，说：果然比别人又是一样心肠。又看下面道：月窟仙人缝缟袂，秋闺怨女拭啼痕。娇羞默默同谁诉，倦倚西风夜已昏。众人看了，都道：是这首为上。李纨道：若论风流别致，自是这首；若论含蓄浑厚，终让蘅芜。""月窟"句旁脂本夹批："虚敲旁比，真逸才也，且不脱落自己。""娇羞"句旁夹批："看他终结道自己，一人是一人口气，逸才仙品固让颦儿，温雅沉着终是宝钗。"借着诗歌，黛玉尽情地表达着自己的生命。

　　菊花诗，黛玉选择了《咏菊》《问菊》和《菊梦》三首，被李纨评为第一、第二、第三。"题目新，诗也新，立意更新了，只得要推潇湘妃子为魁了。"黛玉的一生，都是咏，都是问，最后归于一梦。我们且看这三首诗：

入世与离尘：一块石头的游记

无赖诗魔昏晓侵，绕篱欹石自沉音。毫端蕴秀临霜写，口齿噙香对月吟。满纸自怜题素怨，片言谁解诉秋心？一从陶令平章后，千古高风说到今。（《咏菊》）

欲讯秋情众莫知，喃喃负手叩东篱。孤标傲世偕谁隐，一样花开为底迟？圃露庭霜何寂寞，雁归蛩病可相思？休言举世无谈者，解语何妨片语时。（《问菊》）

篱畔秋酣一觉清，和云伴月不分明。登仙非慕庄生蝶，忆旧还寻陶令盟。睡去依依随雁断，惊回故故恼蛩鸣。醒时幽怨同谁诉，衰草寒烟无限情。（《菊梦》）

诗人和菊花融为一体，难解难分。咏菊诗，黛玉借菊花抒发其素怨和秋心。面对着清霜冷月，高洁的菊花衬托着孤独的诗人。陶渊明爱菊种菊，秋菊盈园，菊、酒和诗成为他的知音。"采菊东篱下，悠然见南山"人人皆知，此外，如"芳菊开林耀，青松冠岩列。怀此贞秀姿，卓为霜下杰"、"酒能祛百虑，菊解制颓龄"等，诗人之追求尽见于芳菊之中。林黛玉不是陶渊明，按照王国维的区分，黛玉是属于"有我之境"，靖节先生则属于"无我之境"。但困于有我、无法摆脱愁绪的黛玉，未尝不羡慕无心乐命的陶渊明。《问菊》诗虚设菊花，实际上追问的是自己，追问的是宝玉和这个世界。孤傲的黛玉恰如菊花，在陌生的世界、在寂寞和相思中等待着知音。幸运的是，她遇到了宝玉，她的人生也就充满了意义。但这种幸运、这种相遇转瞬即逝，曾经的美好如同一梦。清醒的黛玉最终面对的不过是无限的衰草和寒烟。黛玉的菊花诗三首，处处感慨的是自己的身世，《菊梦》"以情字结之"，更是照应诗人自己的身份。

黛玉的生命就是情感，外此无他。这是她的动人处，也是她的致命处。不懂掩藏的她把自己的情感暴露在整个世界的面前，从心到口，没有任何的遮拦。她的爱、她的怨、她的恼怒、她的嘲讽、她的机锋，都直截了当，无所顾忌。才子佳人的小说、戏剧，宝钗也读过，却从不言及。黛玉则不然，"终日家情思睡昏昏"，还只是被宝玉抓住调侃。但大观园宴会上金鸳鸯三宣牙牌令，却是在众人的面前。鸳鸯和黛玉说的令是：

入世与离尘：一块石头的游记

> 鸳鸯：左边是个天，
>
> 黛玉：良辰美景奈何天；
>
> 鸳鸯：中间锦屏颜色俏，
>
> 黛玉：纱窗也没有红娘报；
>
> 鸳鸯：剩了二六八点齐，
>
> 黛玉：双瞻玉座引朝仪；
>
> 鸳鸯：凑成篮子好采花，
>
> 黛玉：仙杖香挑芍药花。

黛玉的第一句出自《牡丹亭》，第二句化自《西厢记》，第三句化自杜甫诗《紫宸殿退朝口号》，第四句则是自创。说第一句的时候，宝钗便回头看她，很显然，这不是女儿家在公开场合应有的言语。但黛玉就是黛玉，她无法掩饰自己的心思，无遮拦的她在乎的就是当下。"良辰美景奈何天"正应了黛玉的青春无奈。第二句《西厢记》的原文是"纱窗外定有红娘报"，被黛玉改为"纱窗也没有红娘报"，也非常贴切。第三句原作"双瞻御座引朝仪"，指群臣分两行朝见皇帝，此处当比喻黛玉、宝钗与宝玉的木石和金玉姻缘。而"仙杖香挑芍药花"，无疑借芍药——象征爱情的花仙表现黛玉的执着和期待。深情的黛玉完全不知道自己无意之中已经犯下了致命的过错。

黛玉是异常敏感的，每到春分、秋分之后，必犯旧疾。她自己知道"我的病是不能好的了"。于是"伤春之后，又复悲秋"（桐本总评）。秋霖脉脉，《乐府杂稿》中的《秋闺怨》《别离怨》让她心有所感，"遂成《代别离》一首，拟《春江花月夜》之格，乃名其词曰《秋窗风雨夕》"，词曰：

> 秋花惨淡秋草黄，耿耿秋灯秋夜长。已觉秋窗秋不尽，那堪风雨助凄凉。助秋风雨来何速，惊破秋窗秋梦绿。抱得秋情不忍眠，自向秋屏移泪烛。泪烛摇摇爇短檠，牵愁照恨动离情。谁家秋院无风入？何处秋窗无雨声？罗衾不奈秋风力，残漏声催秋雨急。连宵脉脉复飕飕，灯前似伴离人泣。寒烟小院转萧条，疏竹虚窗时滴沥。不知风雨几时休，已教泪洒窗纱湿。

十五个"秋"字把悲秋的气氛渲染到极致。"雨滴竹梢，更觉凄凉"，诗人的绝望转化成眼泪。而更要命的是，她的眼泪渐流渐少。当然不是深情转浅，而是原本脆弱的生命更加脆弱。

宝玉的生日应该是属于黛玉的。黛玉要宝玉多喝一盅，自己则替情郎说了酒令。酒面是"落霞与孤鹜齐飞，风急江天过雁哀，却是一只折足雁，叫得人九回肠，这是鸿雁来宾"。酒底是"榛子非关隔院砧，何来万户捣衣声？"黛玉曾经把宝玉比作"呆雁"，自己又何尝不是？"折足雁"是骨牌名，明代瞿祐《宣和牌谱》第五十五谱："折足雁：锦书雁断今难寄，张籍"，五代诗人刘兼《春怨》有"锦书雁断应难寄，菱镜鸾孤貌可怜"句。

黛玉

没有鸿雁，姻缘难成。"九回肠"是曲牌名，司马迁《报任安书》"肠一日而九回"，形容内心的焦虑和忧愁。从酒面到酒底，黛玉言说的是自己的孤独和不安，无奈环境之下情感的无法寄托。与《牡丹亭》"良辰美景奈何天，赏心乐事谁家院"同一意境。

她想起了历史上的红颜薄命。六十四回黛玉对宝钗说道："我曾见古史中有才色的女子，终身遭际，令人可欣、可羡、可悲、可叹者甚多。今日饭后无事，因欲择出数人，胡乱凑几首诗以寄感慨。"这便是"幽淑女悲题五美吟"。只见写道：

> 一代倾城逐浪花，吴宫空自忆儿家。效颦莫笑东村女，头白溪边尚浣纱。(《西施》)

> 肠断乌骓夜啸风，虞兮幽恨对重瞳。黥彭甘受他年醢，饮剑何如楚帐中。(《虞姬》)

> 绝艳惊人出汉宫，红颜命薄古今同。君王纵使轻颜色，予夺权何畀画工？(《明妃》)

> 瓦砾明珠一例抛，何曾石尉重娇娆。都缘顽福前生造，更有同归慰寂寥。(《绿珠》)

> 长揖雄谈态自殊，美人巨眼识穷途。尸居余气杨公幕，岂得羁縻女丈夫。(《红拂》)

黛玉选择的是西施、虞姬、明妃、绿珠和红拂，她们深陷于权力和财富的世界，都难免薄命的结局。西施诗中的东村女不知是否让黛玉重新思考刘姥姥，同时，虞姬的决绝、明妃的无奈、绿珠的同归，最后是侠女红拂的巨眼，都在黛玉的思绪之中。宝钗说"今日林妹妹这五首诗，亦可谓命义新奇，别开生面了"。的确，五美吟一方面延续着一贯的哀怨，另一方面却也平添了一番豪气。黛玉从不后悔认宝玉为知己，但她已经感到了宝玉的无可奈何，也感受到了自己的无可如何。张本"饮剑何如楚帐中"句夹批："英雄如项羽不能庇一妇人，责宝玉。""岂得羁縻女丈夫"句夹批："此则自责，而并责宝玉。责宝之不能为李靖，而自责不能为红拂也。"敏感的黛玉已经预感到悲剧命运的来临。

其实，此前寿怡红群芳开夜宴，黛玉在心中已经做了最后的努力。宝钗是群芳之冠，探春是必得贵婿，留给黛玉的是什么呢？她仍然充满了期待，"不知还有什么好的被我掣着方好"。但她掣到的只能是自斟自饮。芙蓉之花、"风露清愁"之签、"莫怨东风当自嗟"之句、"自饮一杯，牡丹陪饮一杯"之令，读后悲从中来，却又欲哭无泪。牡丹的陪饮当然是胜利之后的安慰，就如同"蘅芜君兰言解疑癖"、"金兰契互剖金兰语"一样。但黛玉最需要的不是这种安慰。黛玉所求于这个世界者少之又少，不是权力或者财富，不是欲望，只是一个纯粹情感的安放寄托处。这份安放寄托表现于外，便是和宝玉的爱情，但这份爱情似乎没有得到这个世界的祝福。黛玉最在意者在此，最得意者在此，最失意者也在此。看该回如下的描述：

> 于是大家斟了酒，黛玉因向探春笑道："命中该着招贵婿的，你是杏花，快喝了，我们好喝。"探春笑道："这是什么，大嫂子顺手给他一下子。"李纨笑道："人家不得贵婿反挨打，我也不忍的。"说得众人都笑了。

一连串的笑声，掩盖着的是黛玉的期待和失落。黛玉期待着她心中的贵婿，她最在意的东西通过她的调侃一览无余地暴露在世界面前。她调侃的不是探春，而是自己心中的块垒，但不得贵婿却是世界安排给她的命运。不属于这个世界的人，不承认和遵循这个世界法则的人，又怎么可能在这个世界之中得到想要得到的属于这个世界的东西呢？

"莫怨东风当自嗟"，最早出自宋代欧阳修的《明妃曲》，本为再和王介甫之作，诗云："红颜胜人多薄命，莫怨东风当自嗟。"元代高明《金络索挂梧桐·咏别》袭用："羞看镜里花，憔悴难禁架，耽阁眉儿淡了教谁画？最苦魂梦飞绕天涯，须信流年鬓有华。红颜自古多薄命，莫怨东风当自嗟。无人处，盈盈珠泪偷弹洒琵琶。恨那时错认冤家，说尽了痴心话。　　一杯别酒阑，三唱阳关罢，万里云山两下相牵挂。念奴半点情与伊家，分付些儿莫记差：不如收拾闲风月，再休惹朱雀桥边野草花。无人把，萋萋芳草随君到天涯。准备着夜雨梧桐，和泪点常飘洒。"两诗的意境，印证的正是黛玉的处境。贾母、王夫人、宝钗、宝玉，没有谁可以抱怨。如果要抱怨，也只能是抱怨自己来到了一个不该来的所在。这个地方属于宝钗，在这个世界的安排之下，宝玉也属于宝钗。寿怡红宴会上的花签游戏，自宝钗始，至宝钗之影身袭人终，分明别具深意。原应属于黛玉的宝玉生日会却被宝钗和袭人笼罩。而宝钗抽得的"任是无情也动人"句，虽出自罗隐，后来也被秦观《南乡子》所用：

> 妙手写徽真，水剪双眸点绛唇。疑是昔年窥宋玉，东邻，只露墙头一半身。　　往事已酸辛，谁记当年翠黛颦？尽道有些堪恨处，无情，任是无情也动人。

入世与离尘：一块石头的游记

值得注意的是，在曹雪芹的设计之下，不仅罗隐的诗关联着黛玉，秦观的词也是如此。宝黛初次见面的时候，宝玉就给黛玉起了个字颦颦。探春问命名的出处，宝玉拿《古今人物通考》遮挡过去。如今看来，却是出自《南乡子》"谁记当年翠黛颦"，只不过太"酸辛"，所以未泄露天机。而《牡丹诗》"芙蓉何处避芳尘"句，更是直接把黛玉拉了进来。要知道，黛玉正是所谓的"芙蓉"，所以才有"牡丹陪饮一杯"的酒令。《红楼梦》中，一切都是暗示和预言，这种暗示和预言渗透在每一个细节，没有一件多余之物。

又一个春天来临，万物更新，正是桃花盛开的季节。黛玉作了一首《桃花行》：

> 桃花帘外东风软，桃花帘内晨妆懒。帘外桃花帘内人，人与桃花隔不远。东风有意揭帘栊，花欲窥人帘不卷。桃花帘外开仍旧，帘中人比桃花瘦。花解怜人花也愁，隔帘消息风吹透。风透湘帘花满庭，庭前春色倍伤情。闲苔院落门空掩，斜日栏杆人自凭。凭栏人向东风泣，茜裙偷傍桃花立。桃花桃叶乱纷纷，花绽新红叶凝碧。雾裹烟封一万株，烘楼照壁红模糊。天机烧破鸳鸯锦，春酣欲醒移珊枕。侍女金盆进水来，香泉影蘸胭脂冷。胭脂鲜艳何相类，花之颜色人之泪。若将人泪比桃花，泪自长流花自媚。泪眼观花泪易干，泪干春尽花憔悴。憔悴花遮憔悴人，花飞人倦易黄昏。一声杜宇春归尽，寂寞帘栊空月痕！

从《葬花词》到《桃花行》，花和鸟、血和泪都是黛玉诗的主题。黛玉的两个侍女，一个是从南方带来的雪雁，另一个是贾母给的紫鹃，原名鹦哥。酒令中的"折足雁"和《葬花词》的"杜鹃"、

黛
玉

《桃花行》的"杜宇"在这里得到了呼应。花一直是红楼女儿的象征，从绽放、鲜艳到憔悴、寂寞，春天的来和去，决定了花的命运，也决定了女儿的命运。随着桃花的逝去，黛玉的血泪行将干枯。黛玉的前身是绛珠仙子，甲戌本第一回"有绛珠草一株"夹批："点'红'字，细思'绛珠'二字，岂非血泪乎？"血泪是黛玉生命的证明，它的干枯，也就是在这个世界的生命的结束。七十回王本总评："桃花命薄……若黛玉歌行则杜宇春归，帘栊月冷，竟是夭亡口吻。"宝玉当然明白诗中的"哀音"，看了之后，"并不称赞，痴痴呆呆，竟要滚下泪来"。

借《桃花行》的由头，大观园迎来了最后的诗会。"大家议定：明日乃三月初二日，就起社，便改'海棠社'为'桃花社'，黛玉为社主。"王姚本眉批："改为桃花社，以见诸姊妹皆薄命人耳。"刘本眉批："此社是归结从前诗社，从此以后，渐渐风流云散……故桃花一社，有名无实。柳絮填词，偶然一聚……已有凄凉景况。"黛玉的兴致似乎并不高。在湘云的鼓动之下，确定了大家以各色小调填柳絮词。黛玉填的是一阕《唐多令》：

> 粉堕百花州，香残燕子楼。一团团逐对成毬。飘泊亦如人命薄，空缱绻，说风流。　　草木也知愁，韶华竟白头！叹今生谁舍谁收？嫁与东风春不管，凭尔去，忍淹留。

众人看了，俱点头感叹说："太作悲了，好是固然好的。"宝钗之作，赢得众人拍案叫绝，而黛玉的词是"缠绵悲戚"。从柳絮的飘泊中，黛玉想到了薄命的绿珠和关盼盼，当然更想到了自己。曾经的缱绻和风流都归于空。作为草木之人，她知道没有什么可以永恒，也没有谁可以留住自己或者他人。湘云"且住！且住！

莫使春光别去！"不过是女儿们的妄想。

五美吟之后，又一次提到绿珠是值得留意的。如果加上元春省亲时作的"香融金谷酒"暗含的典故，黛玉提到"绿珠"则有三次。和黛玉一样，绿珠是姑苏人，颇具才情，吟诗作歌，石崇以珍珠十斛买她为妾。石崇曾与左思、潘岳等结诗社，号称"金谷二十四友"。后石崇被赵王伦所杀，绿珠坠楼而死。绿珠善舞《明君》，明君即明妃王昭君，其所作诗中有"昔为匣中玉，今为粪土尘。朝华不足欢，甘与秋草屏"。《红楼梦》第一回"玉在匮中求善价，钗于奁内待时飞"，桐批："此二字正映林、薛之名。"绿珠卖出了善价，也付出了生命。黛玉则一直在匮中，虽无善价，仍然薄命。作者在绿珠和黛玉之间建立的联系，通过绿玉的说法得到了进一步的呈现。宝玉原本给自己所居的怡红院题匾曰"红香绿玉"，被元春改作"怡红快绿"。所题诗中"绿蜡春犹卷，红妆夜未眠"句，"绿蜡"原作"绿玉"，后经宝钗提醒贵妃不喜"绿玉"，才依唐钱珝《未展芭蕉》诗"冷烛无烟绿蜡干"句做此改动。其实绿玉和红香一样，泛称女儿，而专指黛玉，以寓宝玉之痴情。观其题潇湘馆诗："秀玉初成实，堪宜待凤凰。竿竿青欲滴，个个绿生凉。进砌防阶水，穿帘碍鼎香。莫摇清碎影，好梦昼初长。"正含"绿玉"二字。而绿玉之改为绿蜡，潇湘馆之种芭蕉，却也正合黛玉"蜡炬成灰泪始干"的命运。

随着大观园的抄检，黛玉的生命越来越接近尽头。贾府的中秋聚会已经不似从前热闹，黛玉和湘云相约近水赏月，不禁对景联诗。呼应着黛玉命名的凸碧堂和凹晶馆，两人的联诗也充满了自凸而凹、盛极而衰的节奏。从"三五中秋夕，清游拟上元。撒天箕斗灿，匝地管弦繁。几处狂飞盏，谁家不启轩"，到"虚盈轮莫定，晦朔魄空存。壶漏声将涸，窗灯焰已昏"，一直

黛
玉

到湘云说出"寒塘渡鹤影"，黛玉接了"冷月葬诗魂"。如湘云所说："果然好极！非此不能对。好个葬诗魂！……只是太颓丧了些。你现病着，不该作此过于清奇诡谲之语。"黛玉笑道："不如此如何压倒你。下句竟还没得，只为用工在这一句了。"如随本二十七回总评所说："黛玉口头虽好讥刺，而方寸中不稍存害人之心。"但痴情的黛玉总想压倒别人却是真的。这种压倒总是才情，却不计后果。情痴之为情痴者在此。她并不知道，自己已经没有机会再作下一句了。如妙玉所暗示的，黛玉的气数已尽，余下的不过就是收场。

在前八十回中，读者没有机会看到黛玉的收场。这当然令人遗憾，但作为黛玉影身的晴雯的收场已经足够我们想象。晴雯水蛇腰，削肩膀，眉眼又有些像林妹妹，作者给她的评语是勇和俏，似乎与黛玉一样深情、直率和任性，也深得宝玉的喜爱和信任。她没有袭人那样的贤惠、世故和经营本领，所以无法得到贾府主人们的欣赏。终至于被逐，抱屈而死。如涂瀛所说："有过人之节，而不能以自藏，此自祸之媒也。晴雯人品心术，都无可议，惟性情卞急，语言犀利，为稍薄耳。使善自藏，当不致逐死。然红颜绝世，易启青蝇；公子多情，竟能白璧，是又女子不字、十年乃字者也。非自爱而能若是乎？"看晴雯死前，感慨和宝玉枉担了虚名，更送以指甲，与宝玉交换贴身衣物，"质本洁来还洁去"，令人心动。当晚宝玉夜不能眠，"至五更方睡去时，只见晴雯从外头走来，仍是往日形景，进来笑向宝玉道：'你们好生过罢，我从此就别过了。'说毕，翻身便走。……却见宝玉哭了，说道：'晴雯死了。'""你们好生过罢，我从此就别过了"，这应该也是黛玉他日留给宝玉的遗言。

晴雯死后做了芙蓉之神，小丫鬟不过随口一说，却给宝玉

极大的安慰。他在芙蓉面前设祭，又作了《芙蓉女儿诔》。黛玉
称赞道："好新奇的祭文！可与曹娥碑并传的了。"两人议论着
如何改削改削：

黛玉道："原稿在那里？倒要细细一读。长篇大论，不知说
的是什么，只听见中间两句，什么'红绡帐里，公子多情，黄土
垄中，女儿薄命'。这一联意思却好，只是'红绡帐里'未免熟滥
些。放着现成真事，为什么不用？"宝玉忙问："什么现成的真
事？"黛玉笑道："咱们如今都系霞影纱糊的窗槅，何不说'茜
纱窗下，公子多情'呢？"宝玉听了，不禁跌足笑道："好极，是
极！到底是你想的出，说的出。可知天下古今现成的好景妙事
尽多，只是愚人蠢子说不出想不出罢了。但只一件：虽然这一改
新妙之极，但你居此则可，在我实不敢当。"说着，又接连说了
一二十句"不敢"。黛玉笑道："何妨。我的窗即可为你之窗，何
必分晰得如此生疏。古人异姓陌路，尚然同肥马，衣轻裘，敞之
而无憾，何况咱们。"宝玉笑道："论交之道，不在肥马轻裘，即
黄金白璧，亦不当锱铢较量。倒是这唐突闺阁，万万使不得的。
如今我越性将'公子''女儿'改去，竟算是你诔他的倒妙。况且
素日你又待他甚厚，故今宁可弃此一篇大文，万不可弃此'茜纱'
新句。竟莫若改作'茜纱窗下，小姐多情，黄土垄中，丫鬟薄
命'。如此一改，虽于我无涉，我也是惬怀的。"黛玉笑道："他又
不是我的丫头，何用作此语。况且小姐丫鬟亦不典雅，等我的紫
鹃死了，我再如此说，还不算迟。"宝玉听了，忙笑道："这是何
苦又咒他。"黛玉笑道："是你要咒的，并不是我说的。"宝玉道：
"我又有了，这一改可妥当了。莫若说'茜纱窗下，我本无缘，黄
土垄中，卿何薄命'。"黛玉听了，怵然变色，心中虽有无限的狐

黛
玉

疑乱拟，外面却不肯露出，反连忙含笑点头称妙。

"茜纱窗下，我本无缘，黄土垄中，卿何薄命？"经此一改，确如前人所说，晴雯之诔竟成了黛玉之诔。我们甚至可以把这看作是宝玉和黛玉最后的告别。不要忘记，宝玉的生日聚会，黛玉掣中的是芙蓉花，她才是真正的芙蓉花神。芙蓉又名莲花，周敦颐《爱莲说》云：

> 水陆草木之花，可爱者甚蕃。晋陶渊明独爱菊。自李唐来，世人盛爱牡丹。予独爱莲之出淤泥而不染，濯清涟而不妖，中通外直，不蔓不枝，香远益清，亭亭净植，可远观而不可亵玩焉。
>
> 予谓菊，花之隐逸者也；牡丹，花之富贵者也；莲，花之君子者也。噫！菊之爱，陶后鲜有闻；莲之爱，同予者何人？牡丹之爱，宜乎众矣！

莲的品质也正是黛玉的品质，"出淤泥而不染，濯清涟而不妖"。象征宝钗的牡丹是"花之富贵者也"，而象征芙蓉的黛玉则是"花之君子者也"。牡丹宜乎众人，芙蓉则宜乎解人，如宝钗、黛玉然。

宝琴的《青冢怀古》是吟咏黛玉的："黑水茫茫咽不流，冰弦拨尽曲中愁。汉家制度诚堪叹，樗栎应惭万古羞。"诗中直接感叹汉家的画工制度，让皇帝不能发现明妃之绝色，也让昭君消失在茫茫的黑水之中；我想，雪芹更感叹的是这个世俗的世界无法欣赏如黛玉般高洁的生命。虽然终归于花落人亡，但牡丹易得，芙蓉难求。第五回关于黛玉的判词与宝钗一体：

可叹停机德，堪怜咏絮才。玉带林中挂，金簪雪里埋。

《红楼梦》对应黛玉的曲子是"枉凝眉"：

> 一个是阆苑仙葩，一个是美玉无瑕。若说没奇缘，今生偏又遇着他，若说有奇缘，如何心事终虚化？一个枉自嗟呀，一个空劳牵挂。一个是水中月，一个是镜中花。想眼中能有多少泪珠儿，怎经得秋流到冬尽，春流到夏！

千言万语，无话可说。前世的缘分只能归于前世，此世的无缘固然无奈，却也值得。黛玉流泪的时候是凄凉的感伤的，却也是幸福的。她报偿了神瑛侍者的灌溉之恩，完成了自己在这个世界的使命。

黛
玉

宝玉

无为有处有还无。

如果说《红楼梦》只有一个主角的话，那只能是贾宝玉。这部书是为宝玉作的，整个世界、金陵十二钗，以及所有的人和事都从他的眼中写出、心中流出。作者把自己的血泪寄托在贾府内外的人物之上，寄托在黛玉和宝钗之上，更寄托在宝玉之上。某种意义上说，宝玉便是作者的影身。书中叙宝玉的来历，明显和一块石头有关：

原来女娲氏炼石补天之时，于大荒山无稽崖炼成高经十二丈，方经二十四丈顽石三万六千五百零一块。娲皇氏只用了三万六千五百块，只单单的剩了一块未用，便弃在此山青埂峰下。谁知此石自经煅炼之后，灵性已通，因见众石俱得补天，独自己无材不堪入选，遂自怨自叹，日夜悲号惭愧。

一日，正当嗟悼之际，俄见一僧一道远远而来，生得骨格不凡，丰神迥别，说说笑笑来至峰下，坐于石边高谈快论。先是说些云山雾海神仙玄幻之事，后便说到红尘中荣华富贵；此石听了，不觉打动凡心，也想要到人间去享一享这荣华富贵，但自恨粗蠢，不得已，便口吐人言，向那僧道说道："大师，弟子蠢物，不能见礼了。适闻二位谈那人世间荣耀繁华，心切慕之。弟子质虽粗蠢，性却稍通；况见二师仙形道体，定非凡品，必有补天济世之材，利物济人之德。如蒙发一点慈心，携带弟子得入红尘，在那富贵场中、温柔乡里受享几年，自当永佩洪恩，万劫不忘也。"二仙师听毕，齐憨笑道："善哉，善哉！那红尘中有却有些乐事，但不能永远依恃，况又有'美中不足，好事多魔'八个字紧相连属，瞬息间则又乐极悲生，人非物换，究竟是到头一梦，万境归空，倒不如不去的好。"

　　这石凡心已炽，那里听得进这话去，乃复苦求再四。二仙知不可强制，乃叹道："此亦静极思动，无中生有之数也。既如此，我们便携你去受享受享，只是到不得意时，切莫后悔。"石道："自然，自然。"那僧又道："若说你性灵，却又如此质蠢，并更无奇贵之处。如此也只好踮脚而已。也罢，我如今大施佛法助你助，待劫终之日，复还本质，以了此案。你道好否？"石头听了，感谢不尽。那僧便念咒书符，大展幻术，将一块大石登时变成一块鲜明莹洁的美玉，且又缩成扇坠大小的可佩可拿。那僧托于掌上，笑道："形体倒也是个宝物了！还只没有实在的好处，须得再镌上数字，使人一见便知是奇物方妙。然后携你到那昌明隆盛之邦，诗礼簪缨之族，花柳繁华地，温柔富贵乡去安身乐业。"石头听了，喜不能禁，乃问："不知赐了弟子那几件奇处，又不知携了弟子到何地方？望乞明示，使弟子不惑。"那僧笑道："你且莫问，日后自然明白的。"说着，便袖了这石，同那道人飘然而去，竟不知投奔何方何舍。

读者当然知道这块石头落在了贾府，便是贾政和王夫人的二公子贾宝玉落草时口内衔着的玉。第二回冷子兴演说荣国府，在叙贾珠、元春之后，提到"不想后来又生一位公子，说来便奇，一落胎胞，嘴里便衔下一块五彩晶莹的玉来，上面还有许多字迹，就取名叫作宝玉"。这块玉就是那块石头的幻身，随宝玉一起来到这个世界。奇迹般的降生印证着宝玉的非凡来历，其生命的特殊已经注定。

宝玉的第一次现身在第三回。黛玉初进贾府，王夫人特意点出宝玉的古怪："但我不放心的最是一件：我有一个孽根祸胎，是家里的'混世魔王'，今日因庙里还愿去了，尚未回来，晚间你看见便知了。你只以后不要睬他，你这些姊妹都不敢沾惹他的。""他嘴里一时甜言蜜语，一时有天无日，一时又疯疯傻傻，只休信他。"不要睬他、休信他的提醒，反衬着稍后两个人见面之后的震撼。黛玉的"好生奇怪，倒像在那里见过一般，何等眼熟到此"和宝玉"这个妹妹我曾见过的"，印证着三生石边的前世情缘，也注定了后来波澜壮阔的离合悲欢。这是宝玉在全书中第一次开口，而这第一次开口就石破天惊。黛玉无疑唤起了宝玉的好奇心，他想知道黛玉是否读书，想知道她的尊名和表字，当黛玉说"无字"之后，马上送了"颦颦"二字，黛玉又称"颦儿"，即由此而来。黛玉之字由宝玉所赐，显然别具意义。更有意义的是，此字据说取自《古今人物通考》："西方有石名黛，可代画眉之墨。况这妹妹眉尖若蹙，用取这两个字，岂不两妙！"其中把黛玉和石头联系起来，值得特别关注。也许黛玉帮助宝玉唤醒了他的灵魂记忆。当然，宝玉最想知道的是黛玉是否有玉。

他想确认特殊的自己在这个世界上还存在着同伴，尤其是这个陌生又熟悉的妹妹。所以当黛玉说"没有"的时候，失望之余，便"发作其痴狂病来，摘下那玉，就狠命摔去，骂道：'什么罕物，连人之高低不择，还说'通灵'不'通灵'呢！我也不要这劳什子了！'"他不知道，正是这块独一无二的通灵宝玉，让他成为这个世界上独一无二之人。

玉是宝玉生命的标志，也是他一生的困惑。冷子兴、黛玉的母亲，所有人谈起宝玉的时候，都会提到这块玉。对于贾母等来说，这就是宝玉的命根子。但是诚如宝玉所说："家里姐姐妹妹没有，单我有，就说没趣。如今来了一个神仙似的妹妹也没有，可知这不是一个好东西。"抛开好坏不论，玉既是宝玉前世的印记，也是和这个世界连接起来的桥梁。同样是下世为人，黛玉在这个世界之上仍然直接呈现了草木之人的本质，她没有玉的印记，她的印记是她的多病和泪水。但"玉"的存在却让宝玉的本质被掩藏了起来，成为一块迷失的石头。从这一点来看，黛玉面前的摔玉显然另有深意。在表象上，宝玉是一块玉、一块宝玉，这让他成为金玉世界中人；但在本质上，他乃是大荒山青埂峰下的那块石头，所以是贾宝玉，假的宝玉。玉伴随着他进入红尘，但石头的本质赋予宝玉的生命"通灵"的面相，不至于完全陷溺在滚滚红尘之中。宝玉生命的特征，是玉面石底。由此，玉和石的并存以及冲突，成为他在这个世界生存的基本线索。相比起来，贾府的主人们基本上是玉面玉底，黛玉则是草面草底。宝钗曾经给宝玉起了一个"富贵闲人"之号，显得极其恰当，玉给了他富贵的背景，而石头的本质则让他成为闲人。作者曾经用《西江月》二词，勾勒宝玉的生命：

宝
玉

无故寻愁觅恨，有时似傻如狂。纵然生得好皮囊，腹内原来草莽。潦倒不通世务，愚顽怕读文章。行为偏僻性乖张，那管世人诽谤！

富贵不知乐业，贫穷难耐凄凉。可怜辜负好韶光，于国于家无望。天下无能第一，古今不肖无双。寄言纨绔与膏粱，莫效此儿形状！

这正是贾雨村口中"正邪两赋"之人。第二回记雨村道：

天地生人，除大仁大恶两种，余者皆无大异。若大仁者，则应运而生，大恶者，则应劫而生。运生世治，劫生世危。尧、舜、禹、汤、文、武、周、召、孔、孟、董、韩、周、程、张、朱，皆应运而生者。蚩尤、共工、桀、纣、始皇、王莽、曹操、桓温、安禄山、秦桧等，皆应劫而生者。大仁者，修治天下；大恶者，挠乱天下。清明灵秀，天地之正气，仁者之所秉也；残忍乖僻，天地之邪气，恶者之所秉也。今当运隆祚永之朝，太平无为之世，清明灵秀之气所秉者，上至朝廷，下及草野，比比皆是。所余之秀气，漫无所归，遂为甘露，为和风，洽然溉及四海。彼残忍乖僻之邪气，不能荡溢于光天化日之中，遂凝结充塞于深沟大壑之内，偶因风荡，或被云摧，略有摇动感发之意，一丝半缕误而泄出者，偶值灵秀之气适过，正不容邪，邪复妒正，两不相下，亦如风水雷电，地中既遇，既不能消，又不能让，必至搏击掀发后始尽。故其气亦必赋人，发泄一尽始散。使男女偶秉此气而生者，在上则不能成仁人君子，下亦不能为大凶大恶。置之于万万人中，其聪俊灵秀之气，则在万万人之上；其乖僻邪谬不近人情之态，又在万万人之下。若生于公侯富贵之家，则为情痴情种；若生于诗书清贫之族，则为逸士高人，纵再偶生于薄祚寒门，断不能为走卒健仆，甘遭庸人驱制驾驭，必为奇优名倡。如前代之许由、陶潜、阮籍、嵇康、刘伶、王谢二族、顾虎头、陈后主、唐明皇、宋徽宗、刘庭芝、温飞卿、米南宫、石曼卿、柳耆卿、秦少游，近日之倪云林、唐伯虎、祝枝山，再如李龟年、黄幡绰、敬新磨、卓文君、红拂、薛涛、崔莺、朝云之流，此皆易地则同之人也。

这段文字，极有味道。甲戌本朱旁批："《女仙外史》中论魔道已奇，此又非《外史》之立意，故觉愈奇。"宝玉的生命显然无法用善或者恶来定义。他是贾雨村口中聪俊灵秀、乖僻邪谬、不近人情的情痴情种。雪芹有号曰梦阮，他心仪的人物当然有阮籍。大约作者即此"正邪两赋"人物，所以叙述起来非常详细而亲切，也为我们了解宝玉的生命提供了参照。

衔玉而生，当然是一件奇异的事情，如贾雨村所言："只怕这人来历不小。"根据冷子兴的介绍，宝玉周岁之时，虽将那世上所有之物摆了无数，却只抓来了脂粉钗环，贾政便以为是酒色之徒。"说起孩子话来也奇怪，他说：'女儿是水做的骨肉，男人是泥做的骨肉。我见了女儿，我便清爽；见了男人，便觉浊臭逼人。'"甲戌本朱旁批："真千古奇文奇情！"也难怪当宝玉被秦可卿带至上房内间，见到贴着劝学内容的《燃藜图》，心中便有些不快。再看到"世事洞明皆学问，人情练达即文章"对联时，更断断不肯停留。他喜欢秦氏的闺房，在那里可以香甜地入梦，也在那里进入太虚幻境。甲戌朱旁批："此梦文情固佳，然必用秦氏引梦，又用秦氏出梦，竟不知立意何属？——惟批书人知之。"墨眉续批道："我亦知之，岂独批书人？""何处睡卧不可入梦，而必用到秦氏房中，其意我亦知之矣！"作为情界生命的一个象征，秦可卿的生命充满了情欲的色彩。而情的世界，正是宝玉入世之缘，也是出世之机。整部书大旨言情，其线索则是"因空见色，由色生情，传情入色，自色悟空"，归结起来，不过是入梦和出梦，或入世和出世。宝玉正是在情欲的世界之中完成了"以情悟道"的堕落和觉悟过程。

第五回当然是全书的一大关键，也是理解宝玉和众人生命的一大关键。宝玉一生的轨迹，红楼女儿的命运，都在这里一览无余。随着警幻仙姑的歌唱"春梦随云散，飞花逐水流。寄言众儿女，何必觅闲愁"，宝玉在梦中到达一个所在，横建的石牌上有"太虚幻境"四个大字。两侧的对联是：

真假和有无，是人类普遍而永恒的问题，也是《红楼梦》的主题和宝玉一生的追问。如果大荒山青埂峰无稽崖下的那块石头是真的，怎么又会被假的宝玉所诱惑？如果情欲声色、权力财富是真的，怎么又会"乐极悲生、人非物换，究竟是到头一梦，万境归空"？然而，如果不经历这个虚假的世界，又怎么能够觉悟到世界之真实？按照警幻的说法，宝玉能够来到太虚幻境，是应了贾府宁、荣二公之请求：

（右图）全书的一大思想线索和主题：真假与有无。作者开始便设置了两个对立的世界：一个是大荒山代表的真实的世界，这是石头的故乡；一个是"花柳繁华地，温柔富贵乡"之贾府代表的虚假的世界，这是石头的他乡，"宝玉"之所寄。世人多执着于假的世界，以假为真，故陷溺于红尘中的荣华富贵，或沉迷情欲声色，或追逐权力财富。

俯仰未足時之俯

岂為有雲己己運

己亥圓云書

（二公）嘱吾云：吾家自国朝定鼎以来，功名奕世，富贵流传，已历百年。奈运终数尽，不可挽回。我等之子孙虽多，竟无可以继业者。惟嫡孙宝玉一人，秉性乖张，性情怪谲，虽聪明灵慧，略可望成，无奈吾家运数合终，恐无人规引入正。幸仙姑偶来，可望先以情欲声色等事警其痴顽，或能使跳出迷人圈子，入于正路，亦吾兄弟之幸矣！

所谓正路，即"留意于孔孟之间，委身于经济之道"。在《红楼梦》中，至少存在着三个世界。第一个是情欲声色的世界，第二个是仕途经济的世界，第三个是万境归空的世界。宝玉显然处在第一个世界，而宁荣二公希望他进入的是第二个世界，但警幻仙子终极指示的却是第三个世界。警幻名字的意义，表层在于揭示情欲声色之幻，更进一层也揭示仕途经济之幻，以显露虚空之真实。《红楼梦》终极的世界观是佛教的，僧人、空空道人指示这一点，开篇甄士隐的出家，最后宝玉的出家，也是指示这一点。但出家和觉悟是两码事，甄士隐的出家是觉悟，妙玉的出家就不是觉悟，智能儿和她师父的出家也不是觉悟，她们仍然牵连着这个世界，无法斩断情根。明末董说所著的《西游补》答问第一条说道：

四万八千年，俱是情根团结。悟通大道，必先空破情根。空破情根，必先走入情内。走入情内，见得世界情根之虚。然后走出情外，认得道根之实。

走出情外，必先走入情内。妙玉等所缺乏者在此，功夫不到，则境界全无。正如全书开篇之石头，虽处在大荒山无稽崖青埂峰下，却仍然无法领略情根（青埂）之荒唐无稽。必幻形入世、堕入红尘，历尽悲欢炎凉世态之后，才得终极的放心和安心。

太虚幻境指向的终极觉悟是虚无，情则是通向觉悟的道场。"转过牌坊，便是一座宫门，上横书四个大字，道是'孽海情天'。又有一副对联，大书云：'厚地高天，堪叹古今情不尽；痴男怨女，可怜风月债难偿。'宝玉看了，心下自思道：'原来如此。但不知何为'古今之情'？又何为'风月之债'？从今倒要领略领略。"确如宁荣二公所愿，警幻仙子携宝玉正式进入了一个痴情、结怨、朝啼、暮哭、春感、秋悲、薄命的世界，一个"幽微灵秀地，无可奈何天"。宝玉领略薄命司诸女子的册子、嗅群芳髓之幽香、品千红一窟之茶、饮万艳同杯之酒、欣赏《红楼梦》曲子。该曲的引子是：

> 开辟鸿蒙，谁为情种？都只为风月情浓。奈何天，伤怀日，寂寥时，试遣愚衷。因此上，演出这悲金悼玉的《红楼梦》！

开天辟地便是情，而宝玉就是那个情种。和一般富贵之家的淫污纨绔子弟不同，宝玉不仅好色，而且知情，所以被警幻称为"天下古今第一淫人"。警幻道：

> 淫虽一理，意则有别。如世之好淫者，不过悦容貌，喜歌舞，调笑无厌，云雨无时，恨不能天下之美女，供我片时之趣兴，此皆皮肤滥淫之蠢物耳！如尔则天分中生成一段痴情，吾辈推之为意淫。惟意淫二字，可心会而不可口传，可神通而不能语达。汝今独得此二字，在闺阁中固可为良友，然于世道中，未免迂阔怪诡，百口嘲谤，万目睚眦。

结合此前的《西江月》词和其他叙述，宝玉的心性和形象更加明晰起来。痴情和意淫，造就了一个天然体贴的生命。甲戌本脂砚斋夹批："按宝玉一生心性，只不过体贴二字，故曰意淫。"随本总评："意淫二字是宝玉一生定评，却是《红楼》全部正旨。"经过此番大铺垫，"从此放笔言情，一部书实始于此"。警幻所谓"以情悟道"成为宝玉生命的总纲领，此"四字是作者一生得力处"，也是宝玉一生用力处。"人能悟此，庶不为情所迷。"金陵十二钗，乃至整个的世界，成为宝玉因烦恼而求解脱、由情欲而得觉悟的道场。

如通灵宝玉所示，宝玉是具有通灵慧根的人。第五回云"那仙姑知他天分高明，性情颖慧"。甲戌朱眉批："通部中笔笔贬宝玉，人人嘲宝玉，语语谤宝玉，今却于警幻意中忽写出此八字来，真是意外之意。此法亦别书中所无。"宝玉而非他人能入梦，能遇警幻仙子，能见太虚幻境，正显示出其过人处。玉面石底的宝玉横跨两个世界，让他在这两个世界的对观之中获得了反思的能力。他落草时携带的玉上面有许多字迹，正面是"通灵宝玉"和"莫失莫忘，仙寿恒昌"，反面是"一除邪祟，二疗冤疾，三知祸福"。宝玉属于此世界，而通灵则可以达至彼世界。正面的"莫失莫忘"指向着其石头的本质，反面的三个条目则揭示着石头的作用。此等作用，在二十五回中灵光一现。当宝玉和凤姐因执而迷、不省人事、痴痴狂狂之时，正是通灵宝玉让他们摆脱了困境。该回写道：

> 正闹的天翻地覆，没个开交，只闻得隐隐的木鱼声响，念了一句："南无解冤孽菩萨。有那人口不利，家宅颠倾，或逢凶险，或中邪祟者，我们善能医治。"贾母、王夫人听见这些话，那里还

耐得住，便命人去快请进来……众人举目看时，原来是一个癞头和尚与一个跛足道人，见那和尚是怎的模样：

鼻如悬胆两眉长，目似明星蓄宝光；破衲芒鞋无住迹，腌臢更有满头疮。

那道人又是怎生模样：

一足高来一足低，浑身带水又拖泥；相逢若问家何处，却在蓬莱弱水西。

贾政问道："你道友二人在那庙里焚修？"那僧笑道："长官不须多话。因闻得府上人口不利，故特来医治。"贾政道："倒有两个人中邪，不知你们有何符水？"那道人笑道："你家现有希世奇珍，如何还问我们有符水？"贾政听这话有意思，心中便动了，因说道："小儿落草时虽带了一块宝玉下来，上面说能除邪祟，谁知竟不灵验。"那僧道："长官你那里知道那物的妙用。只因他如今被声色货利所迷，故不灵验了。你今且取他出来，待我们持颂持颂，只怕就好了。"

贾政听说，便向宝玉项上取下那玉来递与他二人。那和尚接了过来，擎在掌上，长叹一声道："青埂峰一别，展眼已过十三载矣！人世光阴，如此迅速，尘缘满日，若似弹指！可羡你当时的那段好处：

天不拘兮地不羁，心头无喜亦无悲；却因锻炼通灵后，便向人间觅是非。

可叹你今日这番经历：

粉渍脂痕污宝光，绮栊昼夜困鸳鸯。沉酣一梦终须醒，冤孽偿清好散场！

念毕，又摩弄一回，说了些疯话，递与贾政道："此物已灵，不可亵渎，悬于卧室上槛，将他二人安在一室之内，除亲身妻母外，不可使阴人冲犯。三十三日之后，包管身安病退，复旧如初。"说着回头便走了。

这正是把那块石头带入滚滚红尘的一僧一道。僧人能治疗宝玉和凤姐之病，靠的却不是什么符水或者治疗宝钗热毒症的冷香丸，而是通过唤醒自家的稀世奇珍。禅宗一直强调"自家宝藏"，如六祖慧能所说："佛向性中作，莫向身外求。自性迷即是众生，自性觉即是佛。"和尚的作用在于让人意识到自己固有的本性，以摆脱声色货利的迷惑。石头无疑就代表着"天不拘兮地不羁，心头无喜亦无悲"的自性，而宝玉不过是此本性被迷惑和蒙蔽的状态，所谓"粉渍脂痕污宝光，绮栊昼夜困鸳鸯"。甲戌本脂砚斋批："石皆能迷，可知其害不小，观者着眼，方可读《石头记》。"没有石头之迷，就没有《红楼梦》；没有石头之悟，更没有《红楼梦》。此《红楼梦》之所以本名《石头记》的缘故。宝玉之迷、凤姐之迷，根本上不是由于赵姨娘的妒忌，或者马道婆的算计，而是宝玉之迷于色，凤姐之迷于财。如张本总评所说："此回文意当串看。魇魔即蒙蔽，蒙蔽即五鬼，与马道婆无涉，皆一心所自为，看发作在黛玉念佛时即见。"

这让我们想到伴随着宝玉生命的镜子。二十二回宝玉的灯谜是："南面而坐，北面而朝。象忧亦忧，象喜亦喜。"谜底是镜子。宝玉所居住的怡红院内，也有一面大镜子。这面大镜子在贾政和宝玉等最初进入怡红院的时候就已经存在，"及至门前，忽见迎面也进来一群人，都与自己形相一样，却是玻璃大镜相照"。后来又多次出现，如四十一回"怡红院劫遇母蝗虫"记载：

刚从屏后得了一门转去，只见她亲家母也从外面迎了进来。刘姥姥诧异，忙问道："莫非是他亲家母？"因问道："你想是见我这几日没家去，亏你找我来。那一位姑娘带你进来的？"他亲家只是笑，不还言。刘姥姥笑道："你好没见世面，见这园里的花好，你就没死活戴了一头。"他亲家也不答。便心下忽然想起："常听大富贵人家有一种穿衣镜，这别是我在镜子里头呢罢。"说毕伸手一摸，再细一看，可不是，四面雕空紫檀板壁将镜子嵌在中间。因说："这已经拦住，如何走出去呢？"一面说，一面只管用手摸。这镜子原是西洋机括，可以开合。不意刘姥姥乱摸之间，其力巧合，便撞开消息，掩过镜子，露出门来。

镜子的作用在于照见自己，认识自己，从而找到生命的出口。刘姥姥在误打误撞中，找到了出口。张本夹批："非刘姥姥不能撞出此镜，而其消息又在有意无意之间。"以刘姥姥之憨，酒屁臭气，把幽香、甜香、冷香等一起扫掉，不为所迷，或许是她能撞出此镜的根本。宝玉不同，他被各种香气的群芳所迷，要找到出口就更加困难。但镜子的存在就意味着一种可能性，需要的不过是机缘。五十六回甄府四个女人来贾府请安，说起甄府也有一个宝玉，也是一般形景，于是引出宝玉梦中进入一个如大观园的园子，怡红院一样的院子，一个和自己一样的宝玉：

> 只见榻上有一个人卧着，那边有几个女孩儿做针线，也有嘻笑顽耍的。只见榻上那个少年叹了一声。一个丫鬟笑问道："宝玉，你不睡又叹什么？想必为你妹妹病了，你又胡愁乱恨呢。"宝玉听说，心下也便吃惊。只见榻上少年说道："我听见老太太说，长安都中也有个宝玉，和我一样的性情，我只不信。我才作了一个梦，竟梦中到了都中一个花园子里头，遇见几个姐姐，都叫我

臭小厮，不理我。好容易找到他房里头，偏他睡觉，空有皮囊，真性不知那里去了。"宝玉听说，忙说道："我因找宝玉来到这里，原来你就是宝玉？"榻上的忙下来拉住："原来你就是宝玉？这可不是梦里了。"宝玉道："这如何是梦？真而又真了。"一语未了，只见人来说："老爷叫宝玉。"唬得二人皆慌了。一个宝玉就走，一个宝玉便忙叫："宝玉快回来，快回来！"袭人在旁听他梦中自唤，忙推醒他，笑问道："宝玉在那里？"此时宝玉虽醒，神意尚恍惚，因向门外指说："才出去了。"袭人笑道："那是你梦迷了。你揉眼细瞧，是镜子里照的你影儿。"宝玉向前瞧了一瞧，原是那嵌的大镜对面相照，自己也笑了。早有人捧过漱盂茶卤来，漱了口。麝月道："怪道老太太常嘱咐说小人屋里不可多有镜子。小人魂不全，有镜子照多了，睡觉惊恐作胡梦。如今倒在大镜子那里安了一张床。有时放下镜套还好，往前去，天热困倦不定，那里想的到放他，比如方才就忘了。自然是先躺下照着影儿顽的，一时合上眼，自然是胡梦颠倒，不然如何得看着自己叫着自己的名字？不如明儿挪进床来是正经。"

此一段文字，颇"得庄子神髓"。王姚本眉批："梦中园子原不是非梦中之园子，然不知这一个就是那一个……""其大观园耶？抑非大观园而即大观园耶？"怡红院和宝玉等皆可作如是观。梦中人即是镜中人，与入梦者和对镜者是一人，又非一人。随本总评："甄宝玉，人以为'真宝玉'；贾宝玉，人以为'假宝玉'。不知甄宝玉乃假宝玉，贾宝玉乃真宝玉也……盖甄真事既隐，真名亦隐。所谓宝玉，无论真假，皆在无何有之乡矣。"从整部小说的叙述层面来看，贾宝玉乃是甄宝玉镜中之影；甄宝玉也是贾宝玉镜中之影。两人是一非二。但从另外的意义上说，镜中之人

入世与离尘：一块石头的游记

给对镜者一个自我反思的机会，去发现真实的自己和真实的世界。就如同贾瑞临死前所照的风月宝鉴，"反面一照，只见一个骷髅立在里面"，"正面一照，只见凤姐站在里面点手儿叫他"。风月宝鉴、通灵宝玉和镜子其实是一回事，它们都能照见这个世界的真实。和贾瑞至死不悟不同，宝玉因他随身携带的镜子获得了反思的能力和觉悟的慧根。

这正是宝玉的过人处，也是他"天分高明，性情颖慧"之所在。他的体贴让他一方面痴情于黛玉，另一方面则怜爱所有的女儿。无事忙，是宝玉的另一雅号。他所忙者，不过就是在群芳之间的穿梭和服役。"宝玉是多事者，情之事也，非世事也"（脂乙）。从纺绩的村姑，到小书房里的美人画；从淋雨的龄官，到苦命的香菱，以至于未曾谋面的傅秋芳；更不要说黛玉、宝钗、湘云、妙玉、袭人、晴雯们。这种体贴的功夫让读者有时候忍俊不禁，也让身边的人们觉得痴傻愚狂。三十五回借两个婆子的谈论特别加以强调：

> 这一个笑道："怪道有人说他家宝玉是相貌好，里头糊涂，中看不中吃的，果然竟有些呆气。他自己烫了手，倒问人疼不疼，这可不是个呆子？"那一个又笑道："我前一回来，听见他家里许多人抱怨，千真万真的有些呆气。大雨淋的水鸡似的，他反告诉别人：'下雨了，快避雨去罢！'你说可笑不可笑？时常没人在跟前，就自哭自笑的。看见燕子，就和燕子说话；河里看见了鱼，就和鱼说话；见了星星月亮，不是长吁短叹，就是咕咕哝哝的。且是连一点刚性也没有，连那些毛丫头的气都受的。爱惜东西，连个线头都是好的；糟蹋起来，那怕值千值万的都不管了。"

一个情痴的形象跃然纸上。宝玉对整个世界都充满了体贴，没有任何的目的。体贴就是他的生命本身，就是他对于世界的态度。不仅体贴小姐丫鬟们，也体贴鱼鸟和星星月亮。这种体贴，让他充满了无限柔情，所以没有任何的刚性。令他意想不到的是，对世界的体贴不仅让他成为"无事忙"，也经常"无事生非"，徒增烦恼。二十一回记载，某一天的眼跳耳热之际，自己看了一回《南华经》，至外篇《胠箧》一则，其文曰：

> 故绝圣弃知，大盗乃止，摘玉毁珠，小盗不起。焚符破玺，而民朴鄙，掊斗折衡，而民不争，殚残天下之圣法，而民始可与论议。擢乱六律，铄绝竽瑟，塞瞽旷之耳，而天下始人含其聪矣；灭文章，散五采，胶离朱之目，而天下始人含其明矣，毁绝钩绳而弃规矩，攦工倕之指，而天下始人有其巧矣。

看至此，意趣扬扬，趁着酒兴，想起了宝钗、黛玉、袭人、麝月等给自己带来的困扰，不禁提笔续曰：

> 焚花散麝，而闺阁始人含其劝矣；戕宝钗之仙姿，灰黛玉之灵窍，丧减情意，而闺阁之美恶始相类矣。彼含其劝，则无参商之虞矣；戕其仙姿，无恋爱之心矣；灰其灵窍，无才思之情矣；彼钗、玉、花、麝者，皆张其罗而穴其隧，所以迷眩缠陷天下者也。

烦恼正是觉悟和解脱的开端。如果说在秦可卿闺房的入梦是宝玉进入情欲世界的象征，那么此处便是宝玉觉悟的开始。脂乙眉批："为续庄子因数句，真是打破胭脂阵、坐透红粉关，另开生面之文。"但这并非真正的觉悟，"信笔续庄，乃情极愤极，聊以

入世与离尘：一块石头的游记

排遣，莫认作省悟"（王姚眉）。此后，宝玉的生命在痴迷和觉悟中进一步展开。正值贾母给宝钗过生日，贾母命宝钗点戏。宝钗先点了一折《西游记》，然后是《鲁智深醉闹五台山》，如批书人指出的，两出戏都与和尚有关，影射的意义明显。王姚本眉批："宝钗生日以前固未闻宝玉留心禅理，自此以往，和尚二字为口谈矣。"《五台山》一出戏里的一支《寄生草》让宝玉称赏不已，其词曰：

> 漫揾英雄泪，相离处士家。谢慈悲剃度在莲台。没缘法转眼分离乍。赤条条来去无牵挂。那里讨烟蓑雨笠卷单行？一任俺芒鞋破钵随缘化！

"寄生草"的名义无疑关联着寄生在贾府的黛玉。如张本夹批所说："寄生草寓言黛玉寄生于此，而为绛珠草固也。"这词曲也一定唤起了宝玉大荒山的石头记忆。但是，如果没有在情场上的牵挂，没有在宝钗、湘云、黛玉们之间用尽了体贴的功夫也难免于费力不讨好的结局，宝玉也不会有和《庄子》"巧者劳而智者忧，无能者无所求，饱食而遨游，泛若不系之舟"和"山木自寇，源泉自盗"同样的感受。他感受到了究竟意义上的孤独，"什么大家彼此？他们有大家彼此，我只是赤条条来去无牵挂"。言及此句，不觉泪下，提笔立占一偈云："你证我证，心证意证。是无有证，斯可云证。无可云证，是立足境。"意犹未尽，又填了一支《寄生草》：

> 无我原非你，从他不解伊。肆行无碍凭来去。茫茫着甚悲愁喜？纷纷说甚亲疏密？从前碌碌却因何？到如今，回头试想真无趣！

宝

玉

宝玉看似已经觉悟了人生的无趣。这种觉悟不是在一般人追逐的功名利禄场，而是在情场中实现的。脂乙："宝玉悟禅亦由情，读书亦由情，读庄亦由情。可笑！"但他是如此的不坚定，一到黛玉、宝钗、湘云的面前，她们的仙姿和灵窍便让这种觉悟烟消云散，随之而来的是更深的牵挂和执着。如张本总评所说："上半回写悟是假，下半回写悲是真，令宝玉不悟而悟，悟而不悟者，钗、黛也。"但真正说来，令宝玉此时悟而不悟者并非黛玉和宝钗们，而是自己，如黛玉所说："不悔自家无见识，却将丑语诋他人。"故王本总评云："宝玉续《南华经》虽是一时兴趣，却是后来勘破根苗，但此时宝玉在忽迷忽悟之时，且欲钗玉花麝自己焚散戕灭，并非自能解脱，故随即断簪立誓，仍缠绵于色魔也。黛玉题诗讥诮，说不悔自家无见识，驳的极是，此即作者之意。"

在情感世界中，木石姻缘和金玉姻缘的紧张和冲突，成为宝玉最大的困惑和烦恼。这是两个完全不同的方向。金玉姻缘通向的是仕途经济，木石姻缘通向的是山林江湖。一个是此世界中人普遍的想法和追求，并获得儒家的肯定；另一个起初被隐士们发现和选择，后来被道家和佛教所加持。宝玉和黛玉之间的心有灵犀演绎出了人世间最真挚的爱情，而宝钗和宝玉之间的互相吸引更合乎从荣宁二公到当下贾府主人们的口味。没有哪一个是错误的，错误的只是这两个姻缘碰在了一起。对黛玉来说，宝钗的出现是既生瑜何生亮。对宝钗来说，不过就是合情合理的追求。而对宝玉来说，就是选择和无法选择。从石头的凡心偶炽开始，就注定了宝玉难免金玉世界的诱惑，包括宝钗的诱惑。但他的选择是坚定的，他一直坚持的是木石前盟，从绛云轩的梦呓，到和林妹妹一次又一次的解剖心迹，他追求的是由木和石堆积起来的山林世界，黛玉当然是山林世界的主角。然而，在他之上，还有更高一层的选择，让他的选择显得毫无力量。

木石姻缘的主角是作为草木的黛玉和作为石头的宝玉。这是前世的情缘，注定了要在这个世界接受考验。《红楼梦》之前，中国小说戏曲中也有大量的男女情感的描写，其中《西厢记》和《牡丹亭》尤其别致和细腻。汤显祖云："如丽娘者，乃可谓之有情人耳！情不知所起，一往而深。生者可以死，死可以生。生而不可与死，死而不可复生者，皆非情之至也。"曹雪芹显然有不同的理解，黛玉的情感表现为一起下世为人的陪伴、还泪和泪尽而逝；宝玉的情感则是"你死了，我做和尚去！"，觉悟是从前生命的死亡，也是再生，取代了世俗意义上肉体的死亡，成为情感的终极归宿。对二玉来说，情感是他们在这个世界上唯一和全部的意义。这种执着表现出来就是痴。二十七回和二十八回围绕着葬花词的叙述，明显是"真正一对痴儿女"（东夹）的点睛处。宝玉因见许多凤仙、石榴等各色落花，锦重重地落了一地，便把那花儿兜了起来，登山渡水，过树穿花，一直奔了那日同林黛玉葬桃花的去处来。听了《葬花吟》，不觉恸倒山坡上，怀里兜的落花撒了一地。"试想林黛玉的花颜月貌，将来亦到无可寻觅之时，宁不心碎肠断！既黛玉终归无可寻觅之时，推之于他人，如宝钗、香菱、袭人等，亦可以到无可寻觅之时矣。宝钗等终归无可寻觅之时，则自己又安在哉？且自身尚不知何在何往，则斯处、斯园、斯花、斯柳，又不知当属谁姓矣！因此一而二、二而三，反复推求了去，真不知此时此际，如何解释这段悲伤。正是：花影不离人左右，鸟声只在耳东西。那林黛玉正自伤悲，忽听山坡上也有悲声，心下想道：人人都笑我有痴病，难道还有一个痴子不成？抬头一看，却是宝玉。"作者借宝玉和黛玉心中所

宝
玉

237

想，画出两个情痴的形象。甲戌眉批："开生面，立新场，是书多多矣，惟此回处生更新，非颦儿断无是佳吟，非石兄断无是情聆。""不言炼句炼字词藻工拙，只想景想情想事想理，反复追求悲伤感慨，乃玉兄一生天性，真颦儿不知己则实无再有者。"

宝玉任何时候都惦念着黛玉。在神武将军冯唐之子冯紫英家的酒宴上，他出了一个新鲜酒令，"如今要说出悲愁喜乐四个字，却要说出女儿来，还要注明这四个字的缘故"，还要有新鲜时样曲子的酒面和酒底，宝玉自己的酒令是：

> 女儿悲，青春已大守空闺。女儿愁，悔教夫婿觅封侯。女儿喜，对镜晨妆颜色美。女儿乐，秋千架上春衫薄。

> 滴不尽相思血泪抛红豆，开不完春柳春花满画楼。睡不稳纱窗风雨黄昏后，忘不了新愁与旧愁。咽不下玉粒金莼噎满喉，照不尽菱花镜里形容瘦。展不开的眉头，捱不明的更漏。呀，恰便似遮不住的青山隐隐，流不断的绿水悠悠。

> 雨打梨花深闭门。

他的心里总惦念着黛玉的喜怒哀乐。曲子中连续使用滴不尽、开不完、睡不稳、忘不了、咽不下、照不尽、展不开、捱不明、遮不住、流不断这些字眼，表达对于黛玉无法抑制的无限深情。王姚眉批："连用'不'字，如珠走玉盘。"酒底诗句"雨打梨花深闭门"出自秦观《鹧鸪天》：

> 枝上流莺和泪闻，新啼痕间旧啼痕。一春鱼鸟无消息，千里

关山劳梦魂。　　无一语，对芳尊。安排肠断到黄昏。甫能炙得灯儿了，雨打梨花深闭门。

以及唐寅《一剪梅》词：

雨打梨花深闭门，忘了青春，误了青春！赏心乐事共谁论？花下销魂，月下销魂。　　愁聚眉峰尽日颦，千点啼痕，万点啼痕；晓看天色暮看云，行也思君，坐也思君。

两诗的意境相似，极力烘托相思之情。尤其是啼痕句，真切地描摹出两个情痴，正是宝玉和黛玉的写照。这情感的种子前生已经种下，《访菊》和《种菊》一起向读者倾诉着这个姻缘：

闲趁霜晴试一游，酒杯药盏莫淹留。霜前月下谁家种，槛外篱边何处秋。蜡屐远来情得得，冷吟不尽兴悠悠。黄花若解怜诗客，休负今朝挂杖头。(《访菊》)

携锄秋圃自移来，篱畔庭前故故栽。昨夜不期经雨活，今朝犹喜带霜开。冷吟秋色诗千首，醉酹寒香酒一杯。泉溉泥封勤护惜，好知井径绝尘埃。(《种菊》)

前世的灌溉之恩，透过"昨夜不期经雨活"，巧妙地表现出来。此前世的姻缘也延续到今生，所谓"今朝犹喜带霜开"。宝玉期望借助于"泉溉泥封勤护惜"的功夫，为两个知己营造一个桃花源般的世界。

宝玉和黛玉之间的情感在贾府是众所周知的。二十五回黛玉一句"你们听听，这是吃了他们家一点子茶叶，就来使唤人了"引来凤姐的调侃："你既吃了我们家的茶，怎么还不给我们家作媳妇？"庚辰本脂批："二玉之配在贾府上下诸人、观者、批者、作者，皆为无疑，故常常有此点题语。"的确如此，同一回，随着宝玉的病一日好似一日，黛玉不禁念了一声佛，引来宝钗的嘲笑："我笑如来佛比人还忙：又要度化众生；又要保佑人家病痛，都叫他速好；又要管人家的婚姻，叫他成就。你说可忙不忙？可好笑不好笑？"五十五回凤姐对平儿说："宝玉和林妹妹，他两个一娶一嫁，可以使不着官中钱，老太太自有体己钱拿出来。"连兴儿对尤二姐说贾府，提到宝玉的婚姻，也是"只是他有了，只未露形。将来准是林姑娘定了的。因林姑娘多病，二则都还小，故尚未及此。再过三二年，老太太便一开言，那时再无不准的了。"但二玉的婚姻，却是只闻楼梯响，不见人下来。

不仅如此，作为"宝玉"的宝玉和作为金锁的宝钗之间的金玉姻缘却甚嚣尘上，让木石姻缘面临着直接的威胁。值得留意的是，这个姻缘似乎出自那个把石头变成宝玉的癞头和尚的刻意安排，以完成宝玉的觉悟之路。事实上，当石头化身为宝玉，来到这个四大家族代表的金玉世界，金玉姻缘就成为命中注定。这是金玉世界的法则。按照宗璞的说法，"木和石乃情之结……玉和金又是理之必然"。宝钗作为金玉世界的伦理和秩序典范，受到青睐和认可是必然之事。透过赐予宝玉和宝钗同样的礼物，元春表明了她的态度。透过要和宝琴结亲，贾母表明了她的态度。透过驱逐眉眼和林妹妹有些像的晴雯，王夫人表明了她的态度。而王熙凤不过是在揣摩贾母、王夫人和元春的态度，她真正关心的不过是权力和财富，而不是什么儿女之情。在这个金玉的世界，贾代善娶了史家的小姐，贾政娶了王家的小姐，贾宝玉娶薛家的小姐就成为顺理成章之事。四大家族之间的联络有亲、一损俱损一荣俱荣的关系，通过金玉姻缘可以得到进一步的确认。

于是，木石姻缘和金玉姻缘的冲突，一方面表现为宝玉内心的紧张，另一方面更表现为宝玉和热爱着他的整个世界之间的紧张。在"任是无情也动人"的宝钗面前，痴迷于黛玉的宝玉也有心动的时刻，这种偶尔的心动和心迷虽然不可同日而语，却是宝玉纠结的重要根源。宝钗之病，是这个世界之病；黛玉之病，是不属于因而不适应这个世界；宝玉之病，则是两个姻缘所代表的两个世界的冲突。黛玉说："我知道你心里有妹妹，只是一见到姐姐就把妹妹给忘了。"这不完全是醋语。我们看宝玉的《咏白海棠》诗，确是宝钗、黛玉并提：

> 秋容浅淡映重门，七节攒成雪满盆。出浴太真冰作影，捧心西子玉为魂。晓风不散愁千点，宿雨还添泪一痕。独倚画栏如有意，清砧怨笛送黄昏。

出浴太真句比喻宝钗之冷，捧心西子句表现黛玉之纯。一个是愁千点，一个是泪一痕。她们的愁和泪都留在了宝玉的心上。

和内心的紧张相比，宝玉和天伦之间的紧张更刻骨铭心。《红楼梦》也写到了仇恨，如赵姨娘之于凤姐和宝玉，但全书的悲剧是爱的悲剧，而不是恨的悲剧。贾母、贾政、王夫人、元春等都热爱着宝玉，在宝玉身上，有当年荣国公的影子。他身上寄托着贾府的希望，但这种爱和希望却毁灭了宝玉心中最看重最执着的爱情，让他感到绝望。这样的悲剧最为深刻，最无可奈何，最让人伤心，也最使人寂寞和孤独。"此乡多宝玉"，而不是石头。这个世界以玉为宝，看重的是金和玉，而宝玉和黛玉为的却是自己的心，追求的是心灵的安顿。这个世界可以安放金玉，但无法安放石头和草木。木石姻缘把希望寄托在无望之中，结果当然是无望。黛玉的结局只能是死亡，而宝玉唯一的反抗方式就是出家。宝玉对黛玉所说的"你死了，我做和尚去！"，既是誓言，也是预言。在这个世界之上，已经没有任何可留恋之物。他彻底意识到了这个世界的虚无。王姚本眉批：宝玉"真正是深于情者，故一转念便可作和尚。"于是，一个情人成为了一个僧人。《红楼梦》也就变成了《情僧录》。

石和玉的一底一面，让宝玉的虚无感和情痴形象一直相伴而存。正是痴情和执着，才无法停止如听到黛玉葬花吟之后一般的追问。陶渊明的"好读书，不求甚解"，令其可以享受田园的生活。但宝玉无休止的思索却把他带到更远的大荒山。他不断地提到"化一股轻烟，风一吹便散"，"立刻化成灰"，"连皮带骨一概都化成一股灰，再化成一股烟，一阵风吹得四面八方，都登时散了"，他也提到死后"随风化了，自此再不要托生为人"，"天诛地灭，万世不得人身"。托生为人就意味着爱恋和悲伤，就意味着烦恼和无奈。宝钗可以用理性节制情感，用进取代替烦恼，但情痴不行。如涂瀛所说：

> 宝玉之情，人情也。为天地古今男女共有之情，为天地古今男女所不能尽之情。天地古今男女所不能尽之情，而适宝玉为林黛玉心中、目中、意中、念中、哭泣中、幽思梦魂中、生生死死中悱恻缠绵固结莫解之情，此为天地古今男女之至情。惟圣人为能尽性，惟宝玉为能尽情。负情者多，微宝玉，其谁与归。孟子曰："伯夷，圣之清者也。伊尹，圣之任者也。柳下惠，圣之和者也。"我故曰："宝玉，圣之情者也。"

宝玉确是千古第一情人，"万种缠绵万种痴，万种情缘一样愁"。情痴也好，情圣也罢，其核心是尽情。但不料想情到尽处，却是虚无。痴情的过程，是尽情的过程，也是觉悟的过程。从表面上来看，和黛玉喜散不喜聚不同，宝玉喜欢热闹、喜欢聚，但"千里搭凉棚，天下没有不散的筵席"。聚之后的散更让宝玉思考聚本身的意义。人生就是一场大聚大散，宝玉十多年贾府的经历就是一场盛大的宴席，所有人都是这场盛大宴席的宾客，最后是散场。如甲戌本第一回回前诗所说："浮生着甚苦奔忙，盛席华筵终散场。"这场盛大宴席里的每一个小宴席也是如此，以宝玉的生日宴会为例，午宴之后，又是晚宴，群芳斗艳，呈现出一幅极热闹的图画。酒令从白天的射覆等变成了晚上的占花名，宝玉的丫鬟麝月掣了一根，上面是一枝荼蘼花，题着"韶华胜极"四字，那边写着一句旧诗："开到荼蘼花事了。"注云："在席各饮三杯送春。"宝玉皱皱眉，忙将签藏了。他不喜欢"花事了"，也不喜欢送春。虽然花签可以藏起，但宝玉也知道春天之去、花事之了，都是无可奈何的命运。

在情榜中，宝玉的标签是"情不情"，黛玉是"情情"。黛玉完全被困在情网之中，始于情，终于情；而宝玉借助于其石头的本质，借助于反思和追问的能力，最后终于冲破情关，遁入空门，始于情，终于不情。关于"情不情"的意义，第八回甲戌本眉批有云："凡世间之无知无识，彼俱有一痴情去体贴。"这种说法有其道理，人无论亲疏远近，物不择花草鸟鱼，宝玉之情，是无界限的弥漫。但其更重要的意义，尤其是在和黛玉"情情"相对的角度，乃是情而不情，并最终走入不情。二十一回戚本夹评云："宝玉之情，今古无人可比，固矣。然宝玉有情极之毒，亦世人莫忍为者。看至后半部则洞明矣……宝玉看此为世人莫肯为之毒，故后文方有悬崖撒手一回。若他人得宝钗之妻、麝月之

宝
玉

婢，岂能弃而为僧哉！"这正是"情不情"的最佳写照。深情和无情只在一念之间，如尤三姐和柳湘莲，六十六回正总批云：

> 余叹世人不识情字，常把淫字当作情字。殊不知淫里无情，情里无淫，淫必伤情，情必戒淫。情断处淫生，淫断处情生。三姐项下一横是绝情，乃是正情。湘莲万根皆削是无情，乃是至情。生为情人，死为情鬼，故结句曰：来自情天，去自情地，岂非一篇尽情文字？再看他书全是淫，不是情了。

这段评论用在宝玉身上同样恰当。宝玉最终的悬崖撒手是无情，也是至情。当此痴情在这个世界之上无法安顿，又无法舍弃的时候，不是死亡，就只能离开。离开是觉悟的证明，也是痴情的证明。乐钧有云："非非子曰：《红楼梦》悟书也，非也，而实情书。其悟也，乃情之穷极而无所复之，至于死而犹不可已，无可奈何而姑托于悟，而愈见其情之真而至。故其言情，乃妙绝今古。彼其所言之情之人，宝玉、黛玉而已，余不得与焉。两人者，情之实也，而他人皆情之虚。两人者，情之正也，而他人皆情之变。故两人为情之主，而他人皆为情之宾。"[1]非痴情无以觉悟，非觉悟无以知情，在这个意义上，宝玉既是痴情者，也是觉悟者；《红楼梦》既是情书，也是悟书。

宝玉的悬崖撒手，从石头的角度来看，不过是脱掉玉的假象，复还真正的本质。由石头而宝玉，再由宝玉而石头，"三生石"的名义由此证成，同时也揭示了全书的一大思想线索和主题：真假与有无。作者开始便设置了两个对立的世界：一个是大

：①《耳食录》，《古典文学研究资料汇编·红楼梦卷》，1963年，页347。

荒山代表的真实的世界，这是石头的故乡；一个是"花柳繁华地，温柔富贵乡"之贾府代表的虚假的世界，这是石头的他乡，"宝玉"之所寄。世人多执着于假的世界，以假为真，故陷溺于红尘中的荣华富贵，或沉迷情欲声色，或追逐权力财富，但认真说来，"那红尘中有却有些乐事，但不能永远依恃，况又有'美中不足，好事多魔'八个字紧相连属，瞬息间则又乐极悲生，人非物换，究竟是到头一梦，万境归空"。甲戌夹批："四句乃一部之总纲。"《红楼梦》全部的叙述，不过就是"无材补天，幻形入世，蒙茫茫大士、渺渺真人携入红尘，历尽离合悲欢、炎凉世态的一段故事"。由此，太虚幻境中的那副对联："假作真时真亦假，无为有处有还无"，也就成为全书的焦点。

第一回以甄士隐和贾雨村开始，无疑具有点题的妙用。真事隐去，假语存留，固然如批书人和读者早已经指出的，是二者名义之所寓。但真假二字的意义，远远不止于此，其终极指向是世界的究竟，以及人生的选择。甄士隐是一个真的隐士，显然代表着对于真实的觉悟；而贾雨村是一个假的山林，代表着对于假象的执着。只有在生活无着无落的时候，他才会暂时栖息在林黛玉所代表的山林世界之中。作为一个寄居在葫芦庙的穷儒，贾雨村的志向是进京求取功名，再整祖宗基业，"玉在匮中求善价，钗于奁内待时飞"显示着他的抱负，而"时逢三五便团圆，满把晴光护玉栏。天上一轮才捧出，人间万姓仰头看"更表达青云直上的欲望。乡宦甄士隐慧眼识英雄，赠银五十两并两套冬衣，雨村次日不及面辞，以为"读书人不在黄道黑道，总以事理为要"，迫不及待进京去了。后来果然中了进士，又任了知府，从此去经历宦海的沉浮。与贾雨村相比，甄士隐则是祸不单行，先是丢失爱女英莲，再遭遇火灾，投奔丈人封肃又遭埋怨讥讽，"贫病交攻，竟渐渐露出那下世的光景来"。一日忽见那边来了一个跛足道人，口内念着几句言辞，道是：

> 世人都晓神仙好，惟有功名忘不了。古今将相在何方？荒冢一堆草没了。世人都晓神仙好，只有金银忘不了。终朝只恨聚无多，及到多时眼闭了。世人都晓神仙好，只有娇妻忘不了。君生日日说恩情，君死又随人去了。世人都晓神仙好，只有儿孙忘不了。痴心父母古来多，孝顺子孙谁见了？

离合悲欢、炎凉世态，在甄士隐的生命中得到了集中的呈现。凭借着夙慧，他很容易便捕捉到歌内的"好"、"了"字眼。"了"是此世，"好"是登彼岸。据和尚说，此歌叫作《好了歌》，"好便是了，了便是好。若不了，便不好；若要好，须是了"。士隐一闻此言，心中早已悟彻，乃注解此歌道：

> 陋室空堂，当年笏满床。衰草枯杨，曾为歌舞场。蛛丝儿结满雕梁，绿纱今又糊在蓬窗上。说甚么脂正浓、粉正香，如何两鬓又成霜？昨日黄土陇头送白骨，今宵红绡帐底卧鸳鸯。金满箱，银满箱，展眼乞丐人皆谤。正叹他人命不长，那知自己归来丧！训有方，保不定日后作强梁。择膏粱，谁承望流落在烟花巷！因嫌纱帽小，致使锁枷杠。昨怜破袄寒，今嫌紫蟒长。乱烘烘你方唱罢我登场，反认他乡是故乡。甚荒唐，到头来都是为他人作嫁衣裳。

黄本夹批："此篇与上'好了歌'皆作书本旨"，文字痛切之至，感慨之至，也把人世间的无常描述得淋漓尽致。荣宁二府的盛衰、个中人物的命运，尽在其中。"反认他乡是故乡"句是点睛语，贾雨村如此，众人如此，凡心偶炽的石头也是如此。他乡毕竟是他乡，一旦觉悟到了故乡之所在，便可以洒脱而决绝地说出内藏千钧之力的"走罢"两字。甲戌眉批："'走罢'二字真悬崖撒手，若个能行。"但甄士隐能行，宝玉亦能行。

甄士隐就是贾宝玉的一个影身。他们都具有通灵的能力，不仅宝玉和黛玉的前世今生出现在甄士隐的梦中，甄士隐和贾宝玉也都在梦中得入太虚幻境，见到了那副反思真假有无的对联。《红楼梦》的妙处在于，凡显示真相，必用梦境。脂砚斋四十八回夹批："一部大书，起是梦，宝玉情是梦，贾瑞淫又是梦，秦之家计长策又是梦，今作诗也是梦，一并风月鉴亦从梦中所有，故'红楼梦'也。"这显然是《金刚经》"一切有为法，如梦幻泡影。如露亦如电，应作如是观"的反用。当世人把假的有为法当真的时候，真正的"真"就被当作是"梦"。此即"假作真时真亦假"。可一旦发现"当真"和"认真"的对象不过是无常，就会觉悟到此世界如梦幻泡影，"梦"中所见才是究竟意义的真实。当真、认真和真实是完全不同的。当真、认真是执以为真，真实则是对于虚无的觉悟。贾雨村是当真和认真，甄士隐则是觉悟到世界的真实。在仁清巷，他们居住的地方不过是一墙之隔；在这个世界，他们的执迷和觉悟也不过是在一念之间。

甄士隐的觉悟是贾宝玉最终获得觉悟的缩影，但两者相较，宝玉勘破真假、打通有无显得更加艰难，铺陈得也更加厚重。甄士隐的道场是红尘内的十里街和仁清巷，即势利和人情。宝玉的道场则是情场，以及此情场所关联的整个世界，具体而言，便是贾府，特别是大观园。大观园之设，由元春而起，却全为宝玉。从小说的叙述层面看，因元春省亲而造此园，不过是方便的说法。故二十三回元春即命宝玉和诸姊妹住进园中，此"是大观园聚集之始"，也是作书人的本意。十七回甲戌脂批："大观园用省亲事出题，是大关键处。"二十三回脂乙批："大观园原系十二钗栖止之所，然工程浩大，故借元春之名而起……不见一丝扭捻。"没有元春省亲，大观园就没有兴建的缘由，宝玉也就不能成为大观园主，落实其"绛洞花王"的称号。大观园主的身份从宝玉给大观园各处命名题跋即可看出，庚辰十七回前批："宝玉系诸艳之贯，故大观园对额必得玉兄题跋。"确如脂砚斋所说，十七回"可当大观园记"，叙述的先后次序、停留之处、对联匾额、山水草木、房间布置等，无一闲笔，值得认真玩味。

宝玉随父亲贾政及众清客游园题跋，是从正门开始的。"贾政先秉正看门，只见正门五间"，张本夹批："《石头记》《情僧录》《风月宝鉴》《金陵十二钗》《红楼梦》，书名有五，故门面五间。"五个书名，代表着阅读该书的不同视角，而所有的视角都聚焦在大门之内的世界。从正门进入之后，"只见一带叠翠挡在面前。众清客都道：'好山，好山！'贾政道：'非此一山，一进来，园中所有之景，悉入目中，则有何趣？'众人都道：'极是。非胸中大有丘壑，焉能想到这里？'"整部小说，无处不有丘壑，大观园更是如此。"好山"处张本夹批："便是大荒山，所谓'又向荒唐演大荒'。"经此一批，则大观园与大荒山，花柳繁华地、温柔富贵乡与清净虚无之地，连为一体。接下来穿过小径，走进山口，"抬头忽见山上有镜面白石一块，正是迎面留题处。"张本夹批又云："便是《石头记》之石，故第一留题在此。"这是宝玉所题第一处，用的是古人现成字眼"曲径通幽"。虽属平常，却也大方。而大方之所在，是此四字直映射宝玉一生，他的出入红尘，全在"曲径通幽"四字之中。

如脂乙批云："此回乃一部之纲绪，不得不细写。"读者亦不可不细读。"曲径通幽"处之后，进入石洞，"只见佳木葱茏，奇花烂灼，一带清流，从花木深处泻于石隙之下"。读之恍若灵河之畔。石桥上有亭，宝玉名之曰"沁芳"，并作对联云：

绕堤柳借三竿翠，隔岸花分一脉香。

张本夹批："第一题是石头，此紧接出'心'字，是为'沁芳'，心乎草也。"对联则"分借花柳写此芳香，一绿一红，阴阳对待，鼻头眼底总是尘根"。此宝玉一生心事所在，一绿一红，与怡红院"红香绿玉"呼应，无非绛珠仙草颜色，也无非女儿之颜色。果然，黛玉入园后之所居即离此不远。《红楼梦》形容此处，虽叠用"小"字，却是宝玉心目中的一大所在。他题了一个四字匾额："有凤来仪"，联曰：

宝鼎茶闲烟尚绿，幽窗棋罢指犹凉。

尽管元春、王熙凤和探春都是某种意义上的凤凰，但在宝玉的心中，黛玉才是唯一的凤凰。脂乙夹批："果然，妙在双关暗合。"此匾明指元春，却暗比黛玉。对联情景合一，衬托出主人的天然雅致，也预示了凄凉的结局。十八回应元春之命，宝玉给四大处题诗，《有凤来仪》诗云：

秀玉初成实，堪宜待凤凰。竿竿青欲滴，个个绿生凉。迸砌防阶水，穿帘碍鼎香。莫摇清碎影，好梦昼初长。

与对联同一意境，竹绿茶香，每日家情思睡昏昏，正是黛玉和宝玉但愿长梦不愿醒之地。再往前行，便是李纨在园中的住所，贾政以为这个地方有些道理，宝玉却认为透着人力穿凿之迹。他题的匾是"杏帘在望"，联曰：

> 新涨绿添浣葛处，好云香护采芹人。

经过了天然和人力的争论之后，众人来到了另一个所在，这是后来宝钗的居所。宝钗的生命，虽然充斥着人力，却可以用"浑然若天成"来形容。宝玉题的匾是"蘅芷清芬"，其联曰：

> 吟成豆蔻才犹艳，睡足荼蘼梦也香。

豆蔻比喻青春，荼蘼则意味着花事已了。宝钗无论置身于何时何处，总能安之若素。十八回题《蘅芷清芬》诗云：

> 蘅芜满净苑，萝薜助芬芳。软衬三春草，柔拖一缕香。轻烟迷曲径，冷翠滴回廊。谁谓池塘曲，谢家幽梦长。

把蘅芜苑的环境一网打尽。宝玉想到了谢灵运，谢灵运梦见了自己的兄弟，得了"池塘生春草"的佳句，宝钗的香梦中会有谁，在人生的大梦中又会得到什么呢？

游园的高潮无疑在正殿处："只见正面现出一座玉石牌坊来，上面龙蟠螭护，玲珑凿就……宝玉见了这个所在，心中忽有所动，寻思起来，倒像在那里曾见过的一般，却一时想不起那年月日的事了。"见到玉石牌坊，玉面石底的宝玉也许想到了

大觀園

己亥 圓云

如果说秦氏房中的一梦唤醒了宝玉『好色』的欲望，那么，大观园的生活则展开了其『知情』的历程。所谓『大观园』之『大观』，不仅意味着各种类型的生命聚集于此，更意味着正观和反观、人间和天上兼备。有此大观，才能勘破红尘大梦。

自己的来历。眼前的存在和梦中的存在，大观园和太虚幻境的交错，让宝玉心动，思考哪一个才是真实的世界。这是属于宝玉的游园惊梦。批书人当然是清楚的，脂乙批："仍归于葫芦一梦之太虚玄境。"王姚眉批："忽将太虚梦一影，真耶幻耶？"王总："玉石牌坊宝玉心中忽若见过，直射第五回梦中所见太虚幻境的牌坊，省亲不过是一时热闹，亦与幻境何殊？"事实上，大观园正是太虚幻境的另一面，众女儿自然是宝玉在幻境中所看到的薄命司内人物。如果用风月宝鉴来观照一下大观园，一面当然是繁华富贵之场，而另一面自然是荒凉虚幻之地。正是在热闹的大观园中，宝玉最终发现自己不过是一块石头，获得了真假有无的觉悟。

游历至此，大观园已经看了十之五六，经过了若干所在，皆不及进去，贾政一行最后落脚在了宝玉所居的怡红院。作者浓墨重彩，大书特书：

忽又见前面又露出一所院落来，贾政笑道："到此可要进去歇息歇息了。"说着一径引人绕着碧桃花，穿过一层竹篱花障编就的月洞门，俄见粉墙环护，绿柳周垂。贾政与众人进去，一入门，两边都是游廊相接，院中点衬几块山石，一边种着数本芭蕉，那一边乃是一颗西府海棠，其势若伞，丝垂翠缕，葩吐丹砂。众人赞道："好花，好花！从来也见过许多海棠，那里有这样妙的！"贾政道："这叫做'女儿棠'，乃是外国之种，俗传系出'女儿国'中，云彼国此种最盛，亦荒唐不经之说罢了。"众人笑道："然虽不经，如何此名传久了？"宝玉道："大约骚人咏士，以此花之色红晕若施脂，轻弱似扶病，大近乎闺阁风度，所以以'女儿'命名，想因被世间俗人听了，他便以野史纂入为证，以俗传俗，以讹传讹，都认真了。"众人都摇身赞妙，一面说话，一面都在廊外抱厦下打就的榻上坐了。贾政因问："想几个什么新鲜字来题此？"一客道："'蕉鹤'二字最妙。"又一个道："'崇光泛彩'方妙。"贾政与众人都道："好个'崇光泛彩'！"宝玉也道妙极。又叹："只是可惜了！"众人问："如何可惜？"宝玉道："此处蕉棠两植，其意暗蓄'红''绿'二字在内，若只说蕉，则棠无着落；若只说棠，蕉亦无着落。固有蕉无棠不可，有棠无蕉更不可。"贾政道："依你如何？"宝玉道："依我题'红香绿玉'四字，方两全其妙。"贾政摇头道："不好，不好！"

怡红院中的数本芭蕉和一棵海棠，被作者反复提起，显然别具意义。海棠名女儿棠，外国之种，传说出自女儿国，可见其来历非凡。晴雯被逐后病重，宝玉说起"这阶下好好的一株海棠花，竟无故死了半边，我就知有异事，果然应在他身上"。接着又说了一番草木和人相应之理，"所以这海棠亦应其人欲亡，故先就死了半边"。晴雯作为黛玉的影身，说晴雯处亦即说黛玉处，典型者如《芙蓉女儿诔》。由此看来，院中海棠应是黛玉的象征。黛玉的生命，在宝钗等的衬托之下，更显别致，所谓"若只说蕉，则棠无着落；若只说棠，蕉亦无着落。固有蕉无棠不可，有棠无蕉更不可"。此数本芭蕉当代表着一众女儿。宝玉题匾曰"红香绿玉"，正指向他的红尘世界，他的女儿国。如黄本夹批所说："此怡红院也，宝玉外即谓之女儿国亦可。"从院中进入房内，别有洞天：

　　只见这几间房内，收拾的与别处不同，竟分不出间隔来的。原来四面皆是雕空玲珑木板，或"流云百蝠"，或"岁寒三友"，或山水人物，或翎毛花卉，或集锦，或博古，或万福万寿，各种花样，皆是名手雕镂，五彩销金嵌宝的。一槅一槅，或有贮书处，或有设鼎处，或安置笔砚，或供花设瓶，安放盆景处。其槅各式各样，或天圆地方，或葵花蕉叶，或连环半璧，真是花团锦簇，剔透玲珑。倏尔五色纱糊就，竟系小窗；倏尔彩绫轻覆，竟系幽户。且满墙满壁，皆系随依古董玩器之形抠成的槽子，诸如琴剑悬瓶桌屏之类，虽悬于壁，却都是与壁相平的。众人都赞："好精致想头！难为怎么想来！"原来贾政等走了进来，未进两层，便都迷了旧路，左瞧也有门可通，右瞧又有窗暂隔，及到了跟前，又被一架书挡住。回头再走，又有窗纱明透，门径可行。及至门前，忽见迎面也进来了一群人，都与自己形相一样，却是玻璃大镜相照。及转过镜去，一发见门子多了。贾珍笑道："老爷随我来，从这门出去，便是后院，从后院出去，倒比先近了。"说着，又转了两层纱厨锦槅，果得一门出去，院中满架蔷薇芬馥。转过花障，则见青溪前阻。众人诧异："这股水又是从何而来？"贾珍遥指道："原从那闸起流至那洞口，从东北山坳里引到那村庄里，又开一道岔口，引到西南上，共总流到这里，仍旧合在一处，从那墙下出去。"众人听了，都道神妙之极！说着，忽见大山阻路，众人都道迷了路了，贾珍笑道："随我来。"仍在前导引，众人随他，直由山脚边忽一转，便是平坦宽阔大路，豁然大门前见，众人都道："有趣，有趣！真搜神夺巧之至！"于是大家出来。

脂乙夹批："花样周全之极……所谓集小说之大成。"宝玉富贵闲人、正邪两赋的形象跃然纸上。文中刻意描写贾政等众人的两次迷路，似乎呼应着太虚幻境所说的迷津，也呼应着大荒山下那块迷失的石头。但出口总是有的，一次是转过镜去，便有门通向后院；一次是由山脚边一转，便是平坦宽阔大路，豁然大门前见。

这种叙述，不可等闲视之。宝玉自己正是借助于镜子的反观，转念之间，完成了解脱之路。

刘本眉批云："贾政看园至怡红院而止，亦归结得妙。""于宝玉所居，特特写出异样，盖大观园主也。"宝玉的特殊身份，决定了怡红院在大观园中具有非同寻常的地位。试看作者叙述大观园之水，经过了东北、西南之后，"共总流到这里，仍旧合在一处"，脂乙夹评论说："于怡红院总一园之看，是书中大立意。"显然是可以成立的。大观园的事务虽然由凤姐、李纨等来管理，但宝玉实在是大观园的主脑和灵魂。园中所有的女子，都是宝玉体贴的对象，也是宝玉解脱的媒介。这些女子不同的生命，也因为有宝玉的存在，而得到充分的绽放。庚辰四十六回夹批："通部情案，皆必从石兄挂号，然各有各稿，穿插神妙。"从《红楼梦》的整个叙述来看，怡红院无疑就是挂号处。

大观园的正式命名，是在元春省亲之时。先是石牌坊上"天仙宝镜"四大字，元春命换了"省亲别墅"。其后，又题其园之总名曰"大观园"。正殿匾额是"顾恩思义"，对联云："天地启宏慈，赤子苍生同感戴；古今垂旷典，九州万国被恩荣。"同时改题、分赐各处之名，如"有凤来仪"赐名"潇湘馆"，"红香绿玉"改作"怡红快绿"，赐名"怡红院"等。又题一绝句云：

> 衔山抱水建来精，多少工夫筑始成。天上人间诸景备，芳园应赐大观名。

所有这些描述，都让读者想到了太虚幻境。宝玉原题的"天仙宝镜"直接呼应着风月宝鉴或太虚幻境的名义，显然太泄露天机。正殿的匾额和对联，与宝玉梦中所见虽文字不同，却是同一格律。元春的绝句也是"双关暗合",明指人间的大观园,暗通天上的太虚幻境。以"衔山抱水"而言,在大观园,则山是大主山,水是沁芳河;在太虚幻境,山是大荒山,水是灵河。大观园与太虚幻境,一而二,二而一,这正是"天上人间诸景备"的意义。在这种理解之下,所谓"大观园"之"大观",不仅意味着各种类型的生命聚集于此,更意味着正观和反观、人间和天上兼备。有此大观,才能勘破红尘大梦。

二月二十二日,宝玉和诸姊妹搬入大观园,"薛宝钗住了蘅芜苑,林黛玉住了潇湘馆,贾迎春住了缀锦阁,探春住了秋爽斋,惜春住蓼风轩,李氏住了稻香村,宝玉住怡红院"。宝玉的心满意足可以想见,终日和姊妹、丫鬟们一处,做什么都让他觉得快乐。《四时即事》诗描述了他日常生活的情景:

霞绡云幄任铺陈,隔巷蟆更听未真。枕上轻寒窗外雨,眼前春色梦中人。盈盈烛泪因谁泣,点点花愁为我嗔。自是小鬟娇懒惯,拥衾不耐笑言频。(《春夜即事》)

倦绣佳人幽梦长,金笼鹦鹉唤茶汤。窗明麝月开宫镜,室霭檀云品御香。琥珀杯倾荷露滑,玻璃槛纳柳风凉。水亭处处齐纨动,帘卷朱楼罢晚妆。(《夏夜即事》)

绛芸轩里绝喧哗,桂魄流光浸茜纱。苔锁石纹容睡鹤,井飘桐露湿栖鸦。抱衾婢至舒金凤,倚槛人归落翠花。静夜不眠因酒渴,沉烟重拨索烹茶。(《秋夜即事》)

梅魂竹梦已三更,锦罽鹴衾睡未成。松影一庭惟见鹤,梨花

满地不闻莺。女奴翠袖诗怀冷，公子金貂酒力轻。却喜侍儿知试茗，扫将新雪及时烹。（《冬夜即事》）

与黛玉、宝钗等相比，宝玉的诗才平平，有人说是为了不压倒诸姊妹。《四时即事》诗中充满了花鸟草木、茶酒诗文，当然还有心中的一点愁绪。这点愁绪随着春夏秋冬的循环不断地增长，逐渐笼罩了宝玉的整个生命。如果说秦氏房中的一梦唤醒了宝玉"好色"的欲望，那么，大观园的生活则展开了其"知情"的历程。

在大观园中，他和黛玉的感情更加炽热。他对宝钗和众女儿的体贴让黛玉猜疑，却终归于放心。宝玉自己也通过贾蔷和龄官的感情觉悟到"人生情缘，各有分定"，"只是各人得各人的眼泪罢了"。宝玉尽情享受着他的各种青春聚会，从宴会到诗会。秦钟走了，来了蒋玉函。史太君两宴大观园，刘姥姥醉卧怡红院，平添了几分乐趣和谐趣。随着湘云、香菱、薛宝琴、李绮、李纹、邢岫烟等的加入，大观园的人丁越来越兴旺，琉璃世界的白雪红梅，芦雪庵的即景联诗，把热闹的气氛推到极致，令人艳羡。但繁华之极，衰败的迹象已经呈现。凤姐之病、药官之死、贾敬之死、尤三姐尤二姐之死，婆子们的赌博和盗窃，让大观园充满了死亡和不安的气息。而绣春囊的发现更引出了大观园的抄检，于是，司棋、入画、晴雯等被逐，芳官、藕官、蕊官等出家，迎春出嫁，大观园的聚集却成了分散的铺垫。尤其是宝钗的迁出，更给了宝玉极大的刺激，"心下因想：'天地间竟有这样无情的事。'悲感一番，忽又想到去了司棋、入画、芳官等五个，死了晴雯，今又去了宝钗等一处，迎春虽尚未去，然连日也不见回来，且接连有媒人来求亲，大约园中之人不久都要散的了。纵生烦恼，也无济于事。"王姚眉批："自抄检大观园以来，若司棋、入画，若晴雯、四儿、芳官、藕官、蕊官，若宝钗，撵者撵、走者走、死者死、出家者出家，殊有柳谢花凋之感，将来日就衰颓矣！"宝玉已经知道这个世界的无可奈何，绝望之余，却也平添了一番豪气。在宝玉的诗词中，《姽嫿词》可谓别开生面：

> 恒王好武兼好色，遂教美女习骑射。秾歌艳舞不成欢，列阵挽戈为自得。眼前不见尘沙起，将军俏影红灯里。叱咤时闻口舌香，霜矛雪剑娇难举。丁香结子芙蓉绦，不系明珠系宝刀。战罢夜阑心力怯，脂痕粉渍污鲛鮹。明年流寇走山东，强吞虎豹势如蜂。王率天兵思剿灭，一战再战不成功。腥风吹折陇头麦，日照旌旗虎帐空。青山寂寂水澌澌，正是恒王战死时。雨淋白骨血染草，月冷黄沙鬼守尸。纷纷将士只保身，青州眼见皆灰尘。不期忠义明闺阁，愤起恒王得意人。恒王得意数谁行，姽嫿将军林四娘。号令秦姬驱赵女，艳李秾桃临战场。绣鞍有泪春愁重，铁甲无声夜气凉。胜负自然难预定，誓盟生死报前王。贼势猖獗不可敌，柳折花残实可伤。魂依城郭家乡近，马践胭脂骨髓香。星驰时报入京师，谁家儿女不伤悲！天子惊慌恨失守，此时文武皆垂首。何事文武立朝纲，不及闺中林四娘！我为四娘长太息，歌成余意尚彷徨。

不成功便成仁，在林四娘身上得到了体现。桐本总批："《姽嫿词》为《芙蓉诔》引起，将军姓林，已微见其旨。"张本夹批："姓林则明指黛玉，行四则先天八卦震居第四，为木也。"如果林四娘指黛玉，那么恒王自然是比喻宝玉。黛玉以死回报宝玉的灌溉之恩，在柔弱之中显示出了执着的力量。宝玉似乎从中汲取了更大的力量，让他在"一点刚性儿也没有"中显示出"悬崖撒手"的刚毅。

在《红楼梦》真假有无的线索之中，甄宝玉也是一个不可忽视的角色。他生在与贾府相对的甄府，父亲叫甄应嘉，谐音"真应假"已经暗示了这是一个虚假世界的人物，乃是钦差金陵省体仁院总裁。第二回借贾雨村之口，描述甄府和甄宝玉的形象：

> 谁知他家那等显贵，却是个富而好礼之家，倒是个难得之馆。但这一个学生，虽是启蒙，却比一个举业的还劳神。说起来更可笑，他说："必得两个女儿伴着我读书，我方能认得字，心里也明白，不然我自己心里糊涂。"又常对跟他的小厮们说："这女儿两个字，极尊贵，极清净的，比那阿弥陀佛，元始天尊的这两个宝号还更尊荣无对的呢！你们这浊口臭舌，万不可唐突了这两个字，要紧。但凡要说时，必须先用清水香茶漱了口才可，设若失错，便要凿牙穿腮等事。"其暴虐浮躁，顽劣憨痴，种种异常。只一放了学，进去见了那些女儿们，其温厚和平，聪敏文雅，竟又变了一个。因此，他令尊也曾下死笞楚过几次，无奈竟不能改。每打的吃疼不过时，他便"姐姐""妹妹"乱叫起来。后来听得里面女儿们拿他取笑："因何打急了只管叫姐妹做甚？莫不是求姐妹去说情讨饶？你岂不愧些！"他回答的最妙。他说："急疼之时，只叫'姐姐''妹妹'字样，或可解疼也未可知，因叫了一声，便果觉不疼了，遂得了秘法：每疼痛之极，便连叫姐妹起来了。"你说可笑不可笑？也因祖母溺爱不明，每因孙辱师责子，因此我就辞了馆出来。如今在这巡盐御史林家做馆了。你看，这等子弟，必不能守祖父之根基，从师长之规谏的。只可惜他家几个姊妹都是少有的。

看起来分明是另外一个贾宝玉，但真假的分别在后来的生命中逐渐显现出来。脂批云："甄家之宝玉乃上半部不写者，故此处极力表明，以遥照贾家之宝玉，凡写贾家之宝玉，则正为真宝玉传影。"甄宝玉在骨子里属于这个金玉的世界，他是真正的宝玉，所以能够痛改前非，走入仕途经济之路。而转折点或许就是七十四回提到的甄府抄家之事。经此打击，甄宝玉应该也像贾雨村一样有重整祖宗基业的志向。八十回之后，应该还有"甄宝玉送玉"的情节，见十八回《仙缘》下脂批："伏甄宝玉送玉"。此段文字虽不得见，大旨却可以推想。如果"玉"代表这个金玉的世界，那么甄宝玉送玉表达的无非是引贾宝玉入所谓正路之意。但是，就像甄士隐，在经历了红尘中沧海桑田的巨变之后，贾宝玉已经再无意生活在这个世界之中了。

《红楼梦》的写作，受到此前很多小说戏曲的影响。但宝玉的形象，实在前所未有。我想以十九回两段脂砚斋的评语来结束关于宝玉的讨论：

> 按此书中写一宝玉，其宝玉之为人，是我辈于书中见而知有此人，实目未曾亲睹者。又写宝玉之言，每每令人不解；宝玉之生性，件件令人可笑；不独于世上亲见这样的人不曾，即阅今古所有之小说传奇中，亦未见这样的文字。于颦儿处为更甚。其囫囵不解之中实可解，可解之中又说不出理路。合目思之，却如真见一宝玉，真闻此言者，移之第二人万万不可，亦不成文字矣。余阅《石头记》至奇至妙之文，全在宝玉颦儿至痴至呆囫囵不解之语中，其诗词、雅谜、酒令及衣食、奇玩等类固他书中未能，然在此书中评，犹为二着。

这皆是宝玉意中心中确实之念，非前勉强之词，所以谓今古未有之一人耳。听其囫囵不解之言，察其幽微感触之心，审其痴妄婉转之意，皆今古未见之人，亦是未见之文字。说不得贤，说不得愚，说不得不肖，说不得善，说不得恶，说不得正大光明，说不得混账恶赖，说不得聪明才俊，说不得庸俗，又说不得好色好淫，说不得情痴情种，恰恰只有一颦儿可对，令他人徒加评论，总未摸着他二人是何等脱胎、何等心臆、何等骨肉。余阅此书，亦爱其文字耳，实亦不能评出此二人终是何等人物。后观《情榜》评曰"宝玉情不情"，"林黛玉情情"，此二评自在评痴之上，亦属囫囵不解，妙甚！

世间所无，理或有之，这正是宝玉形象的魅力。文学的意义在于把某一种生命发挥到极致，并阐述其演变的逻辑。曹雪芹的确是做到了！

结语

在《悲剧心理学》的开头，朱光潜提到了这样的一番对话：

> 伟大的波斯王泽克西斯在看到自己统率的浩浩荡荡的大军向希腊进攻时，曾潸然泪下，向自己的叔父说："当我想到人生的短暂，想到再过一百年后，这支浩荡的大军中没有一个人还能活在世间，便感到一阵突然的悲哀。"他的叔父回答说："然而人生中还有比这更可悲的事情。人生固然短暂，但无论在这大军之中或在别的地方，都找不出一个人真正幸福得从来不会感到，而且是不止一次地感到，活着还不如死去。灾难会降临到我们头上，疾病会时时困扰我们，使短暂的生命似乎也漫长难捱了。"①

这段让人心灰意冷的对话揭示了人类面临的两个普遍性的问题：人生短暂和生活的没有意义。就前一个问题而言，庄子"人生天地之间，若白驹过隙，忽然而已"，陈子昂《登幽州台歌》"前不见古人，后不见来者，念天地之悠悠，独怆然而涕下"，表

---

① 朱光潜：《悲剧心理学》，《朱光潜全集》第四卷，中华书局，2012 年，页 7—8。

达了和波斯王同样的感慨。《红楼梦》二十八回记载贾宝玉听了《葬花吟》，不觉恸倒山坡上，怀里兜的落花撒了一地，"试想林黛玉的花颜月貌，将来亦到无可寻觅之时，宁不心碎肠断！既黛玉终归无可寻觅之时，推之于他人，如宝钗、香菱、袭人等，亦可以到无可寻觅之时矣。宝钗等终归无可寻觅之时，则自己又安在哉？且自身尚不知何在何往，则斯处、斯园、斯花、斯柳，又不知当属谁姓矣！因此一而二、二而三，反复推求了去，真不知此时此际，如何解释这段悲伤。正是：花影不离人左右，鸟声只在耳东西。"读来似乎更加刻骨铭心。

但如果这短暂的人生充满意义，总算是一个有益的弥补，让人们觉得值得度过。因此波斯王叔父所表达的人生的缺乏意义，让生命的悲剧性更加彻底。鲁迅先生曾经说，"悲剧将人生有价值的东西毁灭给人看"[1]。有意义的人生一定建立在对某些价值的相信之上，正因为如此，价值的毁灭才构成真正的悲剧。以曹雪芹笔下的金陵十二钗为例，李纨相信理，秦可卿沉醉于情，王熙凤痴迷于权力和财富，薛宝钗关心的是仕途经济，史湘云想把握当下的美好，妙玉则是身在曹营心在汉，林黛玉执着于纯粹的情感。她们认同不同的价值，选择不同的生活，但所有的这些价值最后都无一例外地落空。《红楼梦》描述的毁灭，针对的不是某一种价值或人生，而是几乎所有的价值和人生。不是某一个人的毁灭，而是大观园的灰飞烟灭。当然，毁灭之后，作者仍然提供了一个出口，这个出口就是空门。在某种意义上，这个被视为觉悟的出口不过是另一种毁灭。《红楼梦》被视为中国历史上最伟大的悲剧作品，原因正在于这种彻底的毁灭。

结语

① 鲁迅：《再论雷峰塔的倒掉》，《鲁迅全集》第一卷，人民文学出版社，2005年，页203。

构成悲剧的诸要素中，不幸和死亡一定是不可或缺的。在欧洲，最早的古希腊悲剧表现了命运的不可抗拒，无论是被缚的普罗米修斯、弑父娶母的俄狄浦斯，还是杀死一双儿女的美狄亚，基于神的意志和人的性格，无奈或者悲惨的结局都无法避免。同时，其中蕴含的人对于自由、正义和伦理的追求，与命运的冲突和抗争，让悲剧充满了崇高的意味。而在莎士比亚的悲剧中，人间世里内在于人性和社会的矛盾，把罗密欧和朱丽叶、奥赛罗、安东尼和克里奥佩特拉等主人公无一例外地带入死亡。比较起来，《红楼梦》似乎更接近于莎士比亚作品。虽然有一个神话的背景，但整部小说描述的不过是处在欲望、情感、秩序、伦理、宗教之间的心灵冲突和生命挣扎，不幸和死亡贯穿其中。十二钗中，元春、迎春、秦可卿、王熙凤、林黛玉的生命各个不同，却都无法躲过香消玉殒的结局。而在十二钗之外，作者不断地安排着冯渊、贾瑞、林如海、宝珠、秦钟、秦业、金钏儿、尤三姐、尤二姐、晴雯等的死亡，让那些刻意营造的成功或者欢乐显得非常苍白和脆弱。每个人的悲剧被安放得自然而然又合情合理，更突出了生命和世界之间无法克服的矛盾。

死亡当然是大不幸，却也是死者个人生存痛苦的结束；但对于生者，痛苦和不幸仍然延续着。我们可以感受到贾珠留给李纨的寂寞、父母双亡后林黛玉的孤苦无依、贾政和王夫人白发人送黑发人的伤痛、尤三姐自刎后柳湘莲的愧疚、晴雯和黛玉死后贾宝玉的失魂落魄。死亡固然是悲剧，活着也是。活着的人等待着必然的死亡，也必须面对着变化无常的世界。转瞬之间，春意盎然的大观园便因抄检而陷入肃杀的状态，美好的欢聚也就变成了凄凉的离散。在《红楼梦》的后半段，饱经风霜的贾母仍然在强颜欢笑地组织着节日宴饮，试图营造热闹的气氛，但场面的冷清

入世与离尘：一块石头的游记

和无趣以反讽的方式强化了"树倒猢狲散"的结局。精明能干的探春尽着人事，也只能眼睁睁看见天命的来临。看起来坚固的权力和财富世界，其实是建立在自己无法左右的根基之上。贾府不可避免的衰败，让每个有心的人都不安地面对着不确定的未来。

哲学家牟宗三曾经从两个方面来理解《红楼梦》的悲剧，一是人生见地之不同，二是兴亡盛衰之无常。[①]但真正说来，人生见地之不同只是导致某些不幸发生的具体原因，贾政、王夫人、元春、王熙凤等的人生见地和林黛玉、贾宝玉不同，直接导致宝黛之间的爱情无法得到亲人们的祝福。贾府主人们优先考虑的是家族权力和财富的延续，而不是两个年轻人的感受，这并非完全不可理解之事。比起爱情，仕途经济是这个世界里更重要的事情。坚固的权力和财富等足以压倒一切柔软的东西，让有情之天下无法充分地实现出来。但根本说来，中国式悲剧的核心是通过无常的变化呈现一切美好事物的稍纵即逝，以揭示生命、世界和价值的虚无本性。在《红楼梦》之前，《三国演义》《水浒传》和《金瓶梅》已经弥漫着虚无的气氛，帝王将相的事业、英雄豪杰的理想、商贾官僚的贪欲，一切的是非成败或者酒色财气最后都归于幻灭空寂。而《西游记》更通过取经的主线、"孙悟空"等之名，直接地点明这一点。《红楼梦》则在真假有无的追问中把这种幻灭感渲染到极致。对"花柳繁华地，温柔富贵乡"越是执着，"究竟是到头一梦，万境归空"带来的心灵冲击就越强烈。"因空见色，由色生情，传情入色，自色悟空"，由入世而离尘，是主人公贾宝玉的生命轨迹，也是无常和虚无的展开之所。刻骨铭心的木石前

① 牟宗三：《红楼梦悲剧之演成》，见《红楼梦研究稀见资料汇编》上，中国艺术研究院红楼梦研究所、人民文学出版社编辑部编，人民文学出版社，2001年，页605。

盟、波澜壮阔的情感冲突、悲欢离合的往复循环、生离死别的亲历旁观，宝玉一直感受着这个爱他、也被他所爱的世界，不断感受着爱在这个复杂世界的纠结和无奈。这个世界像一个巨大的网络，处在中心的宝玉被来自各个方向的力量撕扯着。他无法阻止任何不幸事情的发生，更谈不上对这个世界任何有意义的改变。宝玉没有力量去帮助任何一个人，也无法帮助自己。被无力感笼罩着的宝玉，从对这个世界的热爱和执着一变而为失望和绝望。而在这种绝望中，宝玉发现了另外一个自己，觉悟到世界虚无本性的自己，这个自己充满了力量。这种力量呈现出来，不是如姽婳将军林四娘那样和这个世界的直接抗争，而是告别：觉悟到虚无的宝玉和贾府的告别，和自己"宝玉"身份的告别。告别也是一种抗争，是选择另外一种人生，这也是宝玉唯一能够自主选择的人生。在经历了世间的种种纷扰之后，炽热而跃动的心渐渐冷寂，宝玉只想在大荒山青埂峰无稽崖下做一块无用的石头。

但是仍然可以下一个转语。人的伟大在于可以通过思想创造一个世界，属于每一个人的世界。在虚无的废墟和荒漠之上，美好的东西获得了一个更坚固的根基。这个坚固根基的核心是矛盾和紧张，在入世和离尘之间、在相信和怀疑之间、在真假有无之间。《红楼梦》帮我们清理了地基，矗立起什么，取决于我们自己。我一直相信，任何一种思考都通向一个更好的世界，其中有美好的爱情、亲情、友情，有更适合保证这些美好事物存在的环境。作为一个永远无法完成的精神性的存在，人们深知这个世界永远无法完美，悲剧、残缺和遗憾无处不在，但对于它们的理解和接受就足以让我们更加强大，也更有力量去追求那些值得追求的东西。

入世与离尘：一块石头的游记

参考书目

庚辰本《脂砚斋重评石头记》，人民文学出版社，1975 年。

《戚蓼生序本石头记》，人民文学出版社，1975 年。

乙卯本《脂砚斋重评石头记》，上海古籍出版社，1981 年。

甲戌本《脂砚斋重评石头记》，上海古籍出版社，1985 年。

俞平伯辑：《脂砚斋红楼梦辑评》，中华书局，1963 年。

朱一玄编：《红楼梦资料汇编》，南开大学出版社，1985 年。

朱一玄编：《红楼梦脂评校录》，齐鲁书社，1986 年。

陈庆浩编著：《新编石头记脂砚斋评语辑校》，中国友谊出版公司，
　　1987 年。

浦安迪编释：《红楼梦批语偏全》，北京大学出版社，2003 年。

中国艺术研究院红楼梦研究所、人民文学出版社编辑部编：《红楼
　　梦研究稀见资料汇编》，人民文学出版社，2001 年。

一粟编：《红楼梦资料汇编》（全二册），2004 年。

文化部文学艺术研究院红楼梦研究室编：《大观园研究资料汇编》，
　　1979 年。

《王国维全集》，第一卷，浙江教育出版社、广东教育出版社，2010 年。

胡适:《胡适红楼梦研究论述全编》,上海古籍出版社,1988 年。

俞平伯:《红楼梦研究》,人民文学出版社,1988 年。

俞平伯:《俞平伯论红楼梦》(全二册),上海古籍出版社,1988 年。

吴世昌:《红楼探源》,北京出版社,2000 年。

吴世昌:《红楼梦探源外编》,上海古籍出版社,1980 年。

冯其庸:《论庚辰本》,上海文艺出版社,1978 年。

冯其庸:《敝帚集:冯其庸论红楼梦》,文化艺术出版社,2005 年。

周汝昌:《石头记脂本研究》,人民文学出版社,2016 年。

周汝昌:《红楼梦新证》,人民文学出版社,1976 年。

周汝昌:《献芹集》,山西人民出版社,1985 年。

胡文彬、周雷编:《台湾红学论文选》,百花文艺出版社,1981 年。

胡文彬、周雷编:《香港红学论文选》,百花文艺出版社,1982 年。

胡文彬、周雷编:《海外红学论集》,上海古籍出版社,1982 年。

胡文彬:《红楼梦人物谈:胡文彬论红楼梦》,文化艺术出版社,
    2004 年。

胡文彬:《红楼梦与中国文化论稿》,中国书店,2005 年。

舒芜:《说梦录》,上海古籍出版社,1982 年。

王昆仑:《红楼梦人物论》,生活·读书·新知三联书店,1983 年。

王蒙:《红楼启示录》,生活·读书·新知三联书店,1991 年。

王蒙:《王蒙活说红楼梦》,作家出版社,2005 年。

刘梦溪编:《红学三十年论文选编》(上、中、下),百花文艺出版
    社,1983 年。

刘梦溪:《红楼梦与百年中国》,中央编译出版社,2005 年。

叶朗:《红楼梦的意蕴》,《北京大学学报》,1998 年第 2 期。

余英时:《红楼梦的两个世界》,上海社会科学院出版社,2002 年。

周策纵:《红楼梦案:周策纵论红楼梦》,文化艺术出版社,2005 年。

吕启祥：《红楼梦寻——吕启祥论红楼梦》，文化艺术出版社，2005年。

蔡义江：《追踪石头：蔡义江论红楼梦》，文化艺术出版社，2006年。

宋淇：《红楼梦识要：宋淇红学论集》，中国书店，2000年。

杜贵晨主编：《红楼人物百家言》，中华书局，2006年。

陈熙中：《红楼求真录》，北京大学出版社，2016年。

刘勇强：《红楼梦》（校、注、评），北京大学出版社，2011年。

蒋勋：《蒋勋细说红楼梦》，中国国际广播音像出版社，2011年。

白先勇：《白先勇细说红楼梦》，广西师范大学出版社，2017年。

欧丽娟：《大观红楼（1—4）：欧丽娟讲红楼梦》，北京大学出版社，
2017、2018年。

后记

　　《红楼梦》的研究早已经是专门的学问，我自己最多算是一个喜欢这部小说的读者，而且从"错过"到"喜欢"还经历了一个过程。小时候几次拿起《红楼梦》，却一次都没有读完。倒是《水浒传》《三国演义》《西游记》，甚或《封神演义》《七侠五义》之类具有更大的吸引力。时间确实可以改变许多事情，人到中年，有些热闹的东西褪去，一些清冷的东西慢慢走近。大约十余年前，就开始认真阅读起《红楼梦》来。阅读的心得，也断断续续地记录下来，有时候在小范围内与朋友或学生谈起，经常受到大家的鼓励，于是就有了这本小书。

　　写作和阅读当然是两码事。阅读愉快而轻松，写作则需要知识的储备和思路的整理。不得不说，从最早的批评者到继之而起的红学家们，给后来的阅读者或者试图做些思考和研究的人们，提供了太多的便利，帮助他们更容易地进入作者的心灵。也许不仅是作者的心灵，而是一个阅读的共同体。人们总是借助于对伟大作品的阅读来了解自己，并试图了解彼此，进而了解普遍的人类。在这个意义上，像《红楼梦》这般的小说其实是一座人与人之间、心灵与心灵之间沟通的桥梁。共同走在这座桥上就是难得的缘分，与这种缘分相比，见解上的差异倒没有那么重要。如果重要的话，也不过是让这座桥更加宽阔。

我的专业是中国哲学，对道家、儒家有一些了解，佛教只略知一二。这样的背景显然影响了对于《红楼梦》的阅读。譬如关于"书名和意义"的讨论，根据五个书名提出心灵、情感、欲望、世界和生命五个阅读的线索，就有哲学的痕迹。把金陵十二钗理解为十二种生活方式，也与哲学不无关联。但本书当然不是任何意义上的哲学写作，充其量是对于一部文学作品的带有哲学视角的理解。事实上，尽管文学和哲学表现思想的方式不同——文学显然比哲学更加具体，它们之间的联系却随处可见。以20世纪欧洲的存在主义思潮为例，很多哲学思考通过文学的形式表现出来，一些文学家似乎也很乐于承担这样的使命。曹雪芹就应该是这样的文学家，他对于中国文化各个领域的熟悉让《红楼梦》成了历史中国的百科全书，而书中呈现的儒家、道家和佛教的对话与冲突，无疑丰富了各种生命的形象，并让悲剧呈现出更深刻的意义。

本书的结构以金陵十二钗为主展开，用宝玉收结。从李纨到黛玉，保持了第五回提示的人物之间两两相对的设计。而对于元春、迎春、探春和惜春，则采取了四位一体的方式。这不仅由于她们是贾府的四姐妹，血脉贯通；更重要的，不如此则不足以表现蕴含在四个生命之中的从生长到收藏、自盛而衰的完整历程。宝玉作为全书的主角，放在最后讨论，应该是合适的。"通部情案，皆必从石兄挂号"，没有宝玉，就没有《红楼梦》；没有宝玉，也无法归结《红楼梦》。

《红楼梦》版本众多，大致可以分为八十回抄本和一百二十回刻本两大系统。本书的讨论基本限于前八十回，及脂评中所提示的后四十回部分线索。引用原书的文字，以庚辰本为主，个别部分参考了甲戌本。书内引用脂批及前人批注、评论文字，除各脂评本及相关著作外，主要参考了陈庆浩《新编石头记脂砚斋评语辑校》、浦安迪《红楼梦批语偏全》、朱一玄《红楼梦资料汇编》、一粟《红楼梦资料汇编》等，本人在此致上深深的谢意。

在本书写作和出版的过程中，得到了很多朋友和学生的帮助，感念在心。特别感谢沈鹏先生题写了书名，点睛增色。感谢民生基金会肖丽女士惠助墨宝，责任编辑王竞女士精雕细刻，没有她们的帮助和努力，本书的出版不会如此顺利。

入世与离尘：一块石头的游记

图书在版编目（CIP）数据

入世与离尘：一块石头的游记／王博著．—北京：
生活·读书·新知三联书店，2020.6 （2021.1 重印）
ISBN 978 - 7 - 108 - 06812 - 5

Ⅰ．①入…　Ⅱ．①王…　Ⅲ．①《红楼梦》评论－文集
Ⅳ．① I207.411-53

中国版本图书馆 CIP 数据核字（2020）第 057705 号

责任编辑　王　竞
装帧设计　刘　洋
责任校对　张国荣
责任印制　肖洁茹
出版发行　生活·讀書·新知 三联书店
　　　　　（北京市东城区美术馆东街 22 号 100010）
网　　址　www.sdxjpc.com
经　　销　新华书店
印　　刷　三河市天润建兴印务有限公司
版　　次　2020 年 6 月北京第 1 版
　　　　　2021 年 1 月北京第 3 次印刷
开　　本　635 毫米×965 毫米 1/16 印张 17.5
字　　数　202 千字 图 6 幅
印　　数　15,001 - 24,000 册
定　　价　48.00 元
（印装查询：01064002715；邮购查询：01084010542）